诱惑者日记

[丹麦] 索伦·克尔凯郭尔 著

田王晋健 刘邦春 主译

Forførerens Dagbog

Søren Kierkegaard

上海社会科学院出版社

图书在版编目(CIP)数据

诱惑者日记 / (丹) 索伦·克尔凯郭尔著;田王晋健,刘邦春主译. -- 上海:上海社会科学院出版社,2025. -- ISBN 978-7-5520-4693-9

I. I534.44

中国国家版本馆 CIP 数据核字第 20257KP792 号

诱惑者日记

[丹麦] 索伦·克尔凯郭尔 著
田王晋健 刘邦春 主译

责任编辑:赵秋蕙
装帧设计:黄婧昉

出版发行:上海社会科学院出版社
  地 址:上海顺昌路622号(200025) 电话总机:021-63315947 销售热线:021-53063735
  网 址:https://cbs.sass.org.cn   E-mail:sassp@sassp.cn

印 刷:上海新文印刷厂有限公司	排 版:南京理工出版信息技术有限公司
开 本:890毫米×1240毫米 1/32	印 张:7.25
插 页:2	字 数:167千
版 次:2025年6月第1版 2025年6月第1次印刷	
ISBN 978-7-5520-4693-9/I·571	定 价:56.00元

版权所有 翻印必究

诱惑者约翰尼斯：
他是最典型的审美者，还是引人走向伦理的审美者？[①]

纳撒尼尔·克莱默[②] / 文　田王晋健　欧心悦 / 译

一、克尔凯郭尔流传最广的作品——《诱惑者日记》

诱惑者约翰尼斯当然是克尔凯郭尔最迷人的假名之一，毫无疑问，这也是最让人困惑的假名之一。约翰尼斯在《诱惑者日记》中对女性的看法，以及他在《人生道路诸阶段》中所述的宴会上更直接地表达出来的看法，正如很多人声称的那样，充分体现为性别歧视和厌恶女性。约翰尼斯诱惑科迪莉娅的结局不仅是性征服，而且使她在心理和精神方面发生了转变，她变成了一个实际上看起来像约翰尼斯本人的人。当然，克尔凯郭尔的这个假名注定是挑衅性

---

① 本文原载于《克尔凯郭尔的全部假名》，江思图、卡塔琳·努恩编。[Nathaniel Kramer, "Johannes the Seducer: The Aesthete par excellence or on the Way to Ethics," in *Kierkegaard's Pseudonyms*, ed. by Jon Stewart and Katalin Nun, Aldershot: Ashgate 2015 (*Kierkegaard Research: Sources, Reception and Resources*, vol. 17), pp. 159–176]。

② 纳撒尼尔·克莱默，美国杨百翰大学人文学院斯堪的纳维亚研究部主任、比较艺术与文学专业副教授，研究领域涉及丹麦与挪威文学和文化史、安徒生研究、克尔凯郭尔研究、创伤研究、记忆研究、欧洲现代主义等。

的。针对《非此即彼》的那些早期评论被上卷的《诱惑者日记》这个部分吸引住了,有些人甚至几乎专门关注《诱惑者日记》,而将其余部分排除在评论之外。① 丹麦黄金时代的文化仲裁者约翰·路德维格·海伯格(Johan Ludvig Heiberg)在给《非此即彼》写的书评中评论了约翰尼斯,声称他是"一个让人感到厌恶的人,一个患病的人,一个让人愤怒的人"②。海伯格甚至将他的厌恶延伸到作者身上,他问道:"一个作家怎么可能在研究这样一个人物的过程中找到乐趣呢?他怎么可能在数次安静的思考中努力地使这样一个人物臻于完美呢?"③ 约翰尼斯很可能是一个让人反感的人物,但他也是一个让人着迷的人物,尽管让海伯格厌恶,却值得他密切关注。如果我们要理解克尔凯郭尔的审美阶段的话,尤其要密切关注约翰尼斯。约翰尼斯是克尔凯郭尔发展自身审美观念的核心人物,甚至也许是必不可少的人物。约翰尼斯对女性以及他所生活的世界有着让人困惑的看法,这使他成为克尔凯郭尔的作品集中最典型的审美者,约翰尼斯及其日记似乎都被赋予了特殊的地位,即作为审美阶段的缩影。④

---

① 参见:George Pattison, "The Initial Reception of Either/Or," in *Either/Or, Part I*, ed. By Robert Perkins, Macon, Georgia: Mercer 1995 (*International Kierkegaard Commentary*, vol.3), pp. 291–305。

② 参见:George Pattison, "The Initial Reception of Either/Or," in *Either/Or, Part I*, ed. By Robert Perkins, Macon, Georgia: Mercer 1995 (*International Kierkegaard Commentary*, vol.3), p. 295。这是乔治·帕蒂森的译文。原文《文学冬种》载于《智慧报》("Litterær Vintersæd," *Intelligensblade*, vol. 2, no. 24, March 1, 1843, pp. 285–292; see p. 290)。

③ 同上。

④ 关于这种位置的重要性的讨论,参见:Wanda Berry, "The Heterosexual Imagination and Aesthetic Existence in Kierkegaard's *Either/Or*, Part one," in *Feminist Interpretations of Søren Kierkegaard*, ed. by Céline León and Sylvia Walsh, University Park, Pennsylvania: Pennsylvania State University Press 1997, p. 28。

也许有人会说,每一部假名作品都与写下它的假名的作者息息相关,《诱惑者日记》和约翰尼斯在宴会上的演讲看起来是尤其经过精心设计的,它们将约翰尼斯塑造成一个拥有特殊人格的、或多或少血肉丰满且能独当一面的人物或角色。史蒂芬·克里特斯(Stephen Crites)写道,自己"只有能力谈论唐璜,与之形成鲜明对比的是诱惑者约翰尼斯,他是克尔凯郭尔本人的诗意的受造物,克尔凯郭尔实际上在《非此即彼》同一卷的一些页面呈现过这个人物"[1]。"谈论"和"呈现"之间的区别无疑需要更细致入微的处理,但克里特斯称"克尔凯郭尔的《诱惑者日记》充分呈现了诱惑者的意识,因为它使我们能够跟随诱惑者设置的疯狂辩证法中的每一个转折"[2]。约翰尼斯很大程度上是《诱惑者日记》表面上的作者,我将在下面更详细地论述这个想法。目前,我们在《诱惑者日记》中遇到了这样一个完整的人格,而这部日记属于一个充分发展的叙述者,这个观点可能有助于解释为什么它似乎是克尔凯郭尔诸多作品中最有文学性的,作为一个独立的作品,它已经被节选和印刷成许多版本,与《非此即彼》的其他部分分道扬镳。毫不夸张地说,《诱惑者日记》可以说是克尔凯郭尔已出版的作品集中流传最广的作品。[3] 在克尔凯

---

[1] Stephen Crites, "Pseudonymous Authorship as Art and as Act," in *Kierkegaard: A Collection of Critical Essays*, ed. by Josiah Thompson, New York: Anchor Books 1972, p. 207.

[2] 同上。

[3] 乔治·帕蒂森指出,《非此即彼》的第一版在出版后的两年内就销售一空,从当时的标准来看,这在文学上是成功的。参见:George Pattison, "The Initial Reception of *Either/Or*," in *Either/Or, Part I*, ed. by Robert Perkins, Macon, Georgia: Mercer 1995 (*International Kierkegaard Commentary*, vol. 3), p. 291. 布拉德利·杜威在《索伦·克尔凯郭尔的〈诱惑者日记〉:国际出版物中使用和滥用的历史》中也评论了《非此即彼》的早期和后期接受情况(Bradley Dewey, "Søren Kierkegaard's Diary of the Seducer: A History of its Use and Abuse in International Print," *Fund og Forskning*, vol. 20, 1973, pp. 137–157)。

郭尔的一生中，这个作品似乎不仅刺激了《非此即彼》的首次销售，而且从1894年开始，出现了不少译本，它们经常独立成书，与《非此即彼》的其他部分分开了。

二、其他假名作者眼中的诱惑者约翰尼斯

鉴于上述情况，无论是在研究文献中，还是在克尔凯郭尔的假名本身的小圈子中，存在大量针对约翰尼斯的评论可能并不让人惊讶。在其他写到过约翰尼斯的假名作者中，《非此即彼》的假名编辑维克多·埃雷米塔在自己的序言中评论了约翰尼斯及其让人困惑的日记。尽管威廉法官似乎将假名作者 A 当作评论目标，但这篇评论文章的大部分内容都可以套用在约翰尼斯身上。约翰尼斯·克利马库斯是《约翰尼斯·克利马库斯》《必须怀疑一切》《哲学面包屑》和《结论性的、非科学的附言》的假名作者，他也花了一些时间讨论各位假名作者，其中包括诱惑者约翰尼斯。克利马库斯在他针对丹麦文学展开的评论中首先说道，《非此即彼》中的假名在《人生道路诸阶段》中再次出现了，这产生了一种奇特的效果，使他们成为"现存的个体"①。也就是说，像诱惑者约翰尼斯这样在《人生道路诸阶段》中再次出现的假名，由于在其他作品中再次出现的纯粹事实，具有了更可靠的和更实质性的维度。克利马库斯将约翰尼斯描述为

---

① *SKS* 7, 261/ *CUP1*, 287.["SKS"代表克尔凯郭尔研究中心丹麦语学术版《克尔凯郭尔全集》(*Søren Kierkegaards Skrifter*)，后跟数字分别表示卷数、页码。"CUP1"代表洪夫妇英译版《结论性的、非科学的附言 第 1 卷》(*Concluding Unscientific Postscript to Philosophical Fragments, Volume I*, trans. by Howard V. Hong and Edna H. Hong, Princeton: Princeton University Press 1992)，后跟数字表示页码。——译者注]

"有一种性冷淡状态下的永劫不复,有一种'显著的'和灭绝了的个体性",他现在将约翰尼斯称为一个"人物"(figur)。① 克利马库斯对约翰尼斯的看法集中在约翰尼斯自恋式的自我关注上,这必然会扼杀任何超越当下时刻的有意义的目标或生产力。克利马库斯说,约翰尼斯就像康斯坦丁·康斯坦提乌斯、维克多·埃雷米塔、时尚设计师和那个对当下感到绝望的年轻人一样,被时间冻结了。

在考虑克利马库斯开始概述的担忧之前,更有趣的问题之一是关于约翰尼斯这个假名的地位,即一开始如何将约翰尼斯视为一个假名。维克多·埃雷米塔是《非此即彼》的编辑,他自己也想知道约翰尼斯和 A 是否真的是同一个人。埃雷米塔意识到,A 承担起约翰尼斯日记编辑的角色带有"一种古老的文学手段"的意味,表面上是为了保护 A 免受约翰尼斯的各种让人困惑的活动的牵连。② 按照埃雷米塔的说法,"一个作者被另一个作者包裹起来,就像中国智力游戏中的套盒一样。"③ 因此,约翰尼斯很可能是一个假名,但他不是独立的假名。而各种问题并不仅限于此。无论约翰尼斯和 A 是不同的人物,还是同一个人物,都会使埃雷米塔本人作为编辑的角色变得复杂起来。正如埃雷米塔本人指出的那样:"如果这没有使我本人的立场进一步复杂化的话,我也不会有太多反对意见。"④ 他怎么会这么说呢? 是否可以想象埃雷米塔在这里运用了和 A 一样的

---

① *SKS* 7, 271/ *CUP1*, 298.
② *SKS* 2, 16/ *EO1*, 9. ["EO1"代表洪夫妇英译版《非此即彼 第 1 卷》(*Either/Or, Part I*, trans. by Howard V. Hong and Edna H. Hong, Princeton: Princeton University Press 1987)。——译者注]
③ *SKS* 2, 16 / *EO1*, 9.
④ 同上。

文学诡计，是否他也有什么要隐藏的？因此，埃雷米塔在包括 A 和约翰尼斯在内的一系列渐行退去的假名中可能拥有的含义，让人怀疑埃雷米塔本人是否真的是《非此即彼》的编辑，还是他假装发现了声称要编辑的文稿，而他实际上就是两卷书的作者，根本就没有任何编辑。这样，A 就像约翰尼斯一样，是埃雷米塔的假名。因此，约翰尼斯很可能作为一个假名存在于另一个假名中，而后者又折叠进了第三个假名中，我们甚至不清楚是否可以就此止步。我们可能会问，克尔凯郭尔在这一切假名中处于什么位置呢？

与埃雷米塔的担忧相似，约翰尼斯·克利马库斯同样怀疑约翰尼斯可能根本不是一个"现存的个体"，而是一个假名，A 可以利用他在其他很多可能性上"小试牛刀"。① 我们可能会问，这一切欺骗是从哪里来的呢？约西亚·汤普森（Josiah Thompson）有些绝望地回答说："我们在徒劳地寻找现实性和实质。我们所发现的只有人类意识的内在波动性以及它永恒不变的'在别处'的特性。"② 这样一个观点可以很好地解释一个事实，就是为什么《诱惑者日记》似乎让埃雷米塔和 A 感到特别痛苦，他们甚至明确地宣布自己的自我意识被《诱惑者日记》的内容传染了。因此，约翰尼斯的假名问题就不仅仅是关于《诱惑者日记》是谁写的这个问题了。相反，这样一个问题涉及约翰尼斯的身份问题；它的波动性以及它永恒不变的"在别处"的特性。埃里克·唐宁（Eric Downing）在他的《人工的我》一书中看到了这种无法以任何明确的意义来确定约翰尼斯是谁

---

① *SKS* 7, 269-270 / *CUP1*, 295.

② Josiah Thompson, "The Master of Irony," in *Kierkegaard: A Collection of Critical Essays*, ed. by Josiah Thompson, New York: Anchor Books 1972, p. 122.

的后果,这是一种由"多重自我与多个剧本分裂和倍增"所强化的感觉,以及一种"潜在的融合,即自我反思的再现和彼此活动的本质相互作用"的强烈感觉。① 因此,对于唐宁来说,约翰尼斯的自我与《诱惑者日记》的写作有着千丝万缕的联系,他的自我是一个文本的自我、一个依赖于文本的自我,而文本是一个多重自我在其中循环和展开他们的身份的领域。唐宁似乎在说,试图严格区分一个自我和另一个自我是没有用的,尽管我们可能会尝试这样做,在《诱惑者日记》这样一个案例中却无济于事,更别说将清整个《非此即彼》中的多重自我了。事实上,正是这种自我的混淆在埃雷米塔的"序言"和"A"那里表现出来,这是《非此即彼》作为整体作品的核心,在《诱惑者日记》中也得到了明确的体现。

上述这种弥漫的、杂糅的自我/多重自我意识也在整本日记中得到了呼应,而且符合约翰尼斯的自我意识。科迪莉娅说,"有时我对他来说像一个陌生人,有时他让自己完全沉浸于我;当我伸出自己的手臂去拥抱他时,有时突然一切都变了,而我拥抱的是云朵。"② A 概括道:"许多人在现实世界中以自己的肉体显现,然而他们不属于这个世界,他们属于另一个世界。然而,即使如此,一个人由此消失在前方,是呀,几乎从现实中消失,要么是由于某种健康,要么是由于某种疾病。最后这种情况就发生在这个人身上,我曾经认识他,却又不曾哪怕真正认识他一次。"③ A 所使用的修辞与

---

① Eric Downing, *Artificial I's: The Self as Artwork in Ovid, Kierkegaard, and ThomasMann*, Tübingen: Max Niemeyer Verlag 1993, p. 83.
② *SKS* 2, 299 / *EO1*, 309.
③ *SKS* 2, 296 / *EO1*, 306.

科迪莉娅的很相似，因为在描述约翰尼斯时，它充满了对立；好像语言本身很难定义约翰尼斯是什么以及是谁。约翰尼斯也是这样看待自己的，尽管它往往不像关于他的评论那样直接和公开。在描述他与科迪莉娅的关系时，约翰尼斯将它比作"就像在那里其实有一场双人舞，却只有一个人在跳，我就是这样对待自己和她的关系的。我是另一个舞者，却是隐形的。她就像在梦中让自己舞动，然而她其实在和另一个人跳舞；这另一个人就是我，只要我是可见而在场的时候，我就是隐形的，只要我是隐形的时候，我就是可见的。"①因此，约翰尼斯将自己想象成完全虚无缥缈、超凡脱俗的，在自己的诱惑之舞中想必无人可以触及。

三、诱惑者约翰尼斯的文学和哲学来源

这样一个角色的来源是什么？当然，可以将《诱惑者日记》看作19世纪的产物，更具体地说，可以看作是浪漫主义时期的一个代表性文本。学者们注意到，约翰尼斯日记的文学先驱包括蒂克的小说《威廉·洛弗尔》、让·保罗（Jean Paul）的《泰坦》、霍夫曼（Hoffmann）的《魔鬼的灵药》以及施莱格尔（Schlegel）的《卢琴德》，这些人都来自德国浪漫派。②罗纳德·格里姆斯利（Ronald Grimsley）详细描述了克尔凯郭尔对唐璜这个人物感兴趣的法国来源，以及拉克洛斯（Laclos）的《危险关系》是约翰尼斯这本日记的重要试金石。③沃尔特·雷姆（Walter Rehm）是克尔凯郭尔式的

---

① *SKS* 2, 368–369 / *EO1*, 380.

② Eric Downing, Artificial I's: *The Self as Artwork in Ovid, Kierkegaard, and Thomas Mann*, Tübingen: Max Niemeyer Verlag 1993, pp. 76–77.

③ Robert Grimsley, *Søren Kierkegaard and French Literature: Eight Comparative Studies*, Cardiff: University of Wales Press 1966, pp. 26–44.

浪漫主义的重要倡导人物,他声称"只有在18世纪意义上的道德和'美德'的背景下,只有在启蒙运动的情感狂热中,情欲玩家的可疑形象和他优雅的、唐璜式的感性才是可以想象的。"①尽管沃尔特·雷姆的巨著《克尔凯郭尔与诱惑者》在出版时受到了严重的诽谤,主要是受到英国和美国评论家的诽谤,但它是最雄心勃勃的著作之一,"通过将日记置于浪漫主义的背景下,而不是简单地与克尔凯郭尔的个人生活或后来作为基督教神学家的职业生涯作对比,将它本身作为一部文学作品来欣赏"②。在克尔凯郭尔的著作中,约翰尼斯可以被看作是"虚构的恋人"之一,克雷斯滕·诺登托夫特(Kresten Nordentoft)认为这类人充斥于克尔凯郭尔的假名宇宙。③约翰尼斯因此与其他人做伴,其中包括《重复》中的年轻人,《非此即彼》第二部分的法官威廉,当然还有奎达因,他不仅恋爱了,而且还写了自己的日记,尽管与诱惑者的这本日记完全不同。④因此,必须将约翰尼斯置于一个更大的关于情欲之爱的论述中,这个论述贯穿了克尔凯郭尔的作品集,也必须将其放置在世界文学和哲学的许多其他人物中间来考察。最明显的是,约翰尼斯与唐璜以及与A

---

① Walter Rehm, *Kierkegaard und der Verführer*, Munich: Verlag Hermann Rinn 1949, p. 111. 译自:Eric Downing, *Artificial I's: The Self as Artwork in Ovid, Kierkegaard, and Thomas Mann*, Tübingen: Max Niemeyer Verlag 1993, p. 77。唐宁认为雷姆是克尔凯郭尔式的浪漫主义的伟大倡导者之一。

② Eric Downing, *Artificial I's: The Self as Artwork in Ovid, Kierkegaard, and Thomas Mann*, Tübingen: Max Niemeyer Verlag 1993, p. 77.

③ Kresten Nordentoft, "Erotic Love," in *Kierkegaard and Human Values*, ed. by Niels Thulstrup and Marie Mikulová Thulstrup, Copenhagen: C. A. Reitzel 1980 (*Bibliotheca Kierkegaardiana*, vol. 7), p. 89.

④ 参见:Mark Taylor, *Kierkegaard's Pseudonymous Authorship: A Study of Time and Self*, Princeton: Princeton University Press 1975, p. 347。

对莫扎特的歌剧《唐璜》的分析有关,《情欲或音乐情欲的直接阶段》为《诱惑者日记》奠定了基础。① 然而,重要的是,约翰尼斯与最臭名昭著的诱惑者唐璜之间的联系更多地是通过对比而非相似的方式发挥作用;两者之间的诱惑方式和模式是截然不同的。

事实上,A对将"诱惑者"这个词用在唐璜身上持怀疑态度,因为"成为诱惑者总是需要一定的反思和意识,一旦这种能力出现,诱惑者就可以适当地谈论狡猾、阴谋及微妙的诡计了。唐璜缺乏这种意识。因此,他不会引诱。他渴望,是这种渴望具有诱惑力。"② 另一方面,约翰尼斯是这种反思和意识的体现者。A继续说,唐璜享受欲望的满足,而约翰尼斯是一个太过精神的和智慧的诱惑者,"不可能是一个普通意义上的诱惑者"③。唐璜勾引了成百上千的女人,而约翰尼斯实际上只对一个女人感兴趣。唐璜是肉体的化身,约翰尼斯是智慧和精神的化身。唐璜是直接的,约翰尼斯是反思本身。丹尼尔·贝特霍尔德(Daniel Berthold)将约翰尼斯称为艺术家,因为他的诱惑不是针对性征服(尽管这是有争议的),而是针对改变科迪莉娅自身的各种欲望,也就是将科迪莉娅变成一个情欲的和反思的人,就像他自己一样。④ 因此,约翰尼斯认为自己在塑造和创造科迪莉娅,就像艺术家在创造艺术品一样:"她的发展是我的作品。"⑤ 西尔维娅·瓦尔施(Sylvia Walsh)稍微改变了一些定义,但

---

① 另见: Geoffrey Clive, "The Teleological Suspension of the Ethical in Nineteenth Century Literature," *Journal of Religion*, vol. 34, no. 2, 1954, pp. 75–87。

② *SKS* 2, 102 / *EO1*, 98–99.

③ *SKS* 2, 296 / *EO1*, 306.

④ Daniel Berthold, "Kierkegaard's Seductions: The Ethics of Authorship," *Modern Language Notes*, vol. 120, 2005, pp. 1049–1051.

⑤ *SKS* 2, 431 / *EO1*, 445.

是是出于同样的目的,她坚持认为约翰尼斯更应该被描述为一个情欲主义者,而非一个纯粹的诱惑者。①

约翰尼斯还称自己是一位自然科学家,从"居维叶那里学到的东西,我带着确信做出了推断"②。作为一个研究诱惑的科学家,他观察、推理、计算,以达到自己的各种情欲目的。唐璜的诱惑方法可能有计算的成分,但重要的是被 A 描述为完全感性的和直接的。重点是直接的和无中介的体验,这种体验都与它发生的那个时刻有关。在唐璜的案例中,诱惑的进程在性行为发生的那个时刻得到了满足,而且在这种满足中达到顶峰。一旦这样的时刻过去了,唐璜就简单地结束了这次诱惑,并继续下一次(理论上的)征服。与唐璜相反,A 将约翰尼斯的诱惑描述为相当不同的另一种类型。约翰尼斯追求的不是性征服的那个时刻,而是培养一种反思的体验,这种体验不仅必须建立在最终时刻上,而且必须建立在最终时刻之前的每一个诱惑的时刻上。事实上,约翰尼斯在未来反思的过去的诱惑时刻,一定会与最终时刻平分秋色。在约翰尼斯的例子中,人们很可能会说,事实上,反思的时刻确实优于诱惑的高潮时刻。约翰尼斯对诱惑方式的独特贡献,是他对诱惑发生后的那个时刻进行的一种培养。这种对反思的强调体现了感性和直接,并结合了约翰尼斯人格的另一个特征,即诗化个体的特征,或者说审美人格。

---

① 布拉德利·杜威提出了类似的观点,认为约翰尼斯更适合被描述为感官主义者。参见:Bradley Dewey, "Seven Seducers: A Typology of Interpretations of the Aesthetic Stage in Kierkegaard's 'The Seducer's Diary,'" in *Either/Or, Part I*, ed. by Robert Perkins, Macon, Georgia: Mercer 1995 (*International Kierkegaard Commentary*, vol. 3), pp. 160–163。

② *SKS* 2, 304 / *EO1*, 314.

约翰尼斯作为一个诱惑者，不仅对眼前的时刻感兴趣，对他所有的计划和策略所带来的满足的时刻感兴趣，而且最终对那个值得被记住的时刻感兴趣。事实上，值得记住的不仅是满足的时刻，更是导致最终时刻到来的所有时刻。因此，日记本身并不是随意记录一些事件或者引领诱惑科迪莉娅的一些私人想法，而是针对他与科迪莉娅相遇的反思和记忆精心构建起来的叙述，实际上叙述了约翰尼斯策划和管理这种诱惑的方式。约翰尼斯为达到这个目的进行了计算，最有说服力的时刻之一发生在他对诱惑发生的场景的思考中，他说："环境和画框对一个人有很大的影响，它们最稳固、最深刻地印在他的回忆中。"① 为了更好地回忆起一个特定的场景，以便未来享受和愉悦，诱惑者必须专注于周围的环境，而非仅仅专注于与科迪莉娅的互动。后来，约翰尼斯若有所思地说："任何一段情欲关系一定要这样去经历，以至于可以轻易地创作一幅拥有其中所有美的画面。"② 这样的关注不仅针对对科迪莉娅的诱惑，也针对从这种诱惑产生一幅美丽的画面的能力，它促使约翰尼斯的活动朝着与唐璜完全不同的方向进行。

关于《诱惑者日记》作为一本备忘录的功能，我还有更多的话要说，但就目前而言，重要的是要认识到，这种希望回到他诱惑科迪莉娅的回忆中的愿望，是约翰尼斯想象自己是某种艺术家的想法的核心。我在上文提到过，约翰尼斯认为自己是一位艺术家，他按照自己的各种目的和目标塑造科迪莉娅。这种艺术性不仅延伸到了科迪莉娅，也延伸到了美丽时刻的形成。为了使这样一个时刻不仅

---

① *SKS* 2, 377 / *EO1*, 389.
② *SKS* 2, 378 / *EO1*, 390.

被欣赏,而且让人难忘地展现出来,它必须首先从无数可能的时刻中被选择或挑选出来,然后被精心安排,从而产生最大的审美愉悦。在被选择、精心组织和计划时,注重其被记住的和美丽的特点,这样的时刻达到了艺术的水平。① 这种对诱惑的处理方式要求约翰尼斯敏锐地发展自己的各种审美能力和想象力。回到唐宁关于文本自我的概念,不仅科迪莉娅和美丽的时刻是在审美层面产生和再现的,约翰尼斯也是如此。西尔维娅·瓦尔施指出:"诱惑者因此集中体现了诗意生活的浪漫模式,因为他诗意地再现自己是为了审美享受,而非为了个人发展。"② 然而,这样的一种创作是有代价的。作为一种诊断,代价是约翰尼斯变得"蒸发了",现实世界"被诗意淹没了"。③ 约翰尼斯的自恋倾向于无休止地享受和重现他对现实的想象和创造性想象所展现出来的可能性,这让他在现实或现实性本身方面付出了代价。

浮士德是另一个与诱惑者约翰尼斯有关的人物,A 也通过浮士德与唐璜的联系更为详细地阐释了浮士德这个人物。与唐璜一样,我们被引导将浮士德视为影响的来源,但也是通过对比的方式。然而,就浮士德而言,他比唐璜更接近约翰尼斯半步,因为根据 A 的说法,浮士德具有"智慧的—精神的品质",因为他将注意力集中在一个女孩身上,而非数百个女孩身上。④ A 在自己对《浮士德》的分析中宣称:"这样的诱惑者与唐璜完全不同,而且在本质上不同,这

---

① 科迪莉娅的姓"瓦尔"(Wahl) 在德语中是"选择"或"挑选"的意思。
② Sylvia Walsh, *Living Poetically: Kierkegaard's Existential Aesthetics*, University Park, Pennsylvania: Pennsylvania State University Press 1994, p. 92.
③ *SKS* 2, 295 / *EO1*, 304.
④ *SKS* 2, 102 / *EO1*, 99.

一点可以从这里看出,他和他的活动极其不具有音乐性,并且在美学上属于有趣的范畴。"① 有趣这个范畴的引入与审美阶段相吻合,而这也是约翰尼斯及其日记的一个特点。约翰尼斯以"有趣的东西"这个范畴作为一种试金石来确定一种体验的审美价值。虽然有趣的东西的类别很难界定,但其定义的一部分涉及这样一种想法,即一种经历只有在它能够被再次反思或在那一刻过去很久之后仍被记住的情况下才是有价值的。因此,在每一次经历中,一种具有反讽意味的距离或超然是必要的,这样它才会变得有趣。根据 A 的说法,浮士德具有这种品质,推而广之,这也是约翰尼斯的决定性的特征之一。

《唐璜》和《浮士德》的主题都占据了克尔凯郭尔早期的思想,他对这两个人物的阐述可以在例如《论反讽概念》中找到。苏格拉底与苏格拉底反讽在《论反讽概念》中也占据了突出地位,苏格拉底也是诱惑者约翰尼斯重要的灵感来源。更具体地说,约翰尼斯如此精心培养的是苏格拉底所展示的反讽根本上的否定维度。按照西尔维安·阿加辛斯基(Sylviane Agacinski)的说法,苏格拉底反讽"是让人困惑、不安和混乱的;它唯一的效果就是在反讽者和听众们之间引发一场'恋情'"②。虽然阿加辛斯基只是草率地评价约翰尼斯,但他提到的反讽引发了一段让人不安的恋情,这很好地描述了约翰尼斯式的诱惑对科迪莉娅的影响。正如苏格拉底只是激发雅典年轻人的好奇心,唤醒他们的欲望,约翰尼斯通过激发欲望和好奇心吸引了科迪莉娅,想必也吸引了自己其他的诱惑对象,却没有

---

① *SKS* 2, 103 / *EO1* 99–100.
② Sylviane Agacinski, *Aparté: Conceptions and Deaths of Søren Kierkegaard*, trans. by Kevin Newmark, Gainesville: University Presses of Florida 1988, p. 50.

提供任何可以被认为是稳定和安全的关系。即使他提出了订婚的前景,整个任务也是慢慢地瓦解订婚可能提供的任何形式的安全。约翰·史密斯(John Smyth)在他的《关于情欲的一个问题》中认为约翰尼斯的诱惑技巧很难与反讽分开,但有以下区别:约翰尼斯的反讽从根本上说是创造性的,至关重要的是它"不是超越性的,而是越轨性的"①。因此,史密斯在约翰尼斯的诱惑中看到了一种"不确定性的诗学",并观察到一种针对教条主义哲学的含蓄的批判,这种批判也可以被描述为苏格拉底式的。针对约翰尼斯的指责部分地涉及哲学对感性或感官的众所周知的诋毁。但最重要的是,情欲的不确定性在这里破坏了所有的"教条主义",并破坏了感官的—精神的两极本身的稳定性。②在史密斯看来,约翰尼斯类似于苏格拉底反讽,他颠覆了所有的教条主义,颠覆了范畴和区别,并以虚无取而代之。更具体地说,性和精神之间的明显区别被约翰尼斯悬置了,因为他在对科迪莉娅的情欲的—审美的诱惑中混淆了这两者。

四、诱惑者约翰尼斯的现实来源

一些学者认为,约翰尼斯的原型不仅有文学和哲学的来源,而且实际上是现实生活的一种对应物。朱莉娅·瓦特金(Julia Watkin)推测,彼得·路德维格·默勒(Peder Ludvig Møller, 1814—1865)是诱惑者约翰尼斯的原型。默勒"在很小的时候就过着一种松散

---

① John Vignaux Smyth, *A Question of Eros: Irony in Sterne, Kierkegaard, and Barthes*, Tallahassee: Florida State University Press 1986, p. 246.

② John Vignaux Smyth, *A Question of Eros: Irony in Sterne, Kierkegaard, and Barthes*, Tallahassee: Florida State University Press 1986, p. 247.

的生活，这可能是他从未成功地为自己创造一个稳定的职业生涯的主要原因。对很多人来说，他是绝望的、不道德的、审美的典型……"①。他是与克尔凯郭尔同时代的知名人士，后来与梅尔·戈德施密特（Meir Goldschmidt）一起参与了臭名昭著的《海盗报》事件，默勒显然在这部日记中看到了自己，并声称《诱惑者日记》是克尔凯郭尔最伟大的成就。很多人也想知道约翰尼斯和克尔凯郭尔本人之间的关系，如果约翰尼斯在某种程度上不是克尔凯郭尔的写照的话。甚至在早期，约翰尼斯和克尔凯郭尔之间是否对等就是一种猜测。如上所述，海伯格甚至声称，只有与这个角色有同样反常的想象力，一个作家才能编造出约翰尼斯这样的人物。虽然这本书是以一个假名作者的身份出版的，但很多人无疑知道它是克尔凯郭尔写的。当然，正如乔治·帕蒂森提醒我们的那样："第一批的那些读者并没有被他们对克尔凯郭尔的生活和作品意义的先入之见影响（无论是更好的影响还是更坏的影响）。"② 现在，克尔凯郭尔与蕾琪娜·奥尔森（Regine Olsen）的婚约破裂成为这段历史的一部分。《非此即彼》的全部内容是在几个月的柏林之旅中写成的，在那里，克尔凯郭尔摆脱了与蕾琪娜分手后萦绕良久的各种复杂局面。例如，亨宁·芬格尔（Henning Fenger）在解读《诱惑者日记》时，几乎不加掩饰地提到了克尔凯郭尔与蕾琪娜的关系。③ 毫无疑问，这种关系

---

① Julia Watkin, *The A to Z of Kierkegaard's Philosophy*, Lanham, Maryland: Scarecrow Press 2010, pp. 175–176.

② George Pattison, "The Initial Reception of *Either/Or*," in *Either/Or, Part I*, ed. by Robert Perkins, Macon, Georgia: Mercer 1995 (International Kierkegaard Commentary, vol. 3), p. 291.

③ Henning Fenger, *Kierkegaard: The Myths and Their Origins*, trans. by George C. Schoolfield, New Haven: Yale University Press 1980, pp. 179–212.

及其各种特定情形影响了《诱惑者日记》的写作，但是当然不可能确切地说出是如何影响的。克尔凯郭尔在他本人的日记中声称，写《诱惑者日记》是为了让科迪莉娅反感，表面上是为了让解除订婚这件事变得更容易被她接受。各种特定情形以及事件发生的邻近程度确实表明《诱惑者日记》与蕾琪娜存在某种联系，但这种联系肯定是完全出于推测，而过度确定这种联系是毫无希望的。

除了约翰尼斯所依据的文学、哲学和历史原型，以及这些原型提供了他是谁的感觉之外，还有一些学术文献将约翰尼斯及其日记置于哲学和理论研究的更广泛领域中。城市研究和类似的学科努力试图将约翰尼斯放置在哥本哈根的城市环境中，并试图确定这种环境对约翰尼斯的意义，以及对诱惑行为和由此产生的各种伦理后果的意义。事实上，鉴于哥本哈根作为诱惑背景的突出地位，《诱惑者日记》有时被称为哥本哈根最早的浪漫小说之一。[1] 事实上，作为拥有一种特殊性格类型的诱惑者约翰尼斯及其诱惑方法，出现在一个城市以外的任何其他环境中都是不可想象的。哥本哈根是以新古典主义风格重新修建的城市，成为约翰尼斯诱惑科迪莉娅的关键场所。例如，约尔根·邦德·詹森（Jørgen Bonde Jensen）认为，哥本哈根这座城市本身就是一个戏剧角色。[2] 尽管这座城市的名称在《诱惑者日记》中只被顺便提及过一次，但各种城市街区和街道的名称比

---

[1] 例如，见《哥本哈根的浪漫小说》，玛丽安·巴林、索伦·舒编（*Københavnerromaner*, ed. by Marianne Barlyng and Søren Schou, Copenhagen: Borgens Forlag 1996）。

[2] Jørgen Bonde Jensen, "København som refleksions-spejl for Søren Kierkegaard i Forførerens Dagbog," in *Københavnerromaner*, ed. by Marianne Barlyng and Søren Schou, Copenhagen: Borgens Forlag 1996, pp. 28–44.

比皆是。根据邦德·詹森的说法，它们的作用不仅仅是关于地形的各种描述，这座城市也不仅仅是"在那里"而已。相反，它也成为约翰尼斯虚构的、自己的各种诗化活动的一部分。例如，邦德·詹森提醒读者注意，约翰尼斯描写东街的方式比它既定的历史现实更粗俗。① 因此，约翰尼斯在他的叙述中加入了一种感性的内容——某种危险的、挑衅性的东西——以增强叙述的冲击力。

彼得·马德森（Peter Madsen）认为这本日记"是对一座城市的特定生活方式的早期展示。约翰尼斯是一个对年轻女性们有着独特兴趣的游荡者"②。因此，邦德·詹森认为这座城市本身就是一个戏剧角色，而马德森认为这座城市的城市环境鼓励了某种存在方式，而它在游荡者（flâneur）的形象中得到了体现。与城镇有关的那个特立独行的巴黎人是由他的双重存在定义的：游荡者既处于城市公共场所的人群中，同时又远离人群、站在人群之外。以一种几乎自相矛盾的方式，游荡者并非完全站在人群之外享受匿名性，而是作为完全隐没在人群中的一位观察者享受匿名性。他以这样一种方式融入大众，以至于他几乎与其他任何人都没有区别。乔治·帕蒂森（George Pattison）同样在约翰尼斯身上看到了一位遵守"'新城市秩序'的先驱，是一类'新型的人'……约翰尼斯在新城市秩序真正到来之前，就已经记录了它的到来"③。因此，约翰尼斯代表了一位

---

① Jørgen Bonde Jensen, "København som refleksions-spejl for Søren Kierkegaard i Forførerens Dagbog," in *Københavnerromaner*, ed. by Marianne Barlyng and Søren Schou, Copenhagen: Borgens Forlag 1996, pp. 33–34.

② Peter Madsen, "Imagined Urbanity: Novelistic Representations of Copenhagen," in *Urban Lifeworld: Formation, Perception & Representation*, ed. by Peter Madsen and Richard Plunz, New York: Routledge 2002, p. 296.

③ George Pattison, *"Poor Paris!" Kierkegaard's Critique of the Spectacular City*, Berlin and New York: Walter de Gruyter 1999 (*Kierkegaard Studies Monograph Series*, vol.2), p. 13.

早期的游荡者,他站在居民的小资产阶级利益之外和之上;他以敏锐而果断的眼光观察城市生活中的各种矛盾,就是这一点的体现。

约翰尼斯也享受或至少想象自己享受某种程度的匿名性。这座城市在许多方面为约翰尼斯提供了这种"掩护",方便他监视科迪莉娅和其他人。在《诱惑者日记》4月4日的第一个条目中,约翰尼斯写道:"我只是让自己静默地站在这些路灯下,这样您就不可能看到我,然而,一个人持久地只在相同的程度上感到尴尬,就像他被看见了一样。"① 约翰尼斯利用城市空间提供的相对匿名性,使他能够从看不见的有利位置对自己的受害者们进行偷窥式的观察。因此,约翰尼斯以想象的方式进行诱惑只有在城市中才有可能,约翰尼斯式的诱惑是一种在城市中发生的事件。因此,游荡者也唤起人们注意视觉在城市生活中的重要性。马德森、帕蒂森和邦德·詹森都强调这样一个事实,即这座城市成为一个人们去看和被别人看的场所。如果说《诱惑者日记》经常被视为哥本哈根最早的浪漫小说之一,那么它在很大程度上也与19世纪现代城市的到来催生的一种新兴视觉文化息息相关。尤金姆·加尔夫(Joakim Garff)在他的《克尔凯郭尔传》中提到了《诱惑者日记》,特别是提到约翰尼斯的方法在很大程度上以视觉为导向。加尔夫在提到约翰尼斯时断言,"在[他]与世界的交往中,约翰尼斯明显是盲目的,他完全迷失在搜寻科迪莉娅的视线中,以至于真正的科迪莉娅从他的视野中消失了,这就是为什么她几乎仅仅是弥漫于《诱惑者日记》许多页面上的偷窥美学中的一个名字。"② 然而,正如加尔夫暗示的那样,这种对城市视

---

① *SKS* 2, 304 / *EO1*, 314.

② Joakim Garff, *Søren Kierkegaard: A Biography*, trans. by Bruce H. Kirmmse, Princeton: Princeton University Press 2007, p. 271.

觉的关注并非良性的关注,当然也不仅仅在《诱惑者日记》中出现。事实上,这种形式的视觉在其强迫性地试图看到和观察科迪莉娅时变得病态,甚至到了约翰尼斯担心自己已经失去视觉能力的地步,他其实已经失明了。[①] 这种对视觉的强调,导致加尔夫声称是视觉驱动了《诱惑者日记》的整个情节,这得到了日记中一系列重要的视觉对象的支持。到处都是用于瞥视的镜子,约翰尼斯的瞥视被描述为用眼睛击剑:"您要留意,这样一个自下而上的眼神比一个直勾勾的眼神更危险。它就像击剑;有什么武器能像一只眼睛那样如此尖锐、如此有穿透力呢?它的动作如此闪耀,有什么武器像眼睛一样如此让对手失望呢?"[②] 这些将"看"比喻为击剑的、与战斗有关的描述,暗示了通过"看"的行为实施的那种暴力。

五、诱惑者约翰尼斯的女性观

对视觉文化的强调强化了对科迪莉娅的物化,再结合很多其他因素,女性主义学者在约翰尼斯身上看到了"病态的异性恋男性"的行动。[③] 这种关注在《诱惑者日记》和《人生道路诸阶段》的宴会演讲中都可以找到很多证据。按照简·杜兰(Jane Duran)的说法,这两部作品中的女性是"通过使用关于女性的范畴来表现的,除了在男性的范畴中物化女性以外,这种范畴还倾向于轻视或削弱女性

[①] *SKS* 2, 313 / *EO1*, 323.

[②] *SKS* 2, 308 / *EO1*, 318.

[③] Wanda W. Berry, "The Heterosexual Imagination and Aesthetic Existence in Kierkegaard's *Either/Or*, Part one," in *Feminist Interpretations of Søren Kierkegaard*, ed. by Céline León and Sylvia Walsh, University Park, Pennsylvania: Pennsylvania State University Press 1997, p. 31.

的概念"①。事实上，我们对科迪莉娅唯一的了解——她是谁、她的思想和感受、她所说的和所做的——完全是通过约翰尼斯的想象过滤出来的，并存放在《诱惑者日记》的许多页面上。只有在最可疑的情况下，我们才能在 A 写的日记序言中找到科迪莉娅亲自说的话。因为这些不过是科迪莉娅信件的誊清本，它们也只能模糊地接近科迪莉娅的真实身份。此外，科迪莉娅作为约翰尼斯凝视的对象，不仅是身体上的、性上的（尽管这在一定程度上是有争议的），而且实际上是被重塑或塑造成约翰尼斯想要的对象。因此，科迪莉娅是约翰尼斯创造出来的关键人物，无论是在他诱惑的各种目的和目标上——唤醒科迪莉娅的审美自我——还是他甚至在诱惑之前就已经将她想象成女人的方式上。②

约翰尼斯对"女人是谁"和"女人是什么"的哲学阐述，即他的性别差异哲学，围绕着女人是"为别人存在"的概念，而男人被定义为女人的反面或对立面，即黑格尔式的"为自己存在"。③ 以这

---

① Jane Duran, "The Kierkegaardian Feminist," in *Feminist Interpretations of SørenKierkegaard*, ed. by León and Walsh, University Park, Pennsylvania: Pennsylvania State University Press 1997, p. 249.

② 可以说，科迪莉娅完全是约翰尼斯的想象力的产物，甚至从一开始，约翰尼斯就把她想象成天真无邪、无瑕疵的、处女的，因此是自然的。约翰·史密斯在《关于情欲的一个问题》一书中特别感兴趣的是，在使用反讽和技巧之前，以某种方式消除对自然和自然的东西的感知。在对这种二元对立的解构中，史密斯认为，科迪莉娅假定的自然性本身就是约翰尼斯首先想象的虚构，以便将她重新想象为重新创造的。因此，任何诡计与自然之间的真正对立都不能得到保证，而总是完全受制于诱惑者对女人和世界的想象方式。参见：John Vignaux Smyth, *A Question of Eros: Irony in Sterne, Kierkegaard, and Barthes*, Tallahassee: Florida State University Press 1986, pp. 250ff.

③ *SKS* 2, 417 / *EO1*, 429.

种方式定义男人和女人会立即引发一些伦理方面的问题,当然,我们在《非此即彼》第二卷威廉法官对婚姻的兴趣中得到了回应,他是伦理人生观最典型的代表。威廉本人对男人和女人的定义也并非没有一些伦理方面的问题。然而,正如贝特霍尔德所描述的那样,在《诱惑者日记》的语境中,伦理是"一种在理想中相遇的可能性,在这种相遇中,另一个人不仅仅是我自己对她的反思以及她的再现,而且是对两者在一次经历中融合的渴望"①。贝特霍尔德认为诱惑者违反了这种伦理约定。除了上面的引文,他还将约翰尼斯与科迪莉娅的交往描述为"一次高度审美化的和智慧化的,却是有意的、充满活力的非伦理的相遇"②。约翰尼斯对待科迪莉娅的方式要求我们作出反应,这种反应会使我们对她成为别人满意和愉悦的对象感到生气。对旺达·贝瑞(Wanda Berry)来说,《诱惑者日记》被安排在《非此即彼》第一部分的结尾并非偶然,而是表明"整卷书中隐含的男女意象问题在约翰尼斯的理论和实践中得到了具体化"③。因此,这本日记成为19世纪在哥本哈根实施的与异性恋正统主义有关的更广泛讨论的一部分。

不仅仅是在《诱惑者日记》中,我们还可以在《人生道路诸阶段》的约翰尼斯宴会演讲中找到这样的讨论。在约翰尼斯的宴会演

---

① Daniel Berthold, "Kierkegaard's Seductions and the Ethics of Authorship," *Modern Language Notes*, vol. 120, 2005, p. 1048.
② 同上。
③ Wanda W. Berry, "The Heterosexual Imagination and Aesthetic Existence in Kierkegaard's *Either/Or*, Part one," in *Feminist Interpretations of Søren Kierkegaard*, ed. by Céline León and Sylvia Walsh, University Park, Pennsylvania: Pennsylvania State University Press 1997, p. 28.

讲中，争论的焦点是女人是什么以及两性之间的关系是什么。正如在《诱惑者日记》中，这个问题不仅取决于对男人和女人的"正确"理解，还取决于权力、统治和服从的问题。在书籍装订者希拉里乌斯的《人生道路诸阶段》中，约翰尼斯作为五名参与者中的一员，出现在威廉·阿法姆以"酒宴记"为名举办的宴会上。参与者包括《非此即彼》的编辑维克多·埃雷米塔、康斯坦丁·康斯坦提乌斯、《重复》中的年轻人以及其他几个人物。约翰尼斯是宴会上五位演讲者中最后一位发言的，正如他所说的，他的发言是对女性的赞美。他斥责自己的同伴们，他们是自己所谓为女人所困的"不快乐的恋人"①，而非快乐的恋人。约翰尼斯的意思是，他选择不像团体内其他人表面上希望的那样改造或改变女性，而是接受她们本来的样子。在约翰尼斯接下来的演讲中，他对女性的本质进行了非常具体的描述。约翰尼斯从一个神话开始，在这个神话中，女人是由众神创造的，因为众神害怕男人对自己的权威和权力构成潜在的挑战。约翰尼斯承认，在很大程度上，众神是成功的。女人将男人企图篡夺神权的念头都转移到了她们身上。然而，也有一些男人看穿了这个战略。这些人被约翰尼斯称为快乐的恋人。这些人都是"奉献给情欲之爱"②的人。在约翰尼斯对这个词语的更高雅的理解中，这些人都是诱惑者，因为他们挫败了神的计划，正如他说的那样："只吃比神圣食物更贵的东西，只喝比花蜜更美味的东西：他们吃了众神最狡猾的想

---

① SKS 6, 71 / SLW, 72. ["SLW" 代表洪夫妇英译版《人生道路诸阶段》（ Stages on Life's Way, trans. by Howard V. Hong and Edna H. Hong, Princeton: Princeton University Press 1988 ）。——译者注]

② SKS 6, 74 / SLW, 75.

法中最诱人的突发奇想；他们总是只吃诱饵。"[1]这种幸福的恋人不会被众神及其计划吸引——不会被众神的骗术欺骗——因此他们避免了对女性产生任何严重的情感依恋。相反，诱惑者将女人看作一个"充满各种可能性的工作室"[2]，男人可以在其中探索、试验，但永远别依恋女人。根据约翰尼斯的说法，女人是为了享受而存在的，因此所有诱惑者在人生中的绝对命令就是"享受！"。

约翰尼斯看到的这种命令，是审美人生的基本原理，它并非上帝赋予的（这至少不是约翰尼斯认可的那种享受方式），也并非人赋予自己的。事实上，这种命令来自女性的本性。根据约翰尼斯的说法，这就是女人存在的理由：被男人渴望，因此被男人享受。众神用她的谦卑、她的魅力、她的美丽塑造了她。因此，难怪约翰尼斯的审美世界观在某种程度上不仅是享乐主义的，而且还具有性别歧视和厌恶女性的特征。《诱惑者日记》和约翰尼斯一起，呈现了一个完全"异性恋"的人物，他厌恶女性，非常不符合伦理。

六、诱惑者约翰尼斯与伦理导向的诱惑

尽管贝瑞和其他女性主义学者认为，《诱惑者日记》在整个《非此即彼》中的位置并非偶然，但也有其他人从《诱惑者日记》所处的位置推断出与约翰尼斯完全不同的东西，即认为它是审美人生观的缩影。比贡娅·塞伊兹·塔贾福尔茨（Begonya Saez Tajafuerce）反对"严格地"从审美方面解读约翰尼斯及其诱惑方式，她认为

---

[1] *SKS* 6, 74–75 / *SLW*, 75.
[2] *SKS* 6, 75 / *SLW*, 76.

《诱惑者日记》及其所处的位置实际是通往伦理的一扇门。对塔贾福尔茨来说，约翰尼斯体现的更具反思性的诱惑策略必须从根本上被解读为伦理的。她写道：

> 正如威廉法官强调的那样，小说不能被人们认为是一个纯粹的幻变空间，从而逃避直接性和/或现实。相反，A的提议——（我们可以假设）约翰尼斯也有同感——要有趣得多，因为它强调了激情在小说中的潜力，从而强调了伦理在美学中的潜力。如果这一点成立，那么小说（虚构性）就是约翰尼斯与A永恒不变地（在每一次诱惑和每一次创造中）重新装配好的实用主义框架；而这副框架框定了在其中进行的审美活动。①

塔贾福尔茨将这种辩证法称为更优越的约翰尼斯式的诱惑（优于唐璜和浮士德），是"反思的最高密码"。②

对约翰尼斯的诱惑的描述不仅是又一次承认了诱惑者的反思能力，而且是承认了在他的诱惑形式中发现的各种创造性的可能性。塔贾福尔茨认为，约翰尼斯的诱惑形式固有的生产和创造能力可以"诱惑读者，因为它欺骗他/她进入它创造的东西，即新的现实（虚构），因为它打开了一个新的充满各种可能性的世界，并间接地要求读者

---

① Begonya Saez Tajafuerce, "Kierkegaardian Seduction, or the Aesthetic Actio(nes) in Distans," *Diacritics*, vol. 30, no. 1, 2000, pp. 84–85.

② Begonya Saez Tajafuerce, "Kierkegaardian Seduction, or the Aesthetic Actio(nes) in Distans," *Diacritics*, vol. 30, no. 1, 2000, p. 84.

对它提出的存在主义建议作出一种反应"①。这种通过对读者（大概也包括对科迪莉娅）的诱惑来打开伦理大门的方式，塔贾福尔茨将其称为"伦理导向的诱惑"②。在很多方面，塔贾福尔茨的观点都被西尔维娅·瓦尔施在她 1979 年的《唐璜与精神上的感官的再现》一文中的观点预示过。在这里，瓦尔施探讨了将唐璜视为一位"精神上的情欲人物"的可能性，他可能会借此身份阐明"宗教生活的感官特征"。③ 尽管瓦尔施并没有声称约翰尼斯有这种可能性，她的论点却与约翰尼斯有惊人的相似之处，即"从过去倾向于将他描述为恶魔或不道德的人物，保留他与感官和性的基本联系的描述，而精神上的唐璜可能会表现出一种新的自我和与别人相互关联的感觉"④。这种感性、性与精神的结合可能描述了一种超越审美的范畴来思考约翰尼斯的方式。事实上，这样的解读可能会迫使我们重新考虑仅仅将约翰尼斯视为一个审美者，即使我们已经给予他在审美阶段相对重要的地位。

约翰尼斯对伦理的这种开放性，以及无法仅仅将他描述为最典型的审美者，可以让我们回到几位学者提出的一个论点，甚至是很早就接受克尔凯郭尔和他的哲学的那些人提出的论点。这个论点就是，克尔凯郭尔本人必须被理解为他的"间接沟通"概念中的某种

---

① Begonya Saez Tajafuerce, "Kierkegaardian Seduction, or the Aesthetic Actio(nes) in Distans," *Diacritics*, vol. 30, no. 1, 2000, p. 86.

② 同上。

③ Sylvia Walsh, "Don Juan and the Representation of Spiritual Sensuousness," *Journal of the American Academy of Religion*, vol. 47, no. 4, 1979, p. 628.

④ Sylvia Walsh, "Don Juan and the Representation of Spiritual Sensuousness," *Journal of the American Academy of Religion*, vol. 47, no. 4, 1979, p. 638.

诱惑者。也就是说,《诱惑者日记》以及约翰尼斯本人确实可能是克尔凯郭尔早期尝试的一种写作策略,这种策略在每一个转折点都致力于对读者进行诱惑。但是,这种对读者的诱惑不仅仅是一种审美化的、彻底虚构的、对可能性的富有想象力的探索,事实上,它是与读者进行一场真正的伦理沟通的基础。在我们对约翰尼斯及其日记进行了某种理解以后,这是否就是我们可能揭示出来的真相呢?

参考文献

Agacinski, Sylviane, *Aparté: Conceptions and Deaths of Søren Kierkegaard*, trans. by Kevin Newmark, Gainesville: University Presses of Florida 1988, pp. 50–52.

Baudrillard, Jean, *Seductions*, trans. by Brian Singer, New York: St. Martin's Press 1990, pp. 98–118.

Berry, Wanda W., "The Heterosexual Imagination and Aesthetic Existence in Kierkegaard's *Either/Or*, Part one," in *Feminist Interpretations of Søren Kierkegaard*, ed. by Céline León and Sylvia Walsh, University Park, Pennsylvania: Pennsylvania State University Press 1997, pp. 18–20.

Berthold, Daniel, "Kierkegaard's Seductions and the Ethics of Authorship," *Modern Language Notes*, vol. 120, 2005, pp. 1044–1065.

Brandt, Frithiof, *Den unge Søren Kierkegaard. En Række nye Bidrag*, Copenhagen: Levin &Munksgaards Forlag 1929, pp. 160–304.

Crites, Stephen, "Pseudonymous Authorship as Art and as Act," in *Kierkegaard: A Collection of Critical Essays*, ed. by Josiah Thompson, Garden

City: Anchor Books 1972, pp. 183–229; p. 207.

Dewey, Bradley R., "The Erotic-Demonic in Kierkegaard's 'Diary of the Seducer,'" in *Scandinavica*, vol. 10, London: Norvik Press 1971, pp. 1–24.

Dewey, Bradley R., "Søren Kierkegaard's Diary of the Seducer: A History of its Use and Abuse in International Print," *Fund og Forskning*, vol. 20, 1973, pp. 138–156.

Dewey, Bradley R., "Seven Seducers: A Typology of Interpretations of the Aesthetic Stage in Kierkegaard's 'The Seducer's Diary,'" in *Either/Or. Part I*, ed. by Robert L. Perkins, Macon, Georgia: Mercer University Press 1995 (*International Kierkegaard Commentary*, vol. 3), pp. 159–199.

Downing, Eric, *Artificial I's: The Self as Artwork in Ovid, Kierkegaard, and Thomas Mann*, Tübingen: Max Niemeyer 1993, pp. 75–127.

Dunning, Stephen R., *Kierkegaard's Dialectic of Inwardness: A Structural Analysis of the Theory of Stages*, Princeton: Princeton University 1985, pp. 53–59; pp. 62–63; pp. 69–73; pp. 94–96; p. 247; p. 268.

Duran, Jane, "The Kierkegaardian Feminist," in *Feminist Interpretations of Søren Kierkegaard*, ed. by Céline León and Sylvia Walsh, University Park, Pennsylvania: Pennsylvania State University Press 1997, pp. 251–255.

Eagleton, Terry, "Absolute Ironies," in *The Ideology of the Aesthetic*, Oxford: Basil Blackwell 1990, pp. 173–195.

Evans, Jan E., and C. Stephen Evans, "Kierkegaard's Aesthete and Unamuno's *Niebla*," in *Philosophy and Literature*, vol. 28, no. 2, 2004, pp. 342–352.

Fenger, Henning, *Kierkegaard: The Myths and Their Origins*, trans. by George C. Schoolfield, New Haven: Yale University Press 1980, pp. 179–212.

Garff, Joakim, "Victor Eremita—og Kierkegaard. 'Det Æstetiske er overhovedetmit Element,'" in *Kierkegaard—pseudonymitet*, ed. by Birgit Bertung, Paul Müller, and Fritz Norlan, Copenhagen: C. A. Reitzel 1993 (*Søren Kierkegaards Selskabets Populære Skrifter*, vol. 21), pp. 58–60.

Gouwens, David J., *Kierkegaard's Dialectic of the Imagination*, New York:

Peter Lang 1989 (*American University Studies, Philosophy*, vol. 7), p. 160; pp. 175–177.

Greene, Robert, *The Art of Seduction*, New York: Viking 2001, p. xxiv; p. 24; p. 31; pp. 169–172; pp. 179–182; p. 193; p. 201; p. 224; p. 246; pp. 254–257; p. 279; pp. 289–291; p. 357; p. 373; pp. 387–389.

Grimsley, Ronald, *Søren Kierkegaard and French Literature: Eight Comparative Studies*, Cardiff: University of Wales Press 1966, pp. 11–44.

Hall, Amy Laura, *Kierkegaard and the Treachery of Love*, Cambridge: Cambridge University Press 2002, pp. 144–145; p. 176.

Hannay, Alastair, "Afterword," in *Diary of a Seducer*, Søren Kierkegaard, London: Penguin Books 2009, pp. 187–191.

Holm, Isak Winkel, *Tanken i billedet: Søren Kierkegaards poetik*, Copenhagen: Gyldendal 1998, pp. 205–246.

Howe, Leslie A., "Kierkegaard and the Feminine Self," in *Feminist Interpretations of Søren Kierkegaard*, ed. by Céline León and Sylvia Walsh, University Park, Pennsylvania: Pennsylvania State University Press 1997, pp. 217–247.

Jensen, Jørgen Bonde, "København som refleksions-spejl for Søren Kierkegaard i Forførerens Dagbog," in *Københavnerromaner*, ed. by Marianne Barlyng and Søren Schou, Copenhagen: Borgens Forlag 1996, pp. 28–44.

Kennedy, Thomas E., "The Secret Life of Kierkegaard's Lover," *Literary Review*, vol. 45, no. 4, 2002 (Madison: Farleigh Dickinson University), pp. 777–784.

León, Céline, "The No Woman's Land of Kierkegaardian Seduction," in *Feminist Interpretations of Søren Kierkegaard*, ed. by Céline León and Sylvia Walsh, University Park, Pennsylvania: Pennsylvania State University Press 1997, pp. 147–174.

Lorentzen, Jamie, *Kierkegaard's Metaphors*, Macon, Georgia: Mercer University Press 2001, pp. 91–92.

Mackey, Louis, "The Poetry of Inwardness," in *Kierkegaard: A Collection of Essays*, ed. by Josiah Thompson, New York: Doubleday 1972, pp. 16–24.

Madsen, Peter, "Imagined Urbanity: Novelistic Representations of Copenhagen," in *Urban Lifeworld: Formation, Perception & Representation*, ed. by Peter Madsen and Richard Plunz, New York: Routledge 2002, pp. 293-313.

Mcbride, William L., "Sartre's Debts to Kierkegaard: A Partial Reckoning," in *Kierkegaard in Postmodernity*, ed. by Martin J. Matustík and Merold Westphal, Bloomington, Indiana: Indiana University Press 1995, pp. 31-39.

Nordentoft, Kresten, *Kierkegaards psykologi*, Copenhagen: G. E. C Gad 1972, pp. 65-71.

Pattison, George, *"Poor Paris!" Kierkegaard's Critique of the Spectacular City*, Berlin and New York: Walter de Gruyter 1999 (*Kierkegaard Studies Monograph Series*, vol. 2), pp. 12-15; p. 47; pp. 64-71; p. 78.

Perkins, Robert L., "The Politics of Existence: Buber and Kierkegaard," in *Kierkegaard in Postmodernity*, ed. by Martin J. Matustík and Merold Westphal, Bloomington, Indiana: Indiana University Press 1995, pp. 171-172.

Perkins, Robert L., "Woman-Bashing in Kierkegaard's 'In Vino Veritas': A Reinscription of Plato's *Symposium*," in *Feminist Interpretations of Søren Kierkegaard*, ed. by Céline León and Sylvia Walsh, University Park, Pennsylvania: Pennsylvania State University Press 1997, pp. 97-98.

Rehm, Walther, *Kierkegaard und der Verführer*, Munich: H. Rinn 1949.

Smyth, John Vignaux, *A Question of Eros: Irony in Sterne, Kierkegaard, and Barthes*, Tallahassee: Florida State University Press 1986, pp. 246-255.

Sæverot, Herner, "Kierkegaard, Seduction, and Existential Education," *Studies in Philosophy and Education*, vol. 30, no. 6, 2011, pp. 557-572.

Tajafuerce, Begonya Saez, "Kierkegaardian Seduction, or the Aesthetic Actio (nes) in Distans," *Diacritics*, vol. 30, no. 1, 2000, pp. 78-88.

Taylor, Mark C., *Kierkegaard's Pseudonymous Authorship*, Princeton: Princeton University Press 1975, pp. 166-175.

Taylor, Mark C., *Journeys to Selfhood: Hegel and Kierkegaard*, Berkeley: University of California Press 1980, pp. 238-241.

Thompson, Josiah, "The Master of Irony," in *Kierkegaard: A Collection of*

Critical Essays, ed. by Josiah Thompson, New York: Anchor Books 1972, p. 109; pp. 121–124.

Walsh, Sylvia, "Don Juan and the Representation of Spiritual Sensuousness," in *Journal of the American Academy of Religion*, vol. 47, no. 4, 1979, pp. 627–644.

Walsh, Sylvia, *Living Poetically: Kierkegaard's Existential Aesthetics*, University Park, Pennsylvania: Pennsylvania State University Press 1994, pp. 91–96; p. 142.

Walsh, Sylvia, "On 'Feminine' and 'Masculine' Forms of Despair," in *Feminist Interpretations of Søren Kierkegaard*, ed. by Céline León and Sylvia Walsh, University Park, Pennsylvania: Pennsylvania State University Press 1997, pp. 203–216.

Watkin, Julia, "The Logic of Kierkegaard's Misogyny," in *Feminist Interpretations of Søren Kierkegaard*, ed. by Céline León and Sylvia Walsh, University Park, Pennsylvania: Pennsylvania State University Press 1997, pp. 69–82.

Watkin, Julia, *Historical Dictionary of Kierkegaard's Philosophy*, Lanham, Maryland: Scarecrow Press 2000, p. 14; p. 63; pp. 73–74; p. 155; p. 186; pp. 241–243; pp. 404–405.

Webber, Ruth House, "Kierkegaard and the Elaboration of Unamuno's *Niebla*," *Hispanic Review*, vol. 32, no. 2, 1964, pp. 118–134.

他将主要的激情

挥洒给了年轻的女初学者们。

——歌剧《唐璜》第四幕

我无法对自己隐瞒，在那儿的那个瞬间，我几乎无法控制那攫住自己的焦虑，那时出于我自己兴趣的缘故，我决定根据那份昙花一现的原稿，制作一份准确的誊清稿，我只能在十万火急中带着很多不安抄写，我在自己掌控的那段时间内成功地为自己获得了那份誊清稿。那个场景向我走来了，它让我感到同样的焦虑，也让我受到同样的责备，对我来说就像身临其境。他违背了自己的习惯，并没有锁上自己的写字台，这样它里面的整个内容就可以由我来处置了；但是，如果我想要通过让自己记得——我可没有打开过任何抽屉——以粉饰自己的行为的话，却徒劳无功。我拉开了一个抽屉。在那个抽屉里，我找到一大堆散乱的文稿，在它们的上面还躺着一本大四开的、以良好的品位装订的书。在翻开的那一页，放置着一张带有一个小装饰图案的白纸，他在上面亲手写道："持续的评论，第4册。"尽管徒劳无功，我却愿意让自己幻想，如果在这种氛围下翻开的不是书的那一页，如果那个引人注目的书名不曾诱惑我，那时我才不会陷入诱惑呢，或者我毕竟会做出抵抗。书名本身是奇怪的，本质上并不是因为它本身，而是因为它所处的环境。我向那堆散乱的文稿投去转瞬即逝的一瞥，得知这些文稿既包含对一些情欲场景的各种领会，又包含关于一段又一段关系的某些暗示，从速写到信件的过渡有一种完全独特的性质，就像我后来才开始认识到，它们被艺术化地完成以后，透露出一种计算好的漫不经心。现在，在已经识破那个堕落分子诡计多端的内心以后，我回想起自己遇到的那个场景，当我以自己所有的狡黠睁大眼睛走到那个抽屉前时，它给我留下的印象就像一定会给一个警官留下的印象，当他走进伪造者的一个房间后，他揭开了伪造者的藏私处，在一个抽屉里找到一大堆散乱的文稿，还有很多草稿；在一张纸上有一片小小的碎叶子，在另一张纸上有一个签名，在第三张纸上有一行反向书写的文字。这轻易地向警官显明，警官本人正走在那条破案的正轨上，而由此带来的快乐本身混杂着警官对伪造者的研究和勤奋的某种特定的赞叹，它们在这里是不会被认错的。我想，对我来说，情况肯定会有点不同，因为我不太习惯于追踪各种犯罪行为，而且我也没有佩戴一枚警徽。我将感受到真理的双倍重量，因为我正走在非法的道路上。那一次，我的思想和词语变得一样贫乏，就像通常发生的那样。某个印象可以让一个人心生敬畏，直到他的反思再次释放出来，这反思多样性地、迅速地运动着，在这个尚未认识的陌生人那里劝说起来，并且暗示自己的存在。是的，假设一个人被培养得有越多的反思，他就越能迅速地知道如何回到自己，这样的反思变得就像外国旅行者们面前的一个签证官，这位签证官在看到各种最神奇的人物时都会感到如此熟悉，以至于那些申签者可不会轻易地让签证官惊愕。然而，尽管我的反思现在肯定被发展得非常强大，然而，我在第一时刻变得非常诧异；我记得非常清楚：我脸色苍白，几乎要晕倒，我对偷看到稿件这件事情是多么焦虑啊！假设他回到家里，发现昏厥的我手捧着那个抽屉——然而，一颗邪恶的良心可以成功地使人生变得有趣。

这本书的书名并没有在本质上打动我；我认为它是一本摘录集，在我看来这是完全自然的，我在那时知道的是，他总是带着狂热去拥抱自己的各种研究。然而，它包含的内容是完全不同的东西。它不多不少，就是一本仔细记录下来的日记；就像我在较早的时候认识他以后，我并没有发现他的人生如此迫切地需要评论性的解释，所以我并不否认，在那次洞察之后，当时我才完成对他的认识，那个书名的选择很有品位、很有意义，它带有真正审美的、客观的优越性，既超越了他自己，又超越了那个场景。这个书名和书的整个内容处于完美和谐的状态中。他的人生一直是一种尝试，目的是实现诗意地生存的任务。通过一套发展得很敏锐的器官，他可以发现人生中的有趣之处，他已经知道如何找到它，并且在找到它以后，持久地以半诗意的方式再现那个经历。因而，他的日记既没有历史性的准确，又缺乏简单的叙述性，它可不是叙事性的，而是虚构性的。尽管他的经历自然是在经历以后才被记录下来，有时甚至也许在经历过去更久以后才被记录下来，然而，它们经常被描述得就像发生在同一个瞬间，这种描述具有如此生动的戏剧性，以至于有时一切就像在我眼前发生一样。如果他之所以写日记，是因为他对这本日记有任何其他的意图，那是极为不可能的；从最严格的意义上说，这本日记只对他个人有意义，这是显而易见的；我设想，他甚至也许决定印刷我为自己获得的这部虚构的作品，却禁止印刷整个文稿，就像禁止印刷那些零散的文稿那样。他不需要恐惧出版这本日记可能对他个人造成某种影响；因为大多数名字是如此奇怪，绝对没有在历史上真实存在的可能性；只是我抱有一种怀疑，各个教名在历史上是正确的，这样他自己总是确信可以辨认出现实的人，同时姓氏一定会让任何不相关的人迷路。至少我认识的那个女孩的情况就是如此，她是这本日记本身围绕的主要关注点，科迪莉娅，非常正确地说，她名叫科迪莉娅，而非瓦尔。

尽管如此，现在如何才能解释这本日记获得了这样一种诗意的色调呢？回答上面这个问题并不困难，可以从他自己诗意的本质来解释，是的，如果我们愿意的话，可以说，他既没有富有到足以将诗歌和现实分开，也没有贫穷到足以将诗歌和现实分开。诗意是他给自己带来的那种"更多"，即他在现实的诗意场景中享受到的诗意；他重新以诗意反思的方式将那种"更多"再次带了回来。这是第二种享受，而他的整个人生所计算的就是享受。在第一种情况里，他个人地享受审美的东西，在第二种情况里，他审美地享受自己的个性。在第一种情况里，重点是他自私地、个人地享受部分是现实赋予他的东西，部分是他自己让现实孕育出的东西；在第二种情况里，他的个性变得逃避现实，他享受那时的场景以及处在场景中的自己。在第一种情况里，他需要持久的现实作为契机、作为时刻；在第二种情况里，现实被诗意淹没了。这样，第一个阶段的果实是情绪，由此，日记作为第二个阶段的果实显露了出来，在后一种情况里，"果实"这个词语的含义与第一种情况相比有一些不同。这样，他持久地通过模棱两可来拥有诗意，他的人生以这种方式向前走去。

在我们生活的这个世界背后，另一个世界位于远处的背景中，它和前者之间的关系大约就像我们有时在剧院中看到的舞台背景和现实舞台之间的关系。透过一层薄纱，我们可以看到薄纱之后的一个世界，它更轻盈、更超凡，和现实的东西相比有另一种品质。许多人在现实世界中以自己的肉体显现，然而他们不属于这个世界，他们属于另一个世界。然而，即使如此，一个人由此消失在前方，是呀，几乎从现实中消失，要么是由于某种健康，要么是由于某种疾病。最后这种情况就发生在这个人身上，我曾经认识他，却又不曾哪怕真正认识他一次。他并不归属于现实，却和现实有很多的关系。他持久地处于现实之上并向前奔跑，但是即使在他让自己最沉浸于现实的时候，他也超越了现实。然而，召唤他离开现实的既不是善良，也真的不是邪恶，我甚至在他离开的那个瞬间也不敢说他是邪恶的。他患上了一点大脑过度活跃综合征，现实对他的大脑的刺激不足，最多只是间歇性的刺激。他没有让自己去抬起现实，并不是因为他太虚弱而无法承受现实，不，正是因为他太强大了；而这种强大是一种疾病。一旦现实失去了本身作为刺激的意义，他就被解除了武装，这就是他的邪恶之所在。甚至他能在自己被现实刺激的瞬间意识到这种刺激，这种意识正是他的邪恶之所在。

我认识那个女孩，她的故事构成了这本日记的主要内容。我不知道他是否诱惑过更多的女孩；然而，根据他的文稿显露的东西，看来是如此。看来，他同时非常熟练地进行着另一种实践行为，那完全符合他的性格；因为他过分地精神化，以至于注定不是一个通常意义上的诱惑者。我们从日记中也可以看到，有时他追求一些完全随机的东西，例如一声问候，而他绝不想用任何代价去接收更多的问候，因为那就是他从相关的那个人身上得到的最美的东西。在各种天赋的帮助下，他知道如何诱惑一个女孩，知道如何将她吸引到自己身边，却不喜欢在更严格的意义上拥有她。我可以让自己构想，他知道如何将一个女孩带到最高的那个点，并确信她愿意付出一切。当事情来到这个地步时，他就会在那时中断，在他这边不会再发生最小程度的接近，不会再抛下一个关于爱的词语，更不会再说一句表白或许一个承诺。然而这件事情发生了，这个不幸的女孩对此保留了双倍的痛苦意识，因为她最小的东西没有可以让自己去依靠，因为她持久地被最为不同的各种情绪所困扰，在一段可怕的女巫之舞中晕头转向，那时她时而责备自己并且原谅他，时而责备他,而现在,即便如此,因为那段关系只在不真实的意义上拥有现实,她必须持久地和怀疑战斗,即怀疑整件事情是不是一个幻想。她无法让自己向任何人倾诉;因为她其实没有什么可以向他们倾诉的东西。当一个人做了梦以后,他可以将自己的梦告诉别人,但是她要告诉别人的不是任何一个梦,而是现实,然而,一旦她要向另一个人说出这件事情,好让忧虑的心灵放松,却又无话可说。她自己对此深有感触。任何人都无法理解这件事,她自己也几乎无法理解它,然而,它带着一种让人焦虑的重量在她身上安息。因此,这样的受害者有一种完全独特的本性。这样的受害者不是不幸的女孩,因为不幸的女孩就像被遗弃了,或者不幸的女孩有这样的想法,即自己被社会遗弃了,不幸的女孩健康地、强烈地让自己沮丧,当心儿在一次沮丧间变得太满溢时,不幸的女孩会通过仇恨或宽恕来释放。在这样的受害者身上却没有发生任何可见的变化;她们还生活在平常的关系里,一如既往地受到尊敬,然而,这样的受害者身上已经发生了变化,对她们自己来说,这几乎是无法解释的,对别人来说,这是难以理解的。她们的人生并不像不幸的女孩的人生一样被折断或打碎了,而是弯曲地进入了自己的内心;对别人来说,她们丢失了自己,她们试图找回自己,却徒劳无功。在相同的意义上,一个人可以说,他穿过人生的道路,却没有留下足迹(因为他将足迹收在自己的脚下,这样我最好竭尽所能去构想他内心的无限反思),在相同的意义上,没有任何受害者倒在他面前。他活得太过精神化了,以至于无法成为一个通常意义上的诱惑者。然而,有时他承载的是一副准静态的身体,它当时完全沉浸于纯粹的感官享受中。就连他和科迪莉娅的故事也是如此纠缠,以至于他可能是作为被诱惑者登场的，是呀，那个真正不幸的女孩本人有时对此感到茫然无措，他在这里留下的足迹也是如此模糊，以至于她不可能找到任何证据。很多女性个体对他来说只是刺激而已，他让自己摆脱她们，就像树木摇落树叶一样——他返老还童了，树叶却凋零了。

但是，从外往内看的话，他自己的头脑又是怎样的呢？正如他已经引导别人迷路，所以我认为他最终也会让自己迷路。他并非在外在方面引导别人迷路，而是在涉及他们自身的内在方面让他们迷路。当一个人引导茫然无措的漫步者走上错误的小径，将后者独自留在自己的迷路状态中时，这是有些让人震惊的，然而，和让一个人在自己的内心迷路相比，这又算得了什么呢？好在那个迷路的漫步者是有安慰的，他周围的地区在持久地变化，每次变化都在那里生出了一个找到一条出路的希望；而那些在自己的内心迷路的人，没有如此大的、可以让自己活动的一片领土；他很快就察觉到那是一个无法逃出的循环。这样，我认为结果是他将亲自按照一个可怕得多的尺度迷路。我无法想到任何比一个诡计多端的头脑在那里失去线索更糟糕的事情，当时他让自己整个的聪明才智对抗自己，当良心觉醒时，涉及的是如何让自己从那种迷路中摆脱出来。尽管他有很多出口通向自己的狐狸洞，却徒劳无功，他焦虑的灵魂在那个瞬间已经相信自己看见日光照了进来，然而向他显现的是一个新的入口，这样他就像一头受惊的野兽一样寻找出口，被绝望追逐着，出口持续地出现，他却持续地发现那是入口，通过那个入口，他又回到自己的内心。这样一个人并不总是能被我们称为一个罪犯，他自己经常会对自己的各种诡计感到失望，然而，在那里袭击他的是比罪犯遭受的惩罚更可怕的惩罚；因为自我懊悔的痛苦和那种可以意识到的疯狂相比，又算得了什么呢？他遭受的惩罚有一种纯粹的审美特征；因为良心的觉醒本身用在他身上是一种太过伦理的表达方式；对他来说，良心只是被他塑造为一种更高的意识，它本身表现为一种不安，甚至不会在更深的意义上控告他，然而，良心可以让他保持觉醒，让他在无果的、持续不断的不安中无法安息。他也没有发狂；因为那些有限思绪的多样性并不会在发狂的永恒性中石化。

可怜的科迪莉娅，找到平安对她来说也将变得困难。她内心的最深处原谅了他，但是她找不到安息，因为怀疑随后醒了过来：就是她，解除了订婚，就是她，导致不幸的契机产生，是她的骄傲在那里吸引来不寻常的东西，然后她后悔了，但是她找不到安息；因为各种控告的思绪会宣判她无罪：是他，在那里用自己的狡猾将这个计划植入她的灵魂，然后她憎恨他，她的心儿在诅咒中感到轻松，但是她找不到安息；她再次责备自己，责备自己是因为她憎恨自己是一个有罪的女人，指责自己是因为无论他多么狡猾，她总是变得有罪。他欺骗了她，这对她来说是沉重的，还有更沉重的，我们几乎被诱惑着这样说，就是他唤醒了她那七嘴八舌的反思，他在审美方面充分地发展她，让她不再聆听一个声音，而是能够一次听到许多说话者的声音。然后，回忆在她的灵魂中醒了过来，她忘记了对方的过错和罪，她记起了那些美的瞬间，然后她在一种不自然的兴奋中麻醉了。在这样的一些时刻，她不仅记起了他，而且以一种千里眼的能力领会他，这只能表明，她被他发展得多么强大。然后她在他身上看到的既非罪人，也非圣人，她只是在审美的方面感觉到他。她有一次写了一个字条给我，说出了自己对他的感觉。"有时他是如此地精神化，以至于我感到自己作为女性被摧毁了；在其他时候，他又是如此狂野和有激情，如此有吸引力，以至于我几乎在他面前颤抖。有时我对他来说像一个陌生人，有时他让自己完全沉浸于我；当我伸出自己的手臂去拥抱他时，有时突然一切都变了，而我拥抱的是云朵。我在认识他之前就了解那个表达方式，然而，是他教会我如何理解它；当我使用它时，我总是想起他，就像我的每一个思绪都只能通过他去思考。我一直很爱音乐，而他是一件无与伦比的乐器，总是让人感动，他拥有任何乐器都无法拥有的一种音域，他是所有情感和情绪的一个集合体，任何思绪对他来说都不会太高，也不会太绝望，他可以像一场秋季的暴风雨那样咆哮，也可以无声地耳语。难道我说的每一个词语都会产生效果吗？相反，我不能说自己的词语没有产生它的效果；因为我不可能知道自己的话会产生什么样的结果。带着一种难以描述的却又神秘的、极乐的、无法言说的焦虑，我聆听这首音乐，它既是我自己唤起的，却又不是我自己唤起的，这首音乐总是和谐的，总是带着我向前。"

那件事情对她来说是可怕的，对他来说将变得更可怕，我可以由此推断出来，因为每次当我想到那件事情时，我本人几乎无法控制在那里抓住自己的焦虑。他也将我带进了迷雾的王国，带进了梦的世界，在那里的每一个瞬间，一个人都会变得害怕自己的影子。我经常寻求让自己从里面脱离出来，却徒劳无功，我跟随着他——我既像一个具有威胁的身影，又像一个在那里不说话的指控者。多么奇怪啊！他已经将最深的秘密扩散在一切之上，然而，那里还有一个更深的秘密，那就是我是知情者，是的，我本人通过一种非法的方式成为知情者。我无法忘记整件事情，有时我想和他谈谈那件事情。然而，那有什么帮助呢？他要么会否认一切，坚持声称那本日记是一个诗意的试验，要么会强行要求我保持沉默，而考虑到自己成为知情者的方式，我无法在这件事情上拒绝他。然而，没有什么更像一个秘密那样，有如此多的诱惑和如此多的诅咒在其上方安息。

我从科迪莉娅那里收到一沓书信集。我不知道它们是不是所有的信件，然而，她有一次亲自向我宣称，她本人没收了一些信件。我已经将它们抄录下来，现在要将它们穿插进我的那份誊清稿中。这些信件缺少日期，然而即使有日期，对我也没有多大帮助，因为随着日记本身进一步向前展开，日期变得越来越简略，是呀，到最后几乎除了一个单独的例外，日记放弃了任何日期，就像故事在自己的发展中变得如此注重质的意义，在这个程度上，尽管历史的现实让自己接近于成为理念，时间的确定性却变得无关紧要。相反，帮助我的东西是，我在日记中的不同地方发现了一些词语，起初我并没有抓住它们的意义。然而，通过对照它们和那些信件，我已经意识到，它们就是那些信件的动机。因此，对我来说，将信件穿插到正确的位置将是一件容易的事情，因为我总是在日记暗示相同动机的地方插入信件。如果我没有找到这些引导信件的暗示，我就会让自己犯下一种误解的罪；因为我当时没有意识到、现在却从日记显现出的可能性是，在某些时期，有时候信件如此频繁地一封接一封地寄出，以至于她看起来在一天内可以收到很多信件。如果我跟随自己的思绪，我可能已经更平均地分配它们，而不会预感到他充满激情的能量会获得怎样的效果，他将频繁地写信作为一种手段，从而让科迪莉娅停留在充满激情的顶点。

除了关于他和科迪莉娅关系的完整信息外，日记还包含一些夹杂其中的一个又一个简短的描述。在这样的描述出现的每一处地方，书页边缘都有一个"NB"这样的标记。这些描述和科迪莉娅的故事没有任何关系，但是它们让我对他经常使用的一个表达的含义有了一种生动的想象，尽管我以前用另一种方式来理解这个表达："一个人应该总是将一小段绳子露在外面。"如果这本日记更早的一卷落在我的手里，我大概会遇到更多这样的事情，他本人在书页边缘的某处将其称为：远距离行动；因为他让自己透露过，科迪莉娅太多地占据了他的注意力，以至于他没有时间去看自己周围的美女。

在离开科迪莉娅后不久，他收到了她寄来的几封信，他将它们原封不动地寄还给了她。在科迪莉娅留给我的信中，就有这些信。既然她自己已经拆开了封口，那么我也敢于允许自己依据它们抄写一个副本。她从未向我提及它们的内容，相反，当她谈到自己和约翰尼斯的关系时，她总是朗诵一首小诗，就我所知，那是歌德的诗，这首诗的一切和她的各种情绪以及由此受到制约的不同措辞有关系，每次朗诵看起来都意味着一些不同的东西：

　　　　离去吧，

　　　　轻视吧，

　　　　忠诚、

　　　　悔恨

　　　　随之而来。

这些信的内容是这样的：

约翰尼斯!

　　我没有称你为"我的",我很清楚地意识到,你从来都不是我的,因为这种思绪曾经让我的灵魂享受,所以我已经受到了足够严酷的惩罚;然而,我还是称你为"我的";我的诱惑者、我的欺骗者、我的敌人、我的凶手、我的不幸的起源、我的快乐的坟墓、我的至苦的深渊。我称你为"我的",我称自己为"你的",就像这个称呼曾经取悦你的耳朵,你向我的崇拜骄傲地弯腰,所以,现在这听起来应该是对你的一个诅咒,一个天荒地老的诅咒。不要快乐地认为我的意图可能是追逐你,或者快乐地认为我的意图是用一把匕首武装自己,从而激起你对我的嘲笑!无论你逃到哪里,我仍然是你的,即使你到了天涯海角,我仍然是你的,即使你爱上了一百个别的女人,我仍然是你的,即使你已在垂死之际,我仍然是你的。甚至我本人用来对抗你的言语也一定会向你证明,我是你的。你胆敢让自己欺骗了这样一个人,你已经成为我的一切,所以我愿意将自己全部的快乐放在成为你的女奴隶这件事情上,我是你的,是你的、你的、你的诅咒。

你的科迪莉娅。

约翰尼斯!

　　有一个富有的男人,他拥有许多大牲畜和小牲畜,有一个贫穷的小女孩在那里,她拥有唯一的一只小羊羔,它从她的手中吃东西,从她的杯中喝水。你就是那个富有的男人,你的富有在于拥有地球上所有的荣耀,我就是那个贫穷的小女孩,在那里只拥有我的爱情。你拿走了我的小羊羔,你让自己为它感到快乐;然后当欲望向你招手时,你奉献了我拥有的那一点微小的东西,你却没有奉献自己的任何东西。有一个富有的男人,他拥有许多群大牲畜和小牲畜,有一个贫穷的小女孩在那里,她只拥有自己的爱情。

你的科迪莉娅。

约翰尼斯!

难道彻底没有任何希望了吗?难道你的爱永远不再醒来了吗?因为我知道,你曾经爱过我,尽管我不知道是什么让我确信这一点。我愿意等待,即使时间对我来说变得很长,我愿意等待,一直等到你厌倦了爱别人,然后你对我的爱将再次从它的坟墓中升起,然后我愿意一如既往地爱你,一如既往地感激你,就像以前一样,噢,约翰尼斯,就像以前一样!约翰尼斯!如果你对我的冷酷无情就是你真实的本质,如果你的爱、你丰富的心是谎言和不真实,那么你现在再次回到了你自己!请耐心对待我的爱,原谅我继续爱你,我知道,我的爱对你来说是一个负担;但是那个时刻毕竟会到来,那时你将回到你的科迪莉娅身边。你的科迪莉娅!听听这恳求的话语!你的科迪莉娅,你的科迪莉娅。

你的科迪莉娅。

即使科迪莉娅不曾拥有让她的约翰尼斯赞叹的音域,然而,我们可以清晰地看到,她并不缺乏调式的变化。她的情绪在每一封信中都清晰地表现出来,尽管她在表达方面可能缺乏某种特定程度的清晰性。在第二封信中,那种情况尤其突出,我们在那里更多地预感到、而非真的理解她的意思,但是,对我来说,这种不完美是如此动人。

4月4日

　　小心，我尚不认识的美女！小心；从一辆马车里向外踏出一步并不是一件如此容易的事情，有时踏出的一步是决定性的一步。我可以借给您一本蒂克的小说，您将在里面看到，有一位女士在下马车时，她在一定程度上让自己陷入了一场纠纷，以至于那一步对她的整个人生来说都变成了决定性的。通常来说，马车上的踏步也被设计得如此错误，以至于一个人几乎被迫放弃所有的优雅，敢于绝望地跳进马车夫或者男仆的手臂里。是呀，马车夫和男仆们过得多么滋润呀；我实际上相信，自己将在一栋有很多年轻女孩的房子里找到一份做男仆的差事；一个男仆很容易就变成这样一位小姐的各种秘密的知情者。——但是，天哪，千万不要跳下去，我请求您；是的，那里很黑；我不会打扰您，我只是让自己静默地站在这些路灯下，这样您就不可能看到我，然而，一个人持久地只在相同的程度上感到尴尬，就像他被看见了一样，一个人持久地只在相同的程度上被看见，就像他在看一样——因此，出于对那个男仆的关爱，他也许无法成功地抵挡这样的一跳，出于对丝绸裙子的关爱，同时出于对蕾丝花边的关爱，出于对我的关爱，让这只迷人的小脚——我已经赞叹过它的纤细——让它尝试进入世界，让您敢于依靠它，它可能将找到自己的落脚点，如果第一次踏步让您身上有一瞬间的战栗，那是因为它就像在徒劳无功地寻找可以安息的落脚点，不过在它找到了以后，您还是在战栗，所以迅速地将另一只脚轻移到落脚点上吧，谁会如此残酷地让您以那个姿势悬浮着呢？谁会如此不美、如此迟钝，以至于无法跟随那种美的启示呢？或者，您还是恐惧有一些不相关的人吗？男仆当然不是不相关的人，我也不是，因为事实上我已经看到那只小脚了，而且，既然我是一个自然科学家，根据我从居维叶那里学到的东西，我带着确信做出了推断。因此，快点踏出第二只脚吧！这种焦虑是多么能提升您的美啊。然而，焦虑在本质上并不美，只有当一个人在相同的瞬间看到战胜焦虑的能量时，焦虑才是美的。就是这样。这只小脚现在站得多么稳啊。我已经察觉到，拥有小脚的女孩们通常比那些拥有更普通的大脚的女孩们站得更稳。——现在谁能想到那一点呢？那一步违背了所有的经验；当一个人奔跑时，裙子几乎不会有如此容易被挂住的风险，当一个人走出马车时，才会有这样的风险，当一个人跳出马车时也是如此。所以，是呀，乘坐马车的年轻女孩们总是有顾虑，她们最终会待在马车里。如果蕾丝花边和细长飘带丢了，这件事情就随之结束了。没有任何人看到那里发生的一些事情；一个黑色的身影的确让自己现身了，他裹在一件只能露出眼睛的斗篷里，我们无法看到他从哪里来，因为灯光直接照在我们的眼睛上；在您要走进街门的那一刻，他从您身边经过了。正好在决定性的那一秒，他的一瞥立刻投向了自己关注的对象。您脸红了，胸脯变得太过饱满，以至于无法让自己倾吐出一口气；您的眼神中有一种恼火，有一种骄傲的蔑视；您的眼睛里有一个祈祷，也有一滴眼泪；两者是同样美的，我有接受两者的平等权利；因为我可能成为其中任何一个。然而，我毕竟是充满邪恶的——那栋房子的门牌号是多少？我看到的是一场公开的小饰品商品展；我尚不认识的美女，这个展览也许会让我震惊，但是我要跟随光明的道路前进……她已经忘记了过去发生的事情，啊，是呀，当她十七岁的时候，当她在这个幸福的年龄外出购物时，当她走到每一样更大或更小的物品前，将其拿在手中的时候，会缔结一种无法言说的快乐，那时她就容易忘记过去发生的事情。她还没有看见我；我站在柜台的另一边，让自己离她很远。对面的墙上悬挂着一面镜子，她并没有想到那面镜子，那面镜子却想到了她。它多么信实地去领会她的画面，就像一个谦恭的奴隶，通过自己的信实来表明自己的奉献，对这个奴隶来说，也许她是有意义的，但是对她来说，这个奴隶没有任何意义，就像这个奴隶也许敢于去领会她，却无法拥抱她。那面不幸的镜子，也许它可以抓住她的画面，却无法抓住她，那面不幸的镜子，它无法将她的画面故意藏在自己的隐秘中，无法向整个世界隐藏她的画面，恰恰相反，它只能将她的画面透露给别人，就像现在透露给我一样。如果一个人被塑造成这面镜子，他将受到怎样的折磨啊。然而，难道有很多人不是这样吗？他们除了向别人展示所见之物的那个瞬间，一无所有，他们抓住的仅仅是表象而非本质，当本质要显明自己时，他们就失去了一切，这种方式就像那面镜子将失去她的画面一样，一旦她愿意对着镜子，用唯一的一次呼吸向它透露自己的心。倘若一个人在在场的瞬间没有成功地亲自拥有一幅回忆的画面，是的，那么他一定总是期望和美保持一定的距离，别如此近，以至于尘世的眼睛无法看到它是多么美，他紧紧地握住那种美，就像外在的眼睛已经失去了那种美，就像他也许可以通过使自己远离那种美，让外在的视觉重新赢得那种美，但是他也可以通过灵魂的眼睛拥有那种美，当他无法看到那个对象时，是因为对象离他太近了，就像上唇与下唇咬合在一起…………她毕竟是多么美啊！可怜的镜子一定在忍受一种折磨，幸好你尚不了解何为嫉妒。她的头呈现为完美的椭圆形，她有点低垂着头，额头由此升高了，它在那里纯粹且骄傲地抬起来，没有任何智慧器官的标记。她的黑发温柔且柔软地在额头周围环绕着。她的脸就像一颗果实，每一处过渡都丰满、圆润；她的皮肤是透明的，摸起来就像天鹅绒，我能用目光感觉到她皮肤的这种质感。她的眼睛——是呀，我还没有看到——隐藏在眼皮下，由丝绒饰边武装起来，它们弯曲得就像很多钩子，对那些想要和她的眼神相遇的人来说，她的眼睛是危险的。她的头就像某颗圣母玛利亚的头，纯洁和无邪是它的特征；她像圣母玛利亚那样低垂着头，但是她没有沉迷于对圣婴的凝视，这让她脸上的表情有一种交替变化。她观察到了那种多样性，而尘世的华丽和荣耀在那种多样性之上抛下了一层光辉。她脱下自己的手套，展示给那面镜子和我的是一只右手，它洁白且匀称，就像一尊古代雕像一样，第四根手指上没有任何饰品，甚至连一枚扁平的金戒指都没有——太棒了！——她睁开眼睛，一切都变了，却又没有变，额头有点没那么高了，脸部的轮廓呈现为不太规则的椭圆形，却更加生动。她在跟饰品店店员说话，她是愉快的、快乐的、健谈的。她已经选好第一、第二、第三件东西，又拿起了第四件，她将它握在自己的手里，她的眼睛再次低垂，她询问了它的价格后，就将它放在手套下面，这显然一定是一个秘密，她决定将它给——一个爱人？但是她没有订婚——啊，很多人没有订婚，却有一个爱人，很多人订了婚，却没有一个爱人……我应该放弃她吗？我应该不去打扰沉浸在快乐中的她吗？……她想要付款，但是她弄丢了自己的钱包。她大概提到了自己的地址，但是我不想听到它，我可不想让它剥夺自己的吃惊；我肯定会在人生中再次遇见她，我肯定会认出她，她也许也会认出我，一个人不会如此容易地忘记我的一瞥。当我惊喜地在自己未曾期待过的那些环境中遇见她时，那时就该轮到她吃惊了。如果她没有认出我，如果她的眼神没有立刻让我坚信这一点，那么我肯定会找机会从一旁看向她，我保证她将回忆起这个场景。没有任何不耐烦，没有任何鲁莽，一切将要在缓慢的小口抿饮中享受；我已经盯上她了，所以她肯定会被我追上。

5日

我就喜欢这样：晚上独自在东街上游荡。是呀，我肯定看到了跟在您后面的那个男仆，请相信，我对您没有如此恶劣的想法，就是您将完全独自行走，请相信，我并非如此有经验，我对这个场景的概览没有立刻观察到那个严肃的身影。但是，您为什么如此迅速地走路呢？您真的有点焦虑，您感觉到某种特定的心悸，这并不是因为您不耐烦地渴望回家，而是因为您处在不耐烦的恐惧中，您甜蜜的不安流经了整个身体，因此那些脚步的节奏是迅速的。——但是，您以这样的方式独自行走毕竟是一种华丽的、无价的经历——即那个男仆跟在您的后面……当您十六岁的时候，您开始阅读，也就是说阅读小说，您偶然在穿过兄弟们的房间时听到他们和熟人们的一次对话中的一句话，那句话是关于东街的。后来，您很多次快速地穿过那个房间，如果可能的话，您希望获得一点关于东街的更详细的信息。徒劳无功。然而，作为一个长大了的成年女孩，您应该知道一点关于世界的智慧，这才是适合您年龄的表现。您什么时候才能做到这一点呢？只是让自己外出时别让那个男仆跟在您的后面。是的，我感谢您的父亲和母亲，他们肯定会摆出一副礼貌的表情，于是您不需要给出独自行走的任何理由。当您要参加一个聚会时，那里没有独自行走的机会，因为时间太早了，我听奥古斯特说是九点十分；当您要回家时，又太晚了，而且在大多数情况下，您需要一个骑士跟在您后面。星期四晚上，当我们离开剧院时，这基本上是一个极佳的机会，但是您总是坐马车，而且将汤姆森夫人和她讨人喜欢的堂兄弟姐妹们一股脑儿地请进马车里；如果您独自一人坐马车的话，就可以放下窗户，稍微看看周围的风景了。然而，意外经常发生。今天母亲对我说：您似乎无法完成这件事，即为您父亲的生日缝制新衣，为了您能够完全不受干扰，您可以去杰特姑妈那里待到喝茶时间，然后詹斯会来接您。这其实绝不是一个让人如此舒适的消息，因为在杰特姑妈那里是极其无聊的；不过您将在九点和男仆独自走回家。当詹斯到来的时候，他必须等到十点差一刻，才能出发。只要我一定能遇到布罗德先生或奥古斯特先生——然而，那也许并不是我的期望，那么我大概会跟随他们回家——谢谢，我们最好是自由的，自由——但是，如果我无法用眼睛看到他们的话，他们也无法看到我……现在，我的小姐，您看到了什么？您相信我看到了什么？首先，我看到了您戴着的那顶小小的保暖帽子，它非常适合您，并且和您出现时的整个匆忙完全和谐。它既不是任何有帽檐的帽子，也不是任何下巴系带子的帽子，它更像是一种童帽。但是，是的，您不可能在今天早上出门时戴这种帽子。它是不是男仆送来的，或者，是不是您从杰特姑妈那里借来的——您借的时候也许用了假名。——当你进行观察时,不应该完全放下您的那条面纱。或者那可能不是一条面纱,而仅仅是一条宽宽的花边吧?我不可能在黑暗中作出判断。无论它是什么,它遮住了您脸部的上半部分。您的下巴非常漂亮,只是有点尖;您的嘴巴很小,处于张开的状态;那是因为您走得太快了。您的牙齿——洁白如雪。牙齿就应该长成这样。牙齿是极其重要的,它们就像捍卫生命的卫士,隐藏在嘴唇那诱人的柔软背后。您的脸颊因为健康而泛红。——当您朝侧面稍微低下头时,我就很有可能自下而上地穿透这条面纱或花边。您要留意,这样一个自下而上的眼神比一个直勾勾的眼神更危险。它就像击剑;有什么武器能像一只眼睛那样如此尖锐、如此有穿透力呢?它的动作如此闪耀,有什么武器像眼睛一样如此让对手失望呢?正如那个击剑手所说的,你做出高位的第四防守姿势,然后转入进攻姿势;是的,从防守转为进攻的速度越快越好。摆好架势的此刻是一个难以描述的瞬间。对手像是感觉到了那个砍击,他已经被击中了,是呀,他的感觉是真的,但是剑尖落在另一个完全不同的地方,而非落在他相信的地方…………她坚定地向前走着,没有恐惧,也没有声音。然而,您要小心;有一个人向这里走来了,快放下您的面纱,别让他亵渎的眼神玷污了您;关于这一点,您不会想象到,您也许在很长的时间里都不可能忘记这种令人作呕的焦虑,那种焦虑会触动您——您没有注意到,相反,我注意到他已经将这个场景尽收眼底。他盯着男仆,那是离他最近的对象。——是呀,现在您看到了那个男仆跟随您独自行走的结果。那个男仆摔倒了。那基本上是可笑的,但是,您现在想要做什么呢?您想要折返回去并且帮他站起来,您自己可别让这种事情发生,和一个肮脏的男仆一起行走会让您不舒适,您独自行走又会让他顾虑。您要小心,那个怪物正在让自己靠近您……您没有回答我,只是看着我,难道我的外表让您感到恐惧吗?我根本没有给您留下任何印象,我看起来是来自一个完全不同的世界的友善的人。在我的讲话中没有任何东西会打扰您,没有任何东西会向您提醒那个场景,没有任何动作会以最细微的方式靠您太近;您还有点焦虑,您还没有忘记那个人让人毛骨悚然的、向您跑去的身影。您对我表现出一定的善意,我的窘迫禁止我看着您,这给了您压倒性的能力。那让您感到快乐和安心,以至于您几乎被诱惑得想要稍微取笑下我。我敢打赌,在那个瞬间,您有勇气挽着我的手臂,如果您自己想到了这一点的话…………所以,您住在风暴街。您冷酷地、转瞬即逝地向我行了屈膝礼。我在那里帮助您摆脱了整个的不舒适,而我这样做只配得到一个屈膝礼吗?那让您感觉后悔,于是您转身走了回来,为着我的礼貌感谢了我,并且将您的手伸给我——为什么您脸色苍白?难道是因为我的声音没有改变,因为我的态度还是一样,因为我的眼睛同样静默和镇定吗?难道是因为这次握手?难道一次握手可以意味着什么吗?是呀,很多,非常多,我的小姐,我将在两周内向您解释一切,而在此之前,您将仍然处于矛盾中:我是一个友善的人,就像一个骑士一样来到那里帮助一个年轻女孩,而我可以用一种丝毫不亚于友善方式的另外的方式和您握手。

4月7日

"那么,星期一下午一点,在那个展览。"很好,我将在一点差一刻荣幸地出席。一次小小的二人约会。上个星期六，我最终决定做这件事情，即拜访我那位时常旅行的好朋友阿道夫·布鲁恩。为了这件事情，我大约在下午七点出发前往西街，有人已经告诉我他应该住在那里。然而，我就是找不到他，甚至我完全气喘吁吁地爬上了三楼后，也没在那里找到他。当我要沿着楼梯下去时，我的耳边响起了一个带有旋律的、女性的声音，她压低一半声音说："那么，星期一下午一点，在那个展览会，在别人都外出的时候，但是你知道的，我从来不敢在家里和你见面。"这个邀请并不适用于我，而是适用于一个年轻人，他一二三几下就跑出了门外，如此迅速，以至于甚至连我的目光都追不上他，更别说我的腿能追上了。为什么人们不在楼梯旁装煤气灯呢，这样我也许就看到那个女孩了，我可以据此判断是否值得自己费心去如此守时地赴约。然而，假设那里有煤气灯的话，我可能就听不到任何东西了。存在即合理，我是且继续是一个乐观主义者……现在，谁会是那个说话的女子呢？是的，用唐娜·安娜的话来说，展览会事实上充斥着女孩们。时间正好来到十二点一刻。我尚不认识的美女！但愿您即将到来的那位爱人在所有方面像我一样守时，或者您也许反而更期望的是，他能提前一刻钟到来，就像您愿意提前一刻钟到来一样，我愿意在所有方面为您服务…………"迷人的女巫、仙女或巫婆，让你的雾消失吧"，显露您自己吧，您大概已经在场，但是对我来说，您是隐形的，透露您自己吧，否则我肯定不敢等待您的某次启示。这里也许应该有很多人和她抱有相同的使命吗？很有可能。当一个人去参观展览会时，谁能认识到他会走上哪条路呢？————是的，从那里走来一个年轻女孩，她进入了最前面的房间，她是匆忙的，比邪恶的良心追逐罪人还要迅速。她忘了交出自己的门票，那个红衣男子拦住了她。哎呀，上帝保佑！她拥有的是一种什么样的匆忙啊！那个女孩一定就是她。她为何这样不合时宜地变得热烈呢？时间还没有到一点，然而请记住，您将和那个恋人约会；在这样一个场合里，您要表现得完全无关紧要，您的外貌——或在外貌的意义上再叫某个词语也行——应该展现出最好的一面。当这样一个年轻的、无罪的、无邪的热血女孩要赶赴一个约会时，她像一个狂怒的人一样去处理这件事情。她是完全困惑的。相反，我全然悠闲地坐在自己的椅子上，观看一本让人舒心的乡村地区宣传册………那个该死的小女孩，她暴风雨似的穿过了所有的房间。然而，您一定要看到，得稍微隐藏您的贪婪，记住那句对伊丽莎白小姐说过的话：对一个年轻女孩来说，如此贪婪地追求聚会是否合适呢？现在，不言而喻，你们的聚会是许多次无邪的聚会中的一次而已。——通常来说，恋人们认为一次二人约会是最美的瞬间。我自己还如此清晰地记得，就像昨天发生似的，我第一次匆忙地赶往约定的地点，心中充满了对等待着自己的那种尚不认识的快乐的向往，我在那里等待着，那是第一次，我用手敲了三下，那是第一次，一扇窗户被打开了，那是第一次，一个小小的挂锁被一个女孩隐形的手打开了，她一打开锁就将自己隐藏了起来，那是第一次，我在明亮的夏夜将一个女孩隐藏在自己的斗篷下。然而，在这个判断中掺杂了很多幻觉。镇定的第三者总是发现，恋人们在约会的那个时刻不一定是最美的。我曾经是很多次二人约会的见证者，尽管女孩很可爱、男人很俊美，整体印象却几乎是令人厌恶的，约会本身远非是美好的，尽管在恋人们看来，约会的发生肯定是美的。当一个人变得更有经验时，他会在某种程度上获胜；因为尽管一个人可能失去不耐烦的渴望带来的甜蜜的不安，他却获得了使那个瞬间实际上美好的态度。当我看到一个成年男子在这样的场合如此困惑，以至于因为纯粹的爱情而患上震颤谵妄时，我本人会感到恼火。然而，农民们怎能让自己理解什么是黄瓜沙拉呢？这样一个成年男子无法拥有足够的冷静去享受她的不安，无法让这种不安点燃她的美并让这种美彻底燃烧，他只会提供一种不美的混乱，然而他快乐地回了家，自欺欺人地认为那个约会是一件荣耀的事情——————但是，见鬼，那个人跑到哪里去了？因为时间已经到两点了。是呀，这些爱人们是一个出色的民族。这样一个恶棍，竟然让一个年轻女孩等自己！不，那时我是一个完全不同的、可靠的人！她现在已经第五次从我身边经过了，也许我最好在这时候和她说话。"请原谅我的大胆，美丽的小姐，您肯定在这里寻找您的家人，您已经很多次迅速地从我身边经过，当我的目光跟随您的时候，我注意到您总是在倒数第二个房间停下，也许您不知道在那里还有一个里屋，您可能在那里遇到您正在寻找的他们。"她向我行了屈膝礼；这样的举止非常合适她。这个机会对我来说是有利的，让我快乐的是那个人没有来，我们在搅动过的水中钓鱼总是最好的；当一个年轻女孩处在情绪波动中时，我们可以大胆地做很多本来会失败的事情。我以如此礼貌而又尽可能陌生的方式向她鞠了一躬，然后再次坐回自己的椅子上，在观看我的风景的同时，我的目光一直留意着她。如果我立即跟上去的话太大胆了，那可能会让我看起来在纠缠她，因此她会立刻让自己警觉起来。现在，她的看法是，我是出于同情才和她说话，而且我得到了她的认可——我清楚地知道，最里面的那个房间其实没有一个人。独处将对她有实际的益处；只要她看到自己周围有很多人，她就会不安，当她独处时，她就会变得很静默。完全正确，她在那个房间里。我一会儿会顺便路过这个房间；我还有权利得到她的一次回应，她差不多欠我一个问候吧。——她已经让自己坐了下来。可怜的女孩，她看起来如此忧伤；我相信她哭过，或者至少眼里有泪水。这是让人愤慨的——那个恋人竟敢让这样一个女孩流泪。但是请你镇定，我会为你报仇，他将知道等待是什么意思。——她是多么美啊，现在各种不同的暴风已经平息，她在一种单一的情绪里安息了。她的本质是忧伤和痛苦的和谐。实际上，她很迷人。她穿着适合旅行的衣服坐在那里，然而，她并不是要出发去旅行，她穿上这身衣服是为了在外面寻找快乐，现在这身衣服成为她痛苦的一个标志；因为她就像这身衣服一样，快乐离开了它，也离开了她。她看起来就像亲自和那个恋人做了永远的告别。让他去吧！——这个场景对我来说是有利的，这个瞬间在向我招手。现在适用于这个场景的对策是让自己这样表达，使其看起来就像我认为她在这里寻找自己的家人或一群朋友，然而，我要同时表现得如此温暖，以至于每一个词语都能代表她的各种情感，这样我就有机会偷偷让自己进入她的各种思绪————但愿魔鬼拥有那个恶棍，在那里没有一个人走近她，毫无疑问，正在走近她的那个人就是他。不，我看到了那个笨蛋，就在我刚刚得到自己期望的那个场景时。是呀，是呀，我会为这个场景带来一点变化。我一定要触及他们的关系，将自己放置在那个场景中。当她注意到我时，她不自觉地朝我笑，就像我相信她在这里寻找家人，而她同时在寻找一个完全不同的人。那个笑让我成了她的知情者，这总是聊胜于无。——一千个感谢,我的孩子,那个笑对我来说比您认为的更有价值,这是一个开始,而开始总是最困难的。现在我们是熟人了,我们的熟悉建立在一个刺激性的场景之上,对我来说,到目前为止这已经足够了。再待不到一个小时,您可能就要离开这里了,到两个小时的时候,我就会知道您是谁,不然您觉得警官为什么会持有人口登记表呢?

9日

我变瞎了吗?灵魂的内在眼睛失去它的力量了吗?我曾经看到过她,就像看到了天空中的一个启示,她的画面如此完全地再次消失在我面前。我竭尽自己灵魂的所有力量,想要描绘出她的那个画面,却徒劳无功。如果我在任何时候重新见到她,即使她站在一百个人中间,我也能在一瞬间就辨认出她来。现在她逃离得很远,我的灵魂之眼带着它的渴望寻求追赶上她,却徒劳无功。——我沿着海滨长道走着,表面上漫不经心,没有留意我所处的环境,尽管我搜寻的眼神没有让任何东西不被注意,我的目光却落在了她身上。它坚定不移地附着在她身上,不再顺从它主人的意志;由此,我不可能用它实施任何行动,也不可能用它去远眺我想看的对象,我看不见别的对象,因为我凝视着她。就像一个击剑手保持着进攻的姿势,这样我的目光也没有变化,它在曾经采取的那个方向上僵化了。我不可能让自己的眼睛向下看,不可能将我的目光拉回自己的眼眶,我不可能看到,因为我看到了太多。我唯一保留下来的回忆,是她穿着一件绿色斗篷,这就是整个回忆,可以说我捕捉到的是云朵而非朱诺;是的,她就像约瑟一样从波提乏的妻子手中逃脱了,只让自己的斗篷留了下来。她跟随着一位看起来像她母亲的老气的女士。我能从上到下地描述那位老气的女士,尽管我其实没有看向她,最多只是顺便瞥了她一眼。就是这样。这个女孩给我留下了印象,我却忘记了她,那位老气的女士没有给我留下印象,我却能记得她。

11日

我的灵魂还是持久地被同样的矛盾困扰着。我知道,我曾经看到过她,但是我也知道,我已经再次忘记了她,然而,是以这样的方式,残留的回忆被找回了,却无法让我振奋。带着一种不安和热烈的情绪,我的灵魂需要得到那个画面,就像我的福祉岌岌可危一样,然而,它并没有让自己显现,我简直想挖出自己的眼睛,以惩罚它的健忘。当我在不耐烦中暴跳如雷时,当我的内心平静下来时,它就像由隐约的感觉和回忆编织的一幅图画,然而,它无法在我面前成形,因为我无法让它在连贯性中保持静止,它就像精美的编织品上的一个图案,这个图案比底色更浅淡,却无法单独看见它,因为它太浅淡了。——我处于一种奇怪的状态中,然而,这种状态也有它自己的舒适性,因为它向我保证,我仍然是年轻的。另一种考虑也教我认识到这一点,也就是说,我持续地在年轻女孩中间寻找替代品,而非在女人中间寻找替代品。一个女人拥有的本性越少，媚态就越多，我和她的关系是不美的，也并不是有趣的，而是刺激性的，刺激性总是最后的东西。——我从来没有期待过自己还能再次成功地品尝到恋爱初期的初熟果实。我沉浸在爱河里，我遭遇了游泳者们所称的一次突然被别人强制性地按在水里，难怪我有点头昏脑涨。情况越来越好了，而我对这种关系的期待也越来越多。

14日

我几乎不认识我自己了。我的心灵翻腾着，就像被激情的暴风雨搅动的一片汹涌的海洋。倘若另一个人能看见我灵魂此刻的状态，他会觉得它像一只船头向下钻入海洋的小船，它像被可怕的动力引导着，一定会向下冲到深渊的深处。他没有看到，有一个水手正坐在桅杆上瞭望。你们这些狂野的力量向上翻腾吧，搅动你们的各种激情的能力吧，甚至你们的波涛将浪花抛向很多云朵，你们就算堆积起来也无法超过我的头；我镇定地坐着，就像悬崖之王。

我几乎找不到立足点，我就像一只水鸟一样，寻求落在自己心灵的汹涌海洋上，却徒劳无功。然而，这样的汹涌就是我的元素，我在它的上方筑巢，正如翠鸟将自己的巢穴建在海洋上。

那些雄火鸡们一看到红色就会血气翻腾；我也是如此，当我看到绿色，每一次当我一看到一件绿色斗篷时，我就会血气翻腾；那时我的眼睛经常欺骗我，有时我所有的期待都会因为弗雷德里克医院搬运工身穿的绿色制服而破灭。

20日

　　一个人必须自我克制，这是所有享受的一个首要条件。看起来我不会很快就得到关于这个女孩的一些信息，她是如此充溢我的灵魂和我所有的思绪，以至于这种想念得到了滋养。我现在要保持完全的镇定；因为这种状态，这种昏暗的、不确定的却强烈的情感也有其甜蜜之处。我总是喜欢在一个月光明亮的夜晚躺在一只船上，它漂浮在我们的一个个让人舒心的内陆湖之上。我收起船帆、将船桨拉上来、将舵桨取下来，我如此长久地躺着，向上凝视天空的穹顶。当波浪用它们的胸膛摇晃那艘船时，当云朵在风的驱使下疾驰时，月亮一会儿消失、一会儿又让自己再次出现，我在这种不安中找到了安静；波浪的起伏轻轻地摇晃着我，它们拍打那艘船发出的喧闹声是一首一成不变的摇篮曲，云朵的匆匆逃离、光影的交替变化让我陶醉，所以我醒着做起了梦。现在我也这样躺着，收起船帆，取下舵桨；渴望和不耐烦的期待用它们的手臂翻滚着我，渴望和期待变得越来越静默、越来越极乐，它们安抚我，就像安抚一个孩子一样；希望的天空在我上方拱立，她的画面像月亮一样在我面前飘浮着，却模糊不清，月亮时而用它的光芒、时而用它的阴影让我目眩。就这样在起伏的水面上飘荡是多么大的享受啊——我自己的内心也在起伏着，想念这个女孩是多么大的享受啊。

21日

　　日子一天天过去，我仍然一筹莫展。那些年轻女孩们比以往任何时候都让我更快乐，然而，我没有欲望去享受她们。我无处不在地寻找她。这经常让我感到不公平，我让自己的眼神模糊，以削弱自己的享受。美的时节现在很快就要到来了，一个人可以在大街小巷的公共生活中免费获取各种小恩惠，到了冬天的社交场合再将它们足够昂贵地售出；因为一个年轻女孩可以忘记许多事情，却无法忘记一个场景。社交生活可以为我们带来和美女的某种接触，但是当一个人想在社交生活中开始求偶故事时，这种接触就没有任何意义了。在社交生活中，每一个年轻女孩都戒备森严，乏味的场景一而再、再而三地出现，她不会获得任何让自己动情的震颤。她走在街上就像身处宽阔的湖面，因此一切都更强烈，正如一切都更充满神秘。我愿意花一百里格斯银元来换取某个街头场景中的某个年轻女孩的一个微笑，也不愿花十里格斯银元来换取某个社交聚会中的一次握手，毕竟一分钱一分货。当求偶故事进行时，一个人在各种社交聚会中寻找那个相关的人。他和她进行了一次神秘的交流，那种诱惑是我认识到的最有效的刺激。她不敢谈起这件事，却在想着它；她不知道这个人是否已经忘记了；他有时以这种方式让她迷路，有时以另一种方式让她迷路。今年我恐怕收集不到很多街头美色了，因为那个女孩占据了我太多的注意力。从某种特定的意义上说，我的收获变得很贫乏，是的，但是我有获得巨大收益的前景。

5日

该死的偶然！我从来没有因为您的显现而诅咒您，我诅咒您，是因为您根本不让自己显现。或者,这可能是您的一项新发明吗?可能是难以理解的存在吗?可能是无法生育一切的母亲吗?可能是来自那段时间的唯一的残留吗?然后必要性生下了自由,自由却再次让自己被骗入在母胎里的时期?该死的偶然!您是我唯一的知情者,在我看来是配成为我盟友和敌人的唯一存在,您总是在不同的情况下坚持自己,总是难以理解,总是一个谜!我全心全意地爱您,按照您的画面创造我自己,为什么您不让自己显现呢?我不会谦卑地向您乞求和恳求以这样或那样的方式让自己显现,这样的崇拜是偶像崇拜,会让您感到不舒适。我挑衅您和我战斗,为什么您不让自己显现呢?或者说,是因为世界体系的不安已经停止了吗?是因为您的谜已经被解开了吗?是因为您也将自己抛进了永恒的海洋吗?可怕的想法,那么世界会因为无聊而止步!该死的偶然,我在等您。我不会通过原则或愚蠢之辈所称的性格来征服您,不,我要为您写诗!我不愿为别人写诗;让您自己显现吧,让我为您写诗,我吞下自己独特的诗歌,而那就是我的食物。或者您认为我不配为您写诗吗?就像一个神庙里的舞姬为了神的尊荣而跳舞,由此我也将自己献身于服侍您;我是轻盈的、衣着单薄的、敏捷的、手无寸铁的,我放弃了一切;我一无所有,我不想拥有任何东西,我不爱任何东西,我没有任何东西可以失去,但是,我是否因此变得对您更有价值呢?您,可能已经厌倦了剥夺人类所爱的东西,厌倦了他们懦弱的叹息和懦弱的祈祷。让我感到吃惊吧,我已经准备好了,不需要为任何赌注,让我们为荣誉而战斗吧。让她向我显现吧,向我显现为一种看起来不可能的可能性,让她在冥界的阴影中向我显现,我要接她上来,让她恨我、蔑视我,让她将我视为无关紧要的,并且让她爱上另一个人,我不会恐惧这些;只有搅动水,才能打断那种平静。对您来说,以这种方式让我挨饿是卑鄙的,然而,这样做可以让您幻想自己比我更强大。

6日

春天即将到来;万物复苏,那些年轻的女孩们也是如此。斗篷被人们搁置在一边,让我魂牵梦萦的那件绿色斗篷大概也被挂了起来。这就是在街上而非社交场合结识一个女孩的结果,在社交场合,你立刻就能打听到她的姓名、家庭背景、她住在哪里,还有她是否已经订婚。对于所有理智的、稳重的追求者来说,对方是否已经订婚是一个极其重要的信息,他们从来不会陷入这种境地,即爱上一个已经订婚的女孩。如果这样一个路人处于我的位置,他将处于一种致命的沮丧中;如果他的努力成功地获取了信息,并得知她已经订婚的话,他将完全被摧毁。然而,这并不让我很忧虑。一桩订婚只是一个喜剧性的困难。喜剧性的困难或者悲剧性的困难都不会让我恐惧;唯一让我恐惧的是乏味的困难。到目前为止,我还没有提供哪怕一条信息,尽管如此,我确实没有留下任何未经考验的东西,而且我很多次感受到诗人的这句话蕴含的真理:

夜晚、冬天、漫长的道路、残酷的痛苦
在这个营地里,所有的劳苦都存在着。

也许她根本不属于这个城市，也许她来自乡下，也许，也许，我可以变得对所有这些也许感到狂怒，我会变得越发狂怒，如果也许越多的话。我总是准备好足够的钱，以便可以随时开始一场旅行。我在剧院、在音乐会、在舞会、在漫步中寻找她，却徒劳无功。从某种特定的意义上说，这让我感到快乐；通常来说，一个过多地参加这类娱乐活动的年轻女孩不值得我去征服。这样的年轻女孩经常缺乏纯真，而纯真对我来说是且继续是不可或缺的条件。在吉卜赛人中间找到一个美女并非如此难以理解，就像在那些鼓乐吧里，年轻女孩们在此出卖——她们自己百分百的无邪——哎，上帝保佑，谁说不是那样呢！

*12*日

是呀，我的孩子，您为什么无法完全镇定地站在门口呢？这完全不值得停下来讨论，一个年轻女孩在雨天走进了一个门口。如果没有雨伞的话，我也会这么做，有时即使我有雨伞，我也会这么做，就像现在这样。此外，我还可以提到许多值得尊敬的女士，她们也会毫不犹豫地这样做。您让自己保持完全的镇定，将背转过去朝向街道，由此路过的人甚至无法一下子就知道，您究竟是站在那儿，还是正在走进这栋房子。相反，当门半开着时，您让自己隐藏在门后面是粗心的，特别是为了跟随者们的缘故；是的，因为您隐藏得越好，当您被门撞到并且变得吃惊时，就会越不舒适。然而，如果您要将自己隐藏起来，就应该完全静默地站着，将自己交托给守护神以及所有天使的守护；尤其是您要阻止自己探出头去看——别去看雨是否停了。也就是说，如果您想要确定这一点的话，您只需坚定地从那里迈出一步，然后严肃地看向天空。相反，您当时有点好奇、尴尬、焦虑、不确定地从那里伸出头，又迅速地将头缩回去——每一个孩子都能明白这个动作，人们将其称为捉迷藏。而我，作为总是在参与捉迷藏游戏的人，当有人问我在哪里的时候，我会保持这种退缩，我会不回答……请相信，我对您没有任何侮辱性的想法，您没有将头从那里伸出来的最微小的意图，那是世界上最无邪的事情。作为回报，您也不要在自己的想法中侮辱我，因为我的美名和声誉无法容忍这种侮辱。此外，这场捉迷藏游戏是由您开始的。我建议您永远别和任何人说起这件事；从他们的立场看，您是不对的。我打算做的不过是每一个骑士都会做的事情——向您提供我的雨伞。——她去哪儿了？棒极了，她将自己隐藏在入口大门的后面——这是一个最可爱的小女孩，快活而且满足。——"也许您可以向我提供关于一位年轻女士的信息吧？她在这个神圣的瞬间将头从门口伸出来，显然因为没有带雨伞而感到尴尬。我在寻找她，我和我的雨伞在寻找她。"——您笑了——您是否允许我明天派男仆来取回雨伞？要不您命令我，让我为您带来一辆马车吧？——没有什么好感谢的，这只是出于一种应尽的礼貌。——这是我长久以来见过的最快乐的女孩之一，她的眼神是如此孩子气，却又如此俊俏，她的举止是如此可爱、如此端庄，却又充满了好奇心。——拿着雨伞平安地去吧，我的孩子，如果没有那一件绿色斗篷的话，我真期望进一步结识您。——她沿着大购物街往下走了。她是多么无邪、多么充满信任，没有任何做作的痕迹。看她走得多么轻盈，多么轻快地甩动脖子——那件绿色斗篷需要我做出自我牺牲。

15日

　　感谢您,好心的偶然,请拿走我的感谢吧!她是挺拔的、骄傲的,她是神秘的、富有思想的,她就像一棵松树、一枝新芽、一缕思绪,从大地内部无法解释地向天空喷发,它本身是无法解释的,它本身是一个无法分割的整体。那棵山毛榉长着树冠,它的叶子诉说着下面已经发生的事情,那棵松树既没有树冠,又没有故事,它本身充满了迷——她就是这样。她亲自隐藏在自己里面,她亲自从自己身上升起,她的内心有一种安息了的骄傲,就像那棵松树大胆地飞翔,尽管它被钉在大地上。有一种忧伤在她身上弥漫,就像林鸽的咕咕声,还有一种深沉的渴望,却又像并不缺少任何东西。她是一个谜,充满谜团地拥有自己的谜底,她是一个秘密,所有外交官的秘密与之相比又算得了什么呢,她是一个谜,全世界有什么东西像解开谜的那个词语那样如此美丽呢?然而,语言是多么有表现力、多么精确啊:谜一解开,无论哪一种歧义都无法待在那里,谜底在所有出现这个词语的词组中穿行时是多么美丽、多么强大啊!就像灵魂的财富是一个谜,只要舌头的束缚没有解开,谜就没有解开,这样的一个年轻女孩也是一个谜。——感谢您,好心的偶然,请拿走我的感谢吧!如果我在冬天的时候能见到她,那时她也许已经被包裹在绿色斗篷里,身体也许冻得僵硬,大自然的无礼贬低了她身上本来有的那种美。相反,我现在何等幸运啊!在一年中最美的时候，在初夏的某个下午的光线下，我第一次找见了她。现在，冬天也有它的好处。对一个盛装打扮的年轻女孩来说，一个辉煌而明亮的舞厅可能是让她受到奉承的环境；但是，一方面，她在这里很少能完全展示自己的优势，正是因为一切都鼓励她那样做，所以无论她屈从还是抵抗这个鼓励，舞厅都会起干扰的作用；另一方面，这里的一切都在提醒短暂和虚荣，而且引起一种不耐烦，让享受变得不那么让人愉悦。在某些时候，我不愿意放弃一场舞会，不愿意放弃它昂贵的奢华，不愿意放弃它里面无价的青春与美丽的泛滥，不愿意放弃它里面多样性的力量之间的游戏；但是，我那时在舞厅里的享受，比不上我在可能性中吞噬美色的享受。囚禁我的不是一个单独的美女，而是美女们组成的一个整体；一幅梦幻般的画面在我面前飘浮着，所有这些女性的本质在这个整体中彼此各得其所，所有这些运动都在寻找某种东西，在一幅看不见的画面中寻找安宁。

我走在位于北门和东门之间的小径上。时间大约是傍晚六点半。太阳已经丧失了自己的能力，我们对太阳的回忆只保留在一片柔和的余晖里，这余晖在整个风景中扩散着。大自然呼吸得更加自由了。湖面是静止的，光滑得就像一面镜子。漂白场里那些惬意的建筑物让自己倒映在水面上，倒影在一段长长的距离之外，幽暗得像金属。无力的阳光照亮了那条小径以及对岸的那些建筑物。只有一整朵轻盈的云不被注意地穿过，这是观察湖面的最好时机，天空是清澈而纯净的，当你定睛于那个湖时，那朵云早已越过湖面光滑的额头消失了。没有任何一片叶子让自己摇动。——她在那条小径上出现了。我的眼睛未曾欺骗过我，尽管那件绿色斗篷曾经欺骗过我。尽管我已经花了如此长的时间做好准备，我还是不可能控制那一种特定的不安，我的内心上下起伏，如同云雀的歌声在附近的田野上下起伏。她独自一人。我再次忘了她穿着什么，然而，我现在有了她的一幅画面。她独自一人，显然没有专注于自己，而是让各种思绪占据了自己的注意力。她没有思考，但是各种思绪的静默劳作为她的灵魂编织出一幅渴望的、就像隐约的感觉拥有的画面，这画面无法解释，就像一个年轻女孩的许多叹息无法解释一样。她正值自己最美的时候。一个年轻女孩的成长在其意义上不同于一个男孩，她不是通过生长来长大，而是一出生就已经长大。一个男孩从出生时就立即开始成长，而且要用漫长的时间来成长，一个女孩的出生很漫长，但是她一出生就已经长大。她无限的财富就在这里；她在那个瞬间已经长大，但是她出生的那个瞬间来得很晚。因此，她出生了两次，第二次出生是在她结婚的时候，或者更确切地说，是在她结婚的那个瞬间，她的出生停止了，在那个时刻，她第一次出生了。不只是密涅瓦从朱庇特的头上跳出来时就已经完全成熟，也不只是维纳斯从大海深处升起时就已经完全优雅；每一个年轻女孩都是如此，只要她的女性气质没有被人们所谓的"成长"破坏的话。她不是逐渐醒过来，而是一下子醒过来，另一方面，当人们不够理智地太早唤醒她时，她反而会做更长时间的梦。但是这个梦是一笔无限的财富。——占据她注意力的不是她自己，而是她自己的内心，这种占据本身就是一种无限的平安和在自己内心里的安息。这样，一个年轻女孩是富有的，拥抱这种财富使她自己变得富有。她是富有的，尽管她并不知道自己拥有什么；她是富有的，她就是一个宝藏。静默的平安以及一点忧伤在她的上方安息。她是轻盈的，我们可以用目光轻轻地抬起她，她的轻盈就像守护神们带离的那位灵魂女神，她甚至比灵魂女神更轻盈；因为是她自己承载着自己。让教会里的教师们为圣母玛利亚的升天争论吧，对我来说它的发生并非难以理解，因为她不再属于这个世界；但是一个年轻女孩的轻盈是难以理解的，它嘲笑了重力的法则。——她没有注意到任何人，因此也认为自己没有被任何人注意到。我让自己和她保持着遥远的距离，同时吸收着她的画面。她慢慢地走着，没有任何匆忙打扰她的平安，或者打扰那个环境的安宁。那个湖边有一个男孩在钓鱼，她站着不动，观察着水面和那条小河。她肯定没有走得很快，但是她想寻找一丝凉意；她解开一块小小的手帕，它本来系在帽檐下的脖子上；一阵从湖面吹来的轻风拂过她的胸脯，它洁白如雪，却又温暖、饱满。那个男孩看起来对有人目睹自己钓鱼并不满意，他转过身来，用一种相当冷漠的眼神观察着她。他实际上摆出一副可笑的形象，我不能责怪她对他笑了起来。她如此年轻地笑着；如果她和这个男孩单独在一块儿的话，我相信她不会害怕和他打架。她的眼睛大而明亮；当你凝视进她的眼睛时，可以看到它们拥有一种昏暗的光泽，让你预感到它们无限的深沉，你的目光无法将其穿透；她的眼睛纯洁而又无邪，温柔而又镇定，当她微笑时，眼睛充满了调皮。她的鼻子弯曲得很精致；当我从侧面看她时，她的鼻子像是缩进了额头，因此变得稍微短一些，而且有点更加俊俏了。她继续走，而我跟着她。幸好小径上有很多正在散步的人；当我和一个又一个人交流几句话时，我让她稍微领先我，而我很快又再次追上她，将自己从这样的必要性中解放出来，即为了保持距离，我必须像她那样慢慢地走。她朝东门走去。我期望在不被她看到的情况下，近距离地看着她。拐角处有一栋房子，我必须让自己在那里成功地达成目标。

我认识那个家庭，所以只需去拜访一下。我匆忙地快步超过她，就像丝毫没有注意到她一样。我领先她很长一段距离，向那个家庭的人或左或右地问好，然后让自己占据了那扇朝向小径的窗户。她来了，我看了又看，同时在客厅里和喝茶的那群人展开闲聊。她的步伐让我轻易地坚信，她没有接受过任何有影响力的舞蹈学校的训练，在她身上有一种骄傲、一种自然的高贵，但是她缺乏某种对自己的关注。我又多看到她一次，这其实超出了我本来的预期。从窗户看出去，我看不到小径会延伸多远；相反，我可以留意到延伸到湖中的一座码头桥，而让我感到非常惊奇的是，我再次在桥上发现了她。我突然想到，也许她属于这里的乡村，也许她的家人可能在这里有一栋夏日别墅。我已经开始后悔自己的这次拜访，因为我唯恐她转过身来并且离开我的视线，是呀，她在桥的最远端被我看见了，这就像一个标志，即她将从我面前消失——然后让自己在我的附近出现。她走过了那栋房子，我急急忙忙地拿起自己的帽子和手杖，如果可能的话，我还想很多次超过她，又再次跟在她后面，直到我发现她的夏日别墅——那时，由于我的匆忙，我碰到了一位女士的手臂，而她正在那里给别人倒茶。一声让人恐惧的尖叫响了起来，我拿着帽子和手杖站在那里，唯一忧虑的是我要如何离开，以及如何可能给这件事情一个转机或者推动我的撤退，我感伤地大声说道：我将像该隐一样，从这个茶水洒落的地方流亡。但是，就像一切都在和我作对，主人竟产生了一个让我绝望的想法，他接下了我的评论，大声宣布我不能离开，直到享受完一杯茶以后我才能走，我甚至得亲自在茶水洒落的地方为女士们倒茶，这样才能使一切又回到正轨。由于我完全坚信，在这种情况下主人会认为使用暴力是一种礼貌，所以我在这里没有任何别的选择，我只能留下来。——她消失了。

*16*日

　　坠入爱河是多么美好，而知道自己坠入爱河是多么有趣。看，这就是区别。想到她第二次在我面前消失，我就变得恼火，但是从某种特定的意义上说，这也让我感到高兴。我拥有的关于她的那幅画面，不确定地在她现实的形象和理想的形象之间飘浮着。我现在让这幅画面在自己面前呈现；但是正因为它要么是现实，要么是产生现实的契机，所以它拥有一种独特的魔法。我没有感到任何不耐烦，因为她一定属于这个城市，在这个瞬间，这对我来说已经足够了。这种可能性是能够让她的画面正确地显现自己的条件——一切将以缓慢的方式被我享受。难道我不应该镇定吗？就像我可以将自己视为众神的宠儿，我获得了这种罕见的幸运，即再次坠入爱河。这是任何艺术或者研究都无法激发的，这是一种天赐。但是如果我成功地重新唤起一份爱，我想看看它能维持多久。我庇护这种爱，而我没有对自己的第一份爱这样做。机会对我来说是足够贫乏的，一旦它让自己显现，那么真正的关键就是如何利用它；因为机会也让人绝望，诱惑一个女孩不需要什么艺术，但是能找到一个值得诱惑的女孩才是一种幸运。——爱有许多奥秘，初恋也是一个奥秘，即使它属于一个较小的奥秘——大多数人血气沸腾地订婚或做出其他愚蠢的举动，然而转眼间一切都结束了，他们既不知道自己得到了什么，也不知道自己失去了什么。现在，她已经两次出现在我面前然后消失；这意味着她很快就会更经常地让自己显现。当约瑟解释了法老的梦以后，约瑟又对法老说：然而，同一个梦你做了两次，这意味着这个梦很快就会成真。

  然而，如果我们能稍微提前看到那些构成人生内容的各种力量的显现，那将是很有趣的。她现在在自己完全静默的平安中生活着；她还没有预感到我的存在，更不知道我内心发生的事情，也不知道我确信凝视到了她的未来；因为我的灵魂需要越来越多的现实，它变得越来越强大。如果看向一个女孩的第一眼没有给你留下深刻的印象，没有唤醒你内心追求的理想，那么在现实中她通常并不那么有吸引力；相反，如果她做到了那一点，无论这个人多么老练，通常都会让自己有点不知所措。那些现在对自己的手、眼睛和胜利不确定的人，我总是建议他们在这种初始状态下冒险发起进攻，因为正是在不知所措的状态下，他们才拥有超自然的力量；因为这种不知所措是同情和自我主义的一种奇怪的混合。相反，他会错过一种享受；因为他没有享受那个场景，而是让自己在那个场景里忙碌和隐藏着。判断什么是最漂亮的东西，这是困难的，而判断什么是最有趣的事情，这是容易的。然而，尽可能接近它们的边界总是好的。这才是真正的享受，而我确实不知道别人在享受什么。仅仅拥有是微不足道的，而那些恋人使用的手段通常都足够卑劣；他们甚至不会轻视使用金钱、权力、外部影响、催眠药等手段。但是，假设在爱中没有最绝对的自我奉献，那么在爱中还有什么享受可言呢？这意味着从某方面来看，最绝对的自我奉献需要精神的原则，而它是恋人们通常缺乏的。

19日

所以她叫科迪莉娅,科迪莉娅!那是一个漂亮的名字,名字是否漂亮也很重要,因为在涉及那些最温柔的形容词时,你却不得不提到一个不美的名字,这经常会对你产生很大的干扰。我老远就认出了她,她和其他两个女孩一起在左边走着。她们的步态动作看起来在暗示,她们很快就会停下来。我站在街角阅读公告,同时持续地注视着那三个我尚不认识的女孩。她们互相道别。其他两个女孩大概结伴走了一段距离,因为她们和她朝着相反的方向离开。她走的那条路通向我所站的街角。当她走了几步之后,有一个年轻女孩跑过来追她,大声喊叫且足以让我听到:"科迪莉娅!科迪莉娅!"接着第三个女孩也赶了上来;她们将头凑在一起形成了一个枢密院,我极力用最敏锐的听力试图捕捉到那些秘密,却徒劳无功;然后三个女孩一起笑了起来,我以略微加快的速度沿着之前两个女孩选择的道路走去。我紧随其后。她们走进了哥本哈根沙滩区的一幢房子。我等了一段时间,因为科迪莉娅很有可能很快就会独自返回。然而,这并没有发生。

科迪莉娅!这实际上是一个出色的名字,李尔王的第三个女儿也叫这个名字,那个杰出的女孩,她的心并没有住在双唇上,当她的心舒展时,她的双唇保持着沉默。我的科迪莉娅也是如此。我确信她和《李尔王》中的那个科迪莉娅很像。但是在另一种意义上,她的心确实住在双唇上,不是以话语的形式居住,而是以一种更为贴心的方式——一个吻的形式居住。她的双唇因为健康多么饱满地鼓起来,它们多么健康啊!我从没见过比它们更美丽的嘴唇。

我实际上坠入了爱河,这一点可以从其他事情中看出来,也可以从我自己几乎总是在处理这件事情时保持神秘性中看出来。一切的爱都是神秘的,甚至连背叛的爱也是神秘的,只要它有适当的审美时刻。我从未期望有很多的知情者,也从未想要吹嘘我的冒险经历。我没有发现她的住宅,但是我知道了她经常去的一个地方,这几乎让我很快乐。更何况,也许我因此更接近自己的目标了。我可以在不唤起她关注的情况下进行观察,并且从这个固定的观察点出发,我获得进入她家庭的机会并不困难。相反,如果这种情况将自己显现为一个困难——嗯,好吧!那么我会接受这个困难;无论我做什么,我都是全心全意地去做;同样,我也全心全意地去爱。

20日

今天我获取到了她消失于其中的那幢房子的信息。主人是一位寡妇,拥有三个可爱的女儿。从这里可以获得充足的信息,也就是说,只要她们拥有任何信息的话。唯一的困难是从三次方的维度去理解这些信息;因为她们三个人同时说话。她叫科迪莉娅·瓦尔,是一个海军上尉的女儿。她的父亲几年前去世了,母亲也去世了。她的父亲是个非常严厉和严格的人。她现在和她的姑妈一起住在那幢房子里,也就是说和她父亲的妹妹住在一起,姑妈和自己的哥哥拥有同样的优点,或者说她本人是一个非常受尊敬的女人。现在的情况已经足够好了,但是除此以外,那两个女孩对那幢房子一无所知;她们从未去过那里,但是科迪莉娅经常去她们家。她和那两个女孩在国王厨房学习厨艺。她喜欢在下午早些时候去那里,间或也会在上午去,但是从来不在晚上去。她们过着很封闭的生活。

所以,故事到这里就结束了,没有任何桥梁可以让我快速地进入科迪莉娅的房子。

她对人生中的痛苦以及阴暗面已经有一种构想。谁会对她说那样的话呢?然而,这些回忆可能属于她更年轻的时候,那是她生活于其下的一条地平线,她却并未真正察觉到。这很好,因为这拯救了她的女性气质,她没有在道德的意义上被破坏。另一方面,当一个人正确地理解如何唤起她的女性气质时,这样做也可以获取自身的意义,也就是使她提升。所有这样的呼唤通常都会引起骄傲,只要它不会摧毁一个人就行,而她离自己被摧毁还极为遥远。

21日

她住在城墙边上,对我来说位置并不是最好的,因为没有什么能够让我结识的邻居,也没有公共场所可以让我不被注意地进行观察。城墙本身也不太适合,我站在上面太显眼了。如果我在街上行走,我就不能在靠近城墙的那一侧行走,因为那边没有一个人行走,那太引人注目了,我也不能沿着很多房子下面行走,那样就什么也看不到了。房子位于角落里。从街上也可以看到那幢房子有很多朝向院子的窗户,但是它旁边没有任何相邻的房子。她的卧室大概就在那些窗户后面。

22日

今天我第一次在詹森夫人家见到了她。我被介绍给她认识。她似乎对此不太在意，也并不关注我。我尽可能地让自己保持在如此无足轻重的状态中，为的是更好地留意她。她只在那里待了一小会儿，因为她只是来接詹森夫人的女儿们去国王厨房。当两位詹森小姐穿外套时，我们两人单独在客厅，我用冷淡的、近乎漠视的态度对她随意说了几句话，她用本来不应有的礼貌回应了我。她们现在走了。我本来可以提出跟随她们走；然而，那样做足以揭示我是一位骑士，而我让自己坚信，那种方式无法赢得她。——相反，我更喜欢在她离开的一瞬间也离开，但是我更快地比他们先走上另一条路，却也朝着国王厨房走，这样，就在她们要转向大国王街时，我以最快的速度从她们身边跑过，没有打招呼或做任何事情，这让她们大为诧异。

23日

获得进入那幢房子的机会对我来说是必要的，用军事术语来说，我在这方面万事俱备、只欠东风。然而，这看起来是一件相当冗长和困难的事情。我从未认识过一个生活得如此与世隔绝的家庭。她和姑妈相依为命。她没有兄弟，也没有堂兄弟，没有一丁点可以让我抓住的线索，也没有无限遥远的亲戚关系可以让我勾住其手臂。我持久地让一只手臂松懈地悬挂着，我绝对不想在这段时间用这只手臂挽着某个人的手臂走路，我的手臂就像一只必须始终准备好的海盗挂钩，我的手臂为不确定的收益做好了准备，但凡在遥远的某个地方出现一个远房亲戚或朋友，我就能远远地勾住其手臂一丝丝——这样我就能攀爬上去。此外，一个家庭生活得如此孤立也是不对的；它剥夺了那个可怜的女孩认识世界的机会，更不用说它可能带来的其他危险结果了。那总是会有报应的。求婚也是一样。这样的孤立固然可以帮助防范小偷。一个非常喜欢交际的家庭会给小偷机会。然而，这没有什么大不了的；因为这样的女孩身上没什么可偷的重要东西；当她们十六岁的时候，她们的心已经是一张写满名字的布块，我永远不喜欢在很多人已经写过名字的地方写下自己的名字，我从未想过在一扇窗户或一个小酒馆刻下我的名字，在腓特烈斯堡公园的一棵树或一条长椅上也是如此。

*27*日

是的，我越看她，就越坚信她是一个孤立的人。一个男人不应该如此，甚至一个青年男子也不应该如此；因为孤独之人的成长在本质上依赖于反思，所以他一定要和别人建立关系。因此，一个年轻女孩也不应该是有趣的，因为有趣总是包含着对自我的反思，就像在艺术中，有趣总是给艺术家带来灵感。一个想通过有趣来取悦人的年轻女孩，最接近于取悦她自己。这是从审美的一面去反对各种各样的媚态。所有不真实的媚态都是另一回事，而真实的媚态是大自然自己的运动；比如，女性的害羞永远是最美丽的媚态。这样一个有趣的姑娘可能成功地取悦男人；然而，就像她放弃了自己的女性气质一样，同样，她取悦的男人通常也同样缺少男子气概。其实只有在和男人建立关系以后，这样一个年轻女孩才会变得有趣。女人是更软弱的性别，然而属于她的更本质的东西是，她在自己的青春里比男人更需要独立，她必须自足，但是她的自足依赖的是一种幻觉；那种自足是大自然赐予她的嫁妆，就像国王赐予公主的嫁妆一样。而这种在幻觉中的安息正好可以让她孤立。我经常在思考，为什么对一个年轻女孩来说，没有什么比和其他年轻女孩频繁交往更有害的事情了。这一点显然在于，这种交往既不是这一种，也不是另一种；它干扰了幻觉，却没有解释幻觉。女人最深刻的使命是成为男人的伴侣，但是当她和女性交往时，很容易对此产生一种反思，使她不再是男人的伴侣，而是交际花。在这方面，语言本身非常有表现力；男人被称为主人，但是女人并没有被称为女仆或者类似的称呼，不，这里使用了一种体现其本质的称呼：她是男性的伴侣，而非女性的伴侣。当我去想象一个理想中的女孩时，她必须总是孤立的，因此她是自足的，但是她大概不会去交女性朋友。诚然，美惠女神有三位；但是肯定从来没有人想象过她们在一起说话的场景；她们在无声的三位一体中，形成了女性美的一个统一体。在这方面，我几乎会被诱惑再次推荐处女的闺房，只要这种强迫不会再次产生有害影响的话。对一个年轻女孩来说，我最期望的是给予她自由，而非为她提供机会。通过这样做，她会变得美丽，并且将她从变得有趣中拯救出来。对一个经常和其他年轻女孩在一起的年轻女孩来说，给她一条处女面纱或新娘面纱是徒劳无功的，但是一个真正具有审美鉴赏力的男人总是发现，在更深的、更杰出的意义上，一个无邪的女孩会戴着面纱来到自己面前,即使使用新娘面纱已不再是习俗和常规。

她受过严格的教养,因此我要在她父母的墓前向他们表示敬意;她生活得非常保守,我要拥抱姑妈的脖子以表达感谢。她尚未学会认识到世界的快乐,也没有那种肤浅的过度满足。她是骄傲的,她抗拒那些让年轻女孩们快乐的其他东西,就应该如此。这是一个谎言,我知道如何利用它为自己谋取好处。可以取悦其他年轻女孩们的华丽和辉煌无法取悦她;她有点好争论,对一个像她这样迷人的年轻女孩来说,这是必要的。她生活在幻想的世界里。如果她遇人不淑,那么对方可能会从她身上带出一些非常不符合女性气质的东西,正好因为她具有如此多的女性气质。

30日

我们走过的道路在各处交叉。今天我已经遇到她三次了。我知道她的每一次最短暂的外出,知道在何时何地能遇到她;但是我使用这种信息不是为了与她碰面;恰恰相反,我以一种让人恐惧的尺度挥霍这种信息。一次偶遇式的约会经常花费我数小时的等待,却会被我当成一件琐事那样浪费掉;我不是遇到她,我只是触及她边缘的一个存在。如果我知道她要去詹森夫人家的话,我就不太愿意和她碰面,除非进行一次单独的观察对我来说很重要;我更喜欢早一点到詹森夫人家,如果可能的话,我在门口看到她就行,她一来我就马上走,或者我在楼梯上等她,然后漫不经心地从她身边跑过。这是她必须被编织进去的第一张网。在街上，我不会让她停下来，也不会和她打招呼，我从不靠近她，却总是保持在一定的距离以外瞄着她。我们不断地相遇对她来说肯定很明显，她可能会察觉到，在她的视野中出现了一个新的物体，它以一种奇怪的、不受干扰的方式干扰着她的运动；但是她对构成这种运动的法则没有任何隐约的感觉，她被诱惑着去左顾右盼，看自己是否能发现那个目标点；那个目标点就是她，她对这个点就像对她的对立面一样一无所知。她的情况和我所处的各种环境中的人通常是一样的：他们认为我有多种多样的事务要处理，我总是在忙碌，就像费加罗所说的，同时进行着一、二、三、四段阴谋，那是我的欲望。在我开始进攻之前，我必须首先了解她和她的全部精神状态。大多数人享受一个年轻女孩，就像他们在泡沫四溢的一瞬间享用一杯香槟，啊，是的，这真的很漂亮，在面对很多年轻女孩时，这可能就是一个人能达到的最高境界；但是，这里还有更多层的最高境界。如果个体过于脆弱，无法很好地容忍清晰和透明，好吧，他现在会享受模糊，但是她显然可以容忍。是的，一个人在恋爱中奉献得越多，就越有趣。这种瞬间的享受，即使在外在的意义上不是一种强奸，在精神的意义上却是一种强奸，在这种强奸中只有一种幻想的享受，就像偷来的一个吻那样，没有任何意义。不，当你能够将事情带到这种程度，以至于她的自由只有唯一一个任务，就是奉献自己，就是她在其中感觉到整个极乐，她几乎祈求着要做出这种奉献，然而她仍然是自由的，那才是你第一次真正的享受，而这总是伴随着精神的影响。

科迪莉娅！那是一个荣耀的名字。我坐在家里，训练自己像鹦鹉一样说话，我说：科迪莉娅，科迪莉娅，我的科迪莉娅，你是我的科迪莉娅。一想到当一个决定性的瞬间到来时，我如何按部就班地说出这些话，我就忍不住笑了起来。一个人应该总是做好前期准备，一切必须未雨绸缪。没有任何好奇怪的，诗人总是描绘这个起誓的瞬间，在这个美的瞬间，恋人们不是从爱的海洋中满溢出来（的确有很多人永远无法走得更远），而是坠入了爱的海洋，他们脱去旧人的束缚，从这个洗礼中升起来，他们现在才真正像老熟人一样彼此了解对方，尽管他们只是在一瞬间就变老了。对一个年轻女孩来说，这个瞬间总是最美的，为了真正地享受它，一个人应该总是比她升得更高一点，这样他就不仅是一个受洗者，而且同时是一个施洗的牧师。一点反讽使这个瞬间的下一个瞬间成为那些最有趣的瞬间之一，这是一种精神上的脱去旧人。一个人一定要有足够的诗意，以免干扰这个仪式，然而喜欢恶作剧的人一定总是坐在那儿伺机而动。

6月2日

她是骄傲的，我老早就看出了这一点。当她和那三个姓詹森的女孩一起社交时，她很少说话，她们的东拉西扯显然让她厌倦，她嘴角挂着的一个微笑看起来表明了这一点。我根据这个微笑做出了这样的判断。——在其他时候，她可以让自己在一种几乎像男孩一样的狂野中自由自在，这让姓詹森的女孩们惊奇不已。当我考虑到她的童年生活时，对我来说，它并非无法解释。她只有一个比她大一岁的哥哥。她只认识父亲和哥哥，还目睹过一些非常严肃的场面，这使她厌恶通常的无聊闲谈。她的父母并没有幸福地生活在一起；那些通常要么更清晰、要么更昏暗地向一个年轻女孩招手的事物，并没有向她招手。她很可能感到茫然无措，不知道成为一个年轻女孩意味着什么。她也许在某些瞬间期望自己不是女孩，而是男人。

她有想象力、灵魂、激情，简言之，她拥有一切的实质，却没有主观反思。今天，一件偶然之事使我完全确认了这一点。我从"詹森公司"知道，她不会演奏乐器，这违背了姑妈的原则。我一直对此感到遗憾，因为音乐总是和一个年轻女孩沟通的一种好手段，前提是我要如此小心，别让她察觉到我登场时像一个音乐内行。今天我去了詹森夫人家，我将门推开了一半却没有敲门，这种无耻经常对我有利，如果被发现的话，我会敲向那扇开着的门，并且用一个笑料来缓解这种局面。她一个人坐在钢琴前，似乎在偷偷地弹奏，那是一首小小的瑞典旋律，她弹得不熟练，变得不耐烦，但是随后她在第二次弹奏时弹出了更柔和的音符。我关上门，待在门外，聆听她各种情绪的交替变化，有时她的演奏有一种激情，让我记起了处女梅特莉尔，她在那里用力弹奏金色的竖琴，这样乳汁就会从她的乳房里迸发出来。——在她的演奏中，既有某种忧伤的东西，又有某种狄奥尼索斯式的东西。——我本来可以冲进去，抓住那个瞬间——那将是愚蠢的。——回忆不仅是一种保存的手段，也是一种增强的手段，被回忆渗透过的东西会产生双倍的效果。——人们经常会在书本里，尤其是诗歌本里，遇到一朵小花——一定是一个美好的瞬间促使它被放置在那里，回忆比那个瞬间更美丽。她显然掩饰了自己会演奏乐器这件事情，或者她也许只会弹那首小小的瑞典旋律——那首曲子可能让她产生了特别的兴趣。虽然我不知道一切，但是这件事对我来说非常重要。当我和她进行更熟络的谈话时,我会完全秘密地引导她来到这一点,并让她掉入那个带活门的陷阱。

6月3日

我还无法就如何领会她和自己达成一致;因此我让自己保持如此静默、如此不被注意的状态——是呀,我就像哨兵连里的一个士兵,让自己俯卧在地面上,聆听一个前进中的敌人发出的最遥远的回声。对她来说,我其实不存在,并不是在一种负面关系的意义上说,而是在我和她根本没有任何关系的意义上说。到目前为止,我还没有尝试任何试验。——对她一见钟情,这是一回事,在小说中是这样说的——是的,这是足够真实的,如果爱没有辩证法的话;但是关于爱,我们能从小说中得知什么呢?纯粹的谎言,有助于缩短写作小说的任务。

根据我现在得到的这些信息,回想起第一次约会给我留下的印象,我对她的构想已经有所修正,但是这种修正对她和我同样有利。一个年轻女孩这样完全独自行走,或者说一个年轻女孩这样沉浸在自己里面,这不合乎今天的常规。在经受了我严厉的批判之后,她被证明是:可爱的。但是可爱是一个非常短暂的时刻,一旦它过去了,就像昨天消失了一样。我从未让自己构想过,她在自己生活的那些环境中,如此不加反思地对人生的各种暴风雨很是熟悉。

然而,我很想知道她的各种情感是怎样的。她肯定从未坠入爱河,因为她的思想太自由飘逸了,她最不属于那些在理论上有经验的处女,她们老早就如此熟练地想象自己躺在一个心爱男人的怀抱中。她在现实中遇到的那些人物,很明显并没有让她对梦和现实之间的关系产生困惑。她的灵魂仍然由理想中的神圣食物滋养着。但是,在她面前浮现的理想形象,既不是某本小说中的一个牧羊女或女英雄,又不是情妇,而是一个像贞德那样的女人或者类似于贞德的女人。

问题总是,她的女性气质是否足够强大到能够反映自己,或者它是否只能作为美丽和可爱被享受;问题在于,一个人是否敢于将弓弦绷得更紧?能找到一种纯粹而直接的女性气质已经是一件大事了,但是一个人敢于冒险改变它的话,那才是有趣的。在这种情况下,最好找一个彻头彻尾的求婚者强加给她。人们持有一种迷信,认为求婚者对一个年轻女孩是有害的。——是呀,如果她是一株非常精致的、娇弱的植物,那么她的人生中只有一个闪光点:优雅。最好的情况就是她从未听说过爱的名称,但是如果情况并非如此,那么这就是一种收益,如果没有任何求婚者,我从来不会犹豫给她提供一个。这个求婚者也不能是一幅讽刺画般的人物,因为那样他无法赢得任何东西;他必须是一个真正受人尊敬的年轻男人,如果可能的话,甚至还要讨人喜欢,但是这种讨人喜欢对她的激情来说太少了。她会忽视这样的一个人,她会厌恶爱情,她几乎会怀疑自己遭遇的现实,当她感觉到自己的命运并且看到现实提供的是什么东西时,她就会说,如果爱情没有其他意义的话,那么它也没有什么大不了的。她在自己的爱情中变得骄傲,这种骄傲使她变得有趣,这种骄傲用一种更鲜艳的色彩照亮了她的本质;但是,她同时更接近自己的失败,所有这一切都持久地让她变得越来越有趣。然而,最好的方式是首先确保看看她的熟人中有没有这样一个求婚者。在家里没有机会，因为几乎没有人来访，但是她确实会外出，在那里可能找到一个这样的人。在我知道那一点之前就提供一个求婚者，总是让人顾虑的；两个对彼此都无足轻重的求婚者可能因为他们之间的这种关联而产生有害的影响。我现在要看的是，是否有这样一个坐在暗处的恋人，他没有勇气大胆地冲进她的房子，而在这栋修道院般的房子里，我没有任何机会看到这样一个偷鸡贼。

因此，这成为战略原则，也就是说在这次战役中，所有行动的法则是始终在一个有趣的场景中接触她。有趣的是这场战斗将要发生的领域，有趣的潜力将被耗尽。如果我没有大错特错的话，那么她的整个构造也是为了这场战斗而设计的，所以我要求的恰好是她给予的，甚至是她要求的。这就是关键所在，窥视出某些人能给予什么，以及由此她需要一种什么结果。因此，我的各种爱情故事对我来说总是拥有一种现实的意义，它们构成了人生的一个时刻、一段成长期，我确切地知道这一点，它们甚至经常和一项项技能有关；为了我爱的第一个女孩的缘故，我学会了跳舞；为了一位小小的女舞者的缘故，我学会了说法语。那时，我像所有傻瓜一样去市场上闲逛，经常被人愚弄。现在我致力于在情场上牵着别人的鼻子走。然而，也许她已经穷尽了有趣的一个方面，她封闭的人生似乎暗示了这一点。因此，关键在于找到另一面，对她来说，另一面在乍看之下根本无法吸引她，但是正好因为这种冒犯，她对另一面产生了兴趣。为了这个目的，我选择的不是诗意的东西，而是平淡的东西。因此，这就是开端。首先通过平淡的明智和嘲笑消解她的女性气质，不是直接地，而是间接地，以及通过绝对中立的东西去消解：精神。

她几乎失去了自己的女性气质,但是在这种状态下,她无法保持独自一人,她让自己投入我的怀抱,不是作为我的恋人,不,我是完全中性的,现在她的女性气质苏醒了,我诱使它达到自身最高的弹性,我让她和或这或那的现实的有效性产生冲突,她超越了它,当她的女性气质达到近乎超自然的高度时,她将带着一种世界性的激情属于我。

5日

真是踏破铁鞋无觅处。她有一次去了批发商巴克斯特家。我不仅在这里找到了她,还找到了一个对我来说恰逢其时地出现的人。爱德华,这个家里的儿子,他死去活来地爱上了她,当我看到他的两只眼睛时,我只需用半只眼睛就能看出这一点。他在父亲的办公室里做生意,这是一个英俊的男人,让人相处愉快,有些腼腆,我认为在她眼中最后一点并不会有损于他。

可怜的爱德华!他根本不知道应该如何开始自己的爱情。当他知道她晚上会出现在那里时,他为了她的缘故独自使用洗手间,为了她的缘故独自穿上新的黑色衣服,为了她的缘故独自扣上袖扣,这样,在客厅以及客厅以外的日常社交聚会中,他几乎成了一个可笑的人物。他的窘迫接近了难以置信的边界。如果这是一种伪装,那么爱德华对我来说将是一个危险的竞争对手。你需要高超的艺术来利用窘迫,但是也可以通过窘迫获得很多东西。我不是经常利用窘迫来愚弄某个小小的处女吗?通常来说,女孩们对腼腆的男人说话时很严厉，却又暗许芳心。一点窘迫可以讨好这样一个小女孩的虚荣心，她可以感觉到自己的优越性，它就像诚意金一样。当你将她们哄睡以后，正是通过这个机会，你表明自己已经离那里如此远，以至于可以独自行走，她们却一定相信你会在那里因为窘迫而死。通过窘迫，你失去了自己的男子气概的意义，所以窘迫也是消解性别关系的一个相对好的手段。因此，当她们意识到这仅仅是伪装时，她们会感到羞愧，她们情不自禁地脸红，她们非常清楚地察觉到自己以某种方式越过了边界；这就像她们持续地、太长久地将一个男孩当成孩子对待一样。

7日

然后，爱德华和我成了朋友。我们之间保持着一种真实的友谊和美丽的关系，这是自希腊这个最美的时代以来从未有过的关系。我将他牵扯进关于科迪莉娅的一种多样性的考虑中，我们很快变得熟悉起来，他向我坦白了自己的秘密。当然，当所有的秘密都一起到来时，那个秘密也会不甘落后。可怜的家伙，他已经叹了很久的气。每次在她来的时候，他都会打扮自己，然后晚上跟随她回家，想到她的手臂在自己的手臂上安息时他的心会怦然跳动，他们一起散步回家，同时仰望星星，他按响她家大门的门铃，然后她消失了，他感到绝望——但是他希望下一次能走进她家。他还没有勇气跨过她家的门槛，尽管他拥有一个千载难逢的机会。虽然我忍不住在自己静默的心灵中嘲笑爱德华，但是他的孩子气里面确实有一些漂亮的东西。尽管我自欺欺人地认为自己对整个情欲的概念相当精通，我却从未在自己身上观察到这种状态，即观察到坠入爱河带来的焦虑和战栗，也就是说，我从未达到让自己失去镇静的程度，否则我可能会足够了解它，但是对我来说，它反而会让我更加强大。也许有人会说，这样我从未真正恋爱过；也许吧。我羞辱过爱德华，不过我也鼓励他相信我的友谊。明天他将迈出决定性的一步，亲自去邀请她。我已经让他产生了绝望的想法，所以他请求我和他一起去；我答应了他。他设想这是一份格外的友谊象征。这座公寓完全符合我的希望，一推开门就能进入客厅。如果她对我的表现的意义有最细微的怀疑，那么我的行为将让一切再次变得让人困惑。

以前我不习惯为自己的谈话做准备，现在为了取悦姑妈，对我来说，这已经成为一种必要性。也就是说，我已经让自己承担了和姑妈谈话的光荣任务，从而掩盖爱德华因为爱上科迪莉娅而做出的各种举动。姑妈以前在乡村居住过，通过我自己对农业文献的认真研究，还有姑妈基于经验所分享的信息，我在深入理解和能力方面都显著地取得了进步。

在姑妈这里，我可以完全感到自己是幸福的，她认为我是一个稳重的、可靠的人，和我交流是让人满足的，我并不像我们的那些时髦的浮夸青年。在科迪莉娅那里，看来我并没有得到特别好的评价。她是一个太纯洁、太无邪的女性，以至于要求每一个男人都应该对她献殷勤，但是她确实过分地感觉到了我的存在中的那种叛逆的东西。

当我这样在舒适的客厅里坐着，当她像一个善良的天使一样，无处不在地扩散着可爱，使其覆盖接触她的所有人，无论是好人还是歹人,我有时会情不自禁地变得不耐烦,我被诱惑着要从自己的藏身之处冲出来;因为虽然我坐在客厅里,坐在所有人的眼睛前,但是我坐在那儿伺机以待。我被诱惑着要去抓住她的手,将整个女孩抱在怀中,使她隐藏在我里面,因为我唯恐有人将她从我身边夺走。或者当爱德华和我在晚上离开她们时,当她伸手和我告别时,当我握着她的手时,有时我发现很难让这只鸟儿从我的手中滑脱。耐心——因为我以前是冲动的,现在是理智的——我必须用完全不同的方式将她编织进我的网中,然后我突然让整个奉献的能力从心中奔涌而出。我们没有通过甜言蜜语或不合时宜的期待来破坏这个时刻,你应该为这一点感谢我,我的科迪莉娅。我在努力发展矛盾,我拉紧爱的弓弦,以便箭头能到达更深的地方。我就像一个弓箭手,松开弓弦,再拉紧它,聆听它的歌声,这是我的战歌,但是我还没有瞄准,还没有将箭矢搭在弦上。

当一小群人经常来到同一个房间里彼此接触时,那么很容易形成一种传统,即每个人都有自己的位置和座位,这对一个人来说就成了一幅画面,他可以根据自己的意愿将其展开为一幅地形图。这样,我们在瓦尔家的共同生活也构成了一幅画面。晚上我们会在那里喝茶。通常,先前一直坐在沙发上的姑妈会转移到小缝纫桌那边,科迪莉娅则离开那个位置,转移到沙发前的茶几旁,爱德华跟随科迪莉娅转移,而我跟随姑妈转移。爱德华追求的是神秘,他想低声耳语;通常来说,他做得如此好,以至于变得纯粹无声。我对姑妈的倾诉没有任何秘密,市场价格、通过制作奶油和黄油的辩证法计算出制作一磅黄油需要多少牛奶,那是现实中的事情,所以每一个年轻女孩听了都不会受到损害,但是,更难得的是,那是一种可信的、详尽的、建造性的谈话，使头脑和心都得到陶冶。我通常背对着茶几，背对着爱德华对科迪莉娅的迷恋，而我对姑妈迷恋。大自然在其各种产物那里显示出伟大和智慧，黄油是一种多么宝贵的礼物啊，它是大自然和制作工艺的荣耀成果。姑妈肯定无法成功地听到爱德华和科迪莉娅之间在说什么，即使他们实际上说过些什么，我已经答应过爱德华会守口如瓶，而且我总是遵守诺言。相反，我能够清楚地听到每一个被交换的词语，听到每一个动作。这对我很重要，因为你无法知道一个人在绝望中能够冒什么样的险。最小心的、最拘谨的人有时也会冒险做出最绝望的事情。虽然我和这两个单身的人没有丝毫关系，但是我仍能在科迪莉娅身上察觉到，我一直无形地在她和爱德华之间存在着。

当这四个人组合在一起时，确实构成了一幅独特的画面。如果我要想起那些熟悉的画面，那么我可能会找到一个类比，我可能会将自己想象成梅菲斯特，然而，困难在于爱德华并不是浮士德。如果我将自己比作浮士德，那么困难将再次出现，因为爱德华无疑不是梅菲斯特。我也不是什么梅菲斯特，在爱德华的眼中，我最不像梅菲斯特。他将我视为他爱的守护神，他在这方面做得很好，因为至少他可以确信，没有任何人比我更细心地守护他的爱。我答应过他，让我去和姑妈谈话，而且我一丝不苟地履行了这个光荣的职责。在我们眼前，姑妈几乎消失在纯粹的农业经济中；我们走进厨房、地窖、阁楼，去看鸡、鸭、鹅等等。一切都在惹恼科迪莉娅。她自然无法领会我真正想要的是什么。我对她来说成了一个谜，但是这个谜不会诱使她去猜，这个谜让她恼火，甚至让她愤慨。她非常清楚地感觉到，姑妈几乎变得可笑，然而姑妈是如此受人尊敬的女士，她无疑不值得受到这种冷遇。另一方面，我将这件事情做得非常好，以至于她很好地感觉到，如果她试图动摇我的话，那将是徒劳无功的。有时它驱使我做得如此过分，以至于科迪莉娅会在完全保密的情况下嘲笑姑妈。这是必须做的一些练习。并不是说我在和科迪莉娅一起做这些练习，远非如此，我从未让她嘲笑姑妈。我保持着不变的严肃、认真，但是她忍不住要去嘲笑。这是第一个错误的教训：我们必须教她讽刺地嘲笑；但是这个嘲笑几乎同时针对我和姑妈，因为她根本不知道应该如何看待我。然而，有可能的是，我是这样一个过早地变老的年轻人，这是有可能的；还有第二个可能，还有第三个可能，等等。当她嘲笑姑妈时，她会对自己感到愤慨，然后我转过身，继续和姑妈说话，同时我完全严肃地看着她，那么她会嘲笑我以及嘲笑那个场景。

我们的关系既不是基于互相理解的温柔和互相忠诚的拥抱，又不是基于互相吸引，而是基于误解的互相排斥。我和她根本没有任何关系；那是一种纯粹精神上的关系，它自然和一个年轻女孩没有任何关系。然而，我现在遵循的方法确实有其非凡的便利之处。一个作为骑士登场的人会引起怀疑，他会唤起某种怀疑，让自己引起某种抵抗；我免除了所有这样的事情。人们不会看护我，相反，更准确地说，人们愿意将我视为一个可靠的人，适合看护那个年轻女孩。这种方法只有一个缺点，那就是它很缓慢，但是由此只能让有兴趣赢得胜利的那些个体去使用，这种方法才有优势。

什么东西能够拥有像一个年轻女孩那样的让人恢复青春的能力呢？清晨的新鲜空气没有，风的嗖嗖声没有，海洋的凉爽没有，酒的芳香和它带来的活力也没有——世界上的任何东西都没有这种让人恢复青春的能力。

我希望自己很快就能将事情推进到她憎恨我的地步。我已经完全扮演了一个只顾享乐的年轻人的形象。我说的其他东西不过是如何悠闲地坐着、便利地躺着、有一个可靠的男仆、有一个脚踏实地的朋友,当你将手臂搭在他的手臂上走路时,你完全可以信任他。现在我能让姑妈离开那些农业经济方面的各种考虑,然后我将带她进入那些关于无业的年轻人的话题,以便获得一个更为直接的讽刺的契机。你可以嘲笑一个只顾享乐的年轻人,甚至对他有一点怜悯,但是一个年轻人并非没有精神,他这样的行为会激怒一个年轻女孩,她的整个性别的意义、她的美丽和诗意都会被摧毁。

这样,日子一天天过去,我看着她,却不和她说话,当姑妈在场时,我就和姑妈说话。在某个夜晚,我可能突然有想表白的念头。那时我裹在自己的斗篷里,将帽子压低遮住自己的眼睛,我就站在她的窗外。她的卧室朝向院子,从街上可以看到那个地方是一栋位于角落的房屋。有时候她会站在窗边一会儿,或者打开窗户,抬头看星星,除了她最不希望被注意到的那个人以外,其他人都没有注意到她。在那些夜晚的时光里,我就像一个幽灵一样在周围走着,我就像一个幽灵一样居住在那个地方,而她的住所就在那里。那时,我忘记了一切,没有任何计划,没有任何计算,我抛开了理智,通过深深的呼吸扩张和挺起胸膛,这是我需要的一种运动,以便我不需要受制于自己行为中的体系性的东西。其他人在白天是正直的,在晚上是罪恶的;我在白天是伪装的,在晚上只有纯粹的欲望。如果她看到我在这里,如果她能看透我的灵魂——如果。

如果这个女孩想要理解自己的话,她必须承认我对她来说是一个男人。她太过激烈了，太深地受到感动，以至于无法在婚姻中变得幸福；如果她爱上的是一个彻头彻尾的诱惑者，她得到的幸福就太少了；当她爱上我时，她将从这场船难中拯救出有趣的东西。在和我的关系中，她一定会像哲学家们用双关语说的那样：灭亡。

她真的厌倦了听爱德华说话。就像总是发生的事情一样，一旦一个人对有趣的东西设定了狭隘的边界，他反而可以在边界以外发现更多有趣的东西。她有时会聆听我和姑妈的沟通。当我察觉到这一点时，就像遥远的地平线上出现了一个闪烁的迹象，它来自一个完全不同的世界，让姑妈和科迪莉娅同样诧异。姑妈看见了那道闪电，却听不见任何声音；科迪莉娅听见了那声炸雷，却看不见任何东西。然而，在同一时刻，一切都是镇定而有序的，我和姑妈之间的谈话按照它单调的步伐继续进行，就像一辆穿过夜之平静的邮递马车一样；茶壶的声音忧伤地伴随着它。在这样的瞬间，客厅有时会变得让人毛骨悚然，对科迪莉娅来说尤其是如此。她无法和任何人说话，也无法倾听任何人说话。如果她转向爱德华，她就会有危险，因为他在窘迫中可能做出某种愚蠢的行为；如果她转向另一边，即姑妈和我这边，统治这里的是我们稳步对话的单调锤击声，那时它引起的确定性与爱德华的不确定性形成了最不舒适的矛盾。我可以很好地理解，这一幕一定会给科迪莉娅留下这样的印象，姑妈好像被施了魔法，因此姑妈完全跟随着我的步伐节奏运动。科迪莉娅也无法参与这种娱乐；因为这是我激怒她的手段之一，我允许自己完全像对待孩子一样对待她。并不是说我应该因为这个原因允许自己给她任何自由，远非如此，我很清楚这样的事情会产生多么让人不安的干扰，尤其关键的是，她的女性气质必须能够使自己重新恢复纯洁和美丽。由于我和姑妈的亲密关系，我可以轻易地将科迪莉娅当作一个对世界一无所知的孩子来对待。通过这种方式，她的女性气质并没有被冒犯，而只是被中和了，因为她的女性气质不会因为她不知道市场价格而被冒犯，但是市场价格应该是人生中最重要的事情会激怒她。在我强有力的支持下，姑妈在这个方向上已经超越了自我。她几乎在一些事情上变得狂热，这是她要感谢我的地方。我这里唯一无法让她忍受的一点是，我是一个无业游民。现在我已经养成了这样的习惯，每当谈到有一个职位空缺的时候，我就会说："这正是为我准备的职位"，然后极其严肃地和她讨论这件事情。科迪莉娅总是能察觉到其中的讽刺，只是这种讽刺正是我想要的。

可怜的爱德华！真让人惋惜，他不叫弗里茨。每次我在静默的思考中仔细打量我和他的关系时，我总会想起《新娘》中的弗里茨。此外，爱德华和他的那位榜样一样，也是市民卫队的列兵。我实话说好了，爱德华也让人感觉相当无聊。他没有正确地对待这件事情，他见人时总是打扮得整齐且紧身。出于对他的友谊，我们私下说好了，我见人时尽可能穿得漫不经心。可怜的爱德华！让我唯一在那里感到痛苦的是，他对我如此无限地感激，以至于他几乎不知道自己应该如何感谢我。我反而要感谢他，因为我的所作所为实际上太过分了。

为什么你们现在不能优雅地保持镇定呢？你们整个清晨都在忙些什么呀？你们不过是在折腾我的百叶窗、拽我的反光镜和拉绳、玩三楼的钟绳、敲打窗户而已，总之，你们可以用任何方式宣扬你们的存在，仿佛你们在召唤我出去加入你们一样。是呀，天气是够好的，但是我没有任何欲望，让我待在家里吧……你们这些调皮的、自由自在的西风，你们这些快乐的男孩们，是的，你们可以独自行走；和往常一样，去和那些年轻女孩们一起享受你们的娱乐活动吧。是呀，我知道，没有人像你们一样如此诱惑地拥抱一个年轻女孩；她想要挣脱你们，却徒劳无功，她无法从你们的藤蔓中解脱出来——她也不想解脱出来；因为你们是凉爽的、冷酷的，不会激怒她……按照你们自己的方式行事吧！让我置身事外好了……这样你们就从中得不到任何满足了，你们可不是为了自己的缘故才这样做的……现在，好吧，我和你们一起走吧；但是我有两个条件。第一个条件。在国王新广场里住着一个年轻女孩，她非常让人舒心，但是，她同时无礼地不愿意爱上我，甚至更糟糕的是，她爱上了另一个人，而且爱到如此地步，以至于他们走路时彼此挽着手臂。我知道他会在一点钟去接她。现在，你们要向我保证，你们中间最强劲的那几位将坚持隐藏在附近的某个地方，直到他陪着她一起走出街门的那个瞬间。在他要转向大国王街的同一个瞬间，你们这支部队冲出来吧，以最礼貌的方式取下他头上的帽子，以一种均匀的速度恰好使它保持在他身前一英尺远的地方；别将帽子吹得更快，否则可以想象他会再次转身回家。他坚持相信自己下一秒就可以抓住帽子；他甚至没有放开她的手臂。你们将通过这种方式带领他和她穿过大国王街，沿着城墙到达北门，再到高桥广场……可能需要花多长时间到那里呢？我认为需要半小时左右。下午两点半，我将准时从东街赶到那里。当你们引导这对恋人来到广场中央时，对他们发动一次猛烈的进攻，扯下她的帽子、拆散她的卷发、掠走她的披肩，而在这一切发生的时候，他的帽子在欢呼声中越飞越高；总之，你们带来了一场混乱，以至于全体尊贵的观众，不单单是我，都爆发出一阵哄笑，狗开始吠叫，钟楼的守夜人开始敲钟。你们要这样创造场景，将她的帽子吹到我这里，让我成为将帽子递还给她的那个幸福的人。——第二个条件。那个跟随我的分部，得听从我的每一个指示，让自己保持在得体的边界内，别冒犯任何漂亮的女孩，不允许自己有任何过多的自由，除了让她孩子般的灵魂在整个玩笑中保持快乐，嘴唇上有微笑、眼中有镇定、心儿变得没有焦虑。如果你们中的任何一股风敢于以不同的方式行事，那么你们的名字应该被诅咒。——现在，出发前往人生和快乐吧，出发前往年轻和美丽吧；向我展示我经常看到的东西，也向我展示我永远不会厌倦去看的东西；向我展示一个美丽的年轻女孩，展现她的美丽，并且让她变得更加美丽；以一种让她感到快乐的方式审查她！——————我选择去布雷德街，但是，正如你们已经知道的，我只能支配自己的时间到一点半。——————

一个穿着整齐且紧身的年轻女孩走了过来，是呀，今天也是星期天。……给她一丝凉意吧，吹拂她，让她感到凉爽，轻柔地在她身上滑动，用你们无邪的触摸拥抱她！我预感到她脸颊微红，嘴唇变得更加鲜艳，胸部也挺起来了……我的女孩，难道呼吸这新鲜的微风不是一种难以描述的、极乐的享受吗？那副小小的领子像两片叶子一样摇曳着。她呼吸得多么健康、多么充分啊。她的步伐放慢了，她几乎被这轻柔的微风托举着，像一朵云、像一个梦……风要吹得更强一点，而且要持续得更久！……她缩紧自己的身体；双臂更靠近胸部，更小心地遮盖着胸部，不让任何一缕微风太靠近，以免它灵巧而凉爽地钻到薄薄的遮盖物下面……她的脸红得更健康，脸颊更饱满，眼神更清澈，步伐更有节奏。所有的挑战都能使一个人变得更美。每一个年轻女孩都应该爱上西风；因为没有任何男人能像它那样理解她，它在和她战斗的时候提升了她的美。……她的身体略微向前弯曲，头看向脚尖。……稍微停一下！太过分了，她的身材变得更宽了，失去了美的纤细。……给她一点凉意！……难道不是吗，我的女孩？当你变得温暖时，去感受这些让人振奋的颤抖是愉快的。你可以敞开自己的怀抱，既出于感激，又出于弥漫在生存中的快乐。……她将身体转向一边……现在，吹出一股充满力量的疾风吧，向我透露各种身材的美！……吹得更用力一点！确保帷幕更准确地降下。……吹得太过分了！那个姿势变得不美了，轻盈的步伐受到了干扰……她再次转过身……现在吹得更猛烈吧，让她自己尝试一下！……够了，太过分了！她的一缕卷发垂落了下来……你们要看看如何控制好自己！————一整个正在行军的军团来到了那里：

> 一个人处在热恋中；
> 另一个人很想谈恋爱。

是呀，毫无疑问，在人生中这样做是一个糟糕的安排，即一个女孩挽着未来姐夫的左臂走路。对一个女孩来说，这大约就像一个男人当临时文员一样……但是临时文员可以晋升；另外，他在办公室里也有自己的位置，可以被带着出席特殊的场合，那不是妻妹的命运；但是作为回报，她的晋升也不会太慢——当她晋升并调动到另一个办公室的时候。……现在吹得快一点吧！当一个人有稳固的点可以让自己依靠时,就足以抵抗狂风……中路的进攻很强劲,两翼的进攻没有跟上……他站得足够稳固,风无法动摇他,因为他太沉重了——不过也因为太沉重,那些翅膀无法将他从地面抬起。他冲上前是为了展示——他有一副沉重的肉身;但是他越是站着不动,在其下方的小女孩们就越是感到痛苦……我美丽的女士们,难道不能给我一个为你们服务的好的建议吗?让未来的丈夫和姐夫置身事外吧,试着独自行走,你们将看到,自己会从中得到更多的满足……现在吹得更慢一点吧!……她们让自己在风的波浪中翻滚着;她们很快就会亮相了,肩并肩沿着街道往下走……难道有什么舞曲能够带来一种更愉快的欢乐吗?风不会消耗人的体力,却让人变得强大。……她们现在就像几艘满帆的船只,肩并肩沿着街道往下走……难道有什么华尔兹能更诱人地带走一个年轻女孩吗?风不会让人疲惫,而是托举着人。……现在它们转向那位丈夫和姐夫……难道不是吗,一点点阻力是让人舒适的,人们总是愿意为了拥有自己所爱的东西而战斗;并且,当一个人离他为之战斗的东西足够近时,在那里就会有一个更高的统治,爱会得到它的帮助,由此可以看到那个男人获得了风的支持……难道我没有正确地安排吗?当你自己顺风的时候,你可以轻易地引导恋人走过去,但是当你自己逆风的时候,你会做出一个舒适的动作,你将飞向你的恋人,风的吹拂让人更健康、更诱人、更具诱惑力,风的吹拂可以冷却嘴唇上的果实,享用冷却的果实是最惬意的,因为果实就像几乎结冰的香槟一样热烈。……她们笑着,闲聊着——风带走了那些词语——现在她们处于这疾风之中,有什么好说的呀?——她们再次笑了起来,在风面前弯曲着身子,抓住帽子,警觉地看着自己的脚……现在停下来吧,别让小女孩们变得不耐烦,别让她们对我们生气或害怕我们!————就是这样,果断而有力地抬高右腿,将它向前迈出去超过左腿……她多么大胆和俊俏地看着周遭的世界啊……我没有看错,她确实挽着一个人的手臂,因此她订婚了。我的孩子,让我看看你在人生的圣诞树上收到了什么礼物……噢,是呀!看起来实际上是一桩非常牢靠的订婚。她目前处于订婚的最初阶段,她爱他——很可能是这样,但是她的爱飘忽不定、宽广而松散地围绕着他;她仍然拥有那件隐藏很多东西的爱的斗篷……吹得轻一点!……是呀,当一个人走得如此之快时,帽子的飘带会迎风紧绷,这一点也不奇怪,它看起来就像一双翅膀一样,托举起这个轻盈的受造物——还有她的爱——飘带本身也像一条被风戏弄的仙女面纱。是呀,当一个人这样去看爱时,它看起来是如此宽广;但是当一个人试图穿上爱,当面纱被缝制成一件日常的裙子时——这样就没有余地使用很多的边角料了……哎呀,上帝保佑!当一个人有勇气冒险为整个人生迈出决定性的一步时,他不一定有逆风前行的勇气。谁会怀疑这一点呢?我不会怀疑;但是别有任何冲动,我的小姐,别有任何冲动。时间是一位严厉的训导者,让风做训导者的话,也不会差劲。……稍微捉弄她一下子!……手帕飞到哪里去了?……是的,您又将它找回来了。……帽子上的一根飘带松开了……当下,如果您遇到即将到来的人,会让您很烦……有一位女性朋友到来了,您必须问候她。这是她第一次看见您作为未婚妻的样子;是的,您在这里走上布雷德街,就是为了展示您是订了婚的人,而且您打算走到海滨长道。据我所知,按照习俗,新婚夫妇在婚礼后的第一个星期日会去教堂,相反,订婚的人会走到海滨长道。是呀,通常来说,订婚实际上和海滨长道有很多共同点……现在小心，风要拿走那顶帽子了，您稍微抓住它，并且低下您的头……然而，实际上致命的是，您根本没有问候那位女性朋友，没有镇定地用高傲的表情问候她，一个订了婚的女孩应该对没有订婚的人采取同样的态度。……现在吹得更慢一点吧！……现在好日子来到了。……她多么紧地依偎着恋人，她离他恰到好处地远，可以一转过头就仰望着他，为他感到快乐，他就是她的财富、她的幸福、她的希望、她的未来……噢，我的女孩，你对他做得太过分了……或者，难道他不想感谢我和风吗？我们让他看起来如此充满力量。难道你本人不想感谢我和那些轻柔的微风吗？它们现在不是治愈了你，将你的痛苦带入遗忘，让你看起来如此生气勃勃、如此充满渴望和如此有盼望吗？

> 我不要学生，
> 他整夜将头埋在书堆，
> 我要军官，
> 他的帽子上有翎羽。

人们立刻在你那里看到，我的女孩，你的眼神里有一种东西……不，你绝不适合和一个学生在一起。但是为什么一定要和一个军官在一起呢？难道一个已经完成学业的候选人无法做同样的事吗？……然而，在这个瞬间，我既无法为您提供一位军官来为您服务，也无法为您提供一位候选人来为您服务。相反，我可以为您提供一些温和的凉爽来为你服务……现在吹得快一点吧！……这是正确的，将丝绸披肩扔回肩膀上吧；完全慢慢走的话，脸颊恐怕会变得稍微苍白些，眼睛的光泽不会如此热烈……就是这样。是呀，尤其是在今天这样让人舒心的天气里做一点运动，再加上一点耐心，您就足以得到您的军官了。————这是命中注定的一对情侣。他们的步伐是多么有节奏感，所有的表现是多么确信，建立在相互信任的基础上，所有的动作是多么预先设定般地和谐，多么充分地周到啊。他们的姿势既不轻盈、又不优雅，他们不是在彼此共舞，不，他们里面有一种持续、一种果敢，就像可以唤醒一种不可欺骗的希望，就像可以激发相互的尊重。我敢打赌，他们的人生观是这样的：车到山前必有路。而且，他们似乎也决定了，要挽着彼此的手臂共同穿过人生的各种快乐和悲伤。他们之间的和谐程度如此之高，以至于那位女士甚至放弃了在道砖上行走的要求……但是，亲爱的西风们，你们为什么如此忙碌于戏弄这对夫妇呢？他们看起来不值得你们付出如此多的注意。那里有什么特别引起你们注意的东西吗？……然而，时间已经到一点半了，我要出发前往高桥广场了。

人们无法相信，在整个过程中，我可以如此准确地计算出一段精神发展的历程。这可以表明科迪莉娅是多么健康啊。说实话，她是一个出色的女孩。她虽然是静默的、谦虚的、没有要求的，但是在她的潜意识中有一个巨大的要求。——当我今天看到她从门外走进来时，她给我留下了深刻的印象。一阵微风能够引起的微小抵抗，可以唤醒她内心的所有能力，尽管她的内心并没有冲突。她不是一个无足轻重的小女孩，她不会在手指之间消失、不会如此脆弱，以至于让人担忧一看到她，她就会解体；不过她也不是一朵自命不凡的华丽花朵。作为一个医生，我由此可以满足地观察这份病例中的所有症状。

　　渐渐地，我开始在自己的进攻中接近她，并且转变为更直接的进攻。如果我要在自己的家庭军事地图上标记这个变化，那么我会说：我已经转动了自己的椅子，这样我现在就正对着她了。我让自己和她更多地交流，对她说话，引发她的回应。她的灵魂拥有激情和热烈，无需通过各种荒谬的、虚荣的反思来矫揉造作地追求与众不同，她本能地渴望那些不寻常的东西。我讽刺人们的愚蠢，嘲笑他们的胆怯以及冷淡的愚钝，我的这种行为将她囚禁了起来。她肯定喜欢驾驶着太阳车越过天穹，它过于接近地球并且略微灼烧了一下人类。然而，她并不信赖我；到目前为止，我甚至阻止了她和我的每一次接近，甚至在精神层面上也是如此。在她能安息于我之前，她必须让自己的内心变得强大。偶尔，看起来像是我想让她成为我身处的共济会中的知己，但是那也只是偶尔。她本人必须情不自禁地发展自己的内心；她必须感觉到自己灵魂的张力，她必须拿着并且举起这个世界。我可以轻易地从她的回答和眼神看出她进步得多么快，我曾经在一个完全简单的场合看到一种毁灭性的愤怒。她一定不欠我任何东西；因为她应该是自由的，只有在自由中才有爱，只有在自由中才有消遣和永恒的乐趣。尽管我设法让她必然陷入我的怀抱中，就像她遵循大自然的必要那样，我努力使它达到那个地步，即是她在吸引我，同时和这一点相关的是，她不会像一副沉重的身体那样倒在我的怀抱中，而是像精神对精神产生引力那样倒在我的怀抱中。尽管她应该属于我，然而，这一定无法等同于不美的东西，即她像一个负担一样在我身上安息。她既无法在身体上成为依赖我的一种附属物，又无法在道德上成为我的一种责任。我们两个人之间应该只有自由的游戏。对我来说，她是如此轻盈，以至于我可以用手臂将她抱起来。

科迪莉娅几乎过分地占据了我的注意力。当她在场时，我再次失去了平衡；而当我在最严格的意义上和她独处时，也是如此。我可能会渴望她，不是为了和她交谈才渴望她，只是为了让她的形象在我面前飘浮；我可能会在她外出的时候悄悄地跟随她，不是为了被她看到，而是为了看到她。前几天晚上，我们从巴克斯特家的门口鱼贯而出；爱德华陪着她一起走。我十万火急地和他们分别，匆匆沿着另一条街道行走，我的仆人在那里等我。转眼间，我就换了一套衣服，我再次遇见了她，而她没有预感到我会这样做。当时爱德华像往常一样沉默。我肯定是恋爱了，却不是通常意义上的恋爱，因此我必须非常小心，因为恋爱总是有各种危险的后果；而且，是的，对于一个人来说，只有一次恋爱。然而，爱神是盲目的，当你很机智的时候，你足以愚弄爱神。这种愚弄的艺术和印象的关系应该尽可能地互通有无，你要知道自己会对每一个女孩产生什么样的印象，以及你从每一个女孩那里获得了什么样的印象。通过这种方式，你甚至可以同时和很多人恋爱，因为你对某些人有不同的恋爱的感觉。只爱一个人，太少了；爱所有的人，那是肤浅的；认识你自己，并且爱尽可能多的人，让你的灵魂将爱的所有能力隐藏在自己里面，这样你爱的每个人都能获得适当的养分，同时你的意识拥抱着所有你爱的人——这就是享受，这就是人生。

7月 3日

爱德华真的不能抱怨我。我希望科迪莉娅能够预见自己和他恋爱的情景,以便对他那种彻头彻尾的爱产生厌恶,并且超越她自己的边界;这正是因为爱德华不是任何讽刺画般的人物;因为那没有帮助。爱德华现在不只在市民阶层的意义上是一个理想的伴侣,那在她眼里没有任何意义,一个十七岁的女孩并不看这个;而且他还拥有一些颇为个人的、讨人喜欢的品质,我试图帮助他,设定最有利的光线去展示这些品质。我就像一个爱打扮的女人,也像一个装潢设计师,我根据他家里的资源,尽可能引导他看起来如此理想,我有时甚至在他身上挂一点借来的饰品。当我们一起往那里走的时候,在他的身边行走让我感觉很奇怪。我感觉他既像我的兄弟、我的儿子,然而,他又是我的朋友、我的同龄人、我的对手。他永远不可能对我构成危险。因此,尽管他将会倒下,我越是能够提升他,就越能唤起科迪莉娅对自己轻视的东西的意识,她会越发热烈地隐约感到吸引自己的东西是什么。我帮他走上正确的道路,我向科迪莉娅推荐他,总之,我做了自己作为一个朋友所能做的一切。为了真正缓解我的冷漠,我几乎热切地反对爱德华。我将他描述为一个迷恋者。爱德华根本不知道如何帮助自己,我必须将他拉出来。

科迪莉娅既憎恨我,又恐惧我。一个年轻女孩恐惧什么?精神。为什么?因为精神构成了对她的整个女性存在的否定。男性的美、某种迷人的本质等等都是很好的手段。你也可以通过它们征服女孩,但是你永远不会取得一种全面的胜利。为什么?因为你是在一个女孩自己的潜力里和她作战,而在她自己的潜力里,她始终是最强大的。通过一些手段，你可以让一个女孩脸红、让她的眼睛看着地面，却永远无法产生那种难以描述的、迷人的焦虑，它可以使她的美丽变得有趣。

> 尤利西斯并不英俊，却是个口才出众的人，
> 这让海洋中的女神们神魂颠倒。

现在每个人都应该认识到自己的力量。但是，有一些事情经常让我感到困扰，即使是有天赋的人也会让自己表现得如此虚伪。真的，我们应该立即能够看出每一个年轻女孩是在哪个方向上被欺骗的，无论是成为另一个人的牺牲品，还是更正确地说，成为自己的爱的一个牺牲品。经验丰富的凶手会使出特定的一击，当久经沙场的警察看到伤口时，会立刻认出凶手。但是在哪里能遇到这样体系化的诱惑者、这样的心理学家呢？对大多数人来说，诱惑一个女孩意味着诱惑一个女孩，到此为止，然而，在这个想法中隐藏着一整套的语言。

  作为一个女人——她憎恨我；作为一个有天赋的女人——她恐惧我；作为一个聪明的女人——她爱我。现在，我已经第一次在她的灵魂中提供了这种冲突。我的骄傲、我的蔑视、我冷漠的反讽、我无情的讽刺诱惑着她，并非因为她想要爱上我；不，她心里肯定没有这样的情感的痕迹，而且最不可能对我有这样的情感。她想要和我竞争。当这种骄傲的独立性诱惑她面对人们时，她获得了一种自由，就像沙漠中的阿拉伯人一样。我的笑声和怪异的行为抵消了每一次情欲的宣泄。她面对我时相当自由，如果在那里有某种保守

的话，它更多地来自智力层面，而非来自女性层面。她远非将我视为一个恋人，我们之间的关系更像是两个聪明人之间的关系。她握住我的手，紧紧地握住我的手，她笑着，在一种纯粹希腊式的意义上对我表现出某种特定的关注。当讽刺者和嘲笑者足够长久地愚弄她以后，我就会遵循古老诗句中的指示：骑士铺开他鲜红的斗篷，请求美丽的少女坐在上面。然而，我不是为了和她一起坐在大地的青草上才展开自己的斗篷，而是为了和她一起消失在空中，消失在思绪的飞翔中。或者，我并没有带上她，而是独自跨坐在一个思绪上，向她挥手问候，用指头送出飞吻，对她变得隐形，她只能听见长了翅膀的话语的嗖嗖声，我的声音不像耶和华那样变得越来越在声音中可见，而是越来越隐形，因为我说得越多，就升得越高。当时她想和我一起出发，前往各种思绪的大胆飞翔。然而，那只是唯一的一个瞬间，下一刻我就变得冷漠和枯竭。

女性的脸红有不同的种类。有那种粗糙的红砖一般的脸红。当浪漫主义作家们的女主角彻底脸红时，他们总是很喜欢用这种颜色。有一种精致的脸红，那是精神的黎明。在一个年轻女孩的脸上，脸红是无价之宝。转瞬即逝的脸红跟随着一个幸福的想法，它在男人那里是美的，在年轻男人那里更美，在女人那里是可爱的。它是闪电的闪烁，是精神层面的谷物成熟。在年轻男人那里，它是最美的，在女孩那里，它是可爱的，因为它通过她的贞洁展现自己，由此它也拥有让人吃惊的害羞。一个人变得越老的话，那种脸红就越容易消失。

有时我会为科迪莉娅高声朗读一些东西；通常来说，那是一些非常无关紧要的东西。爱德华必须像往常一样拿着灯；也就是说，我已经让他注意到，借书给一个年轻女孩是他和一个年轻女孩建立联系的非常好的方式。他也通过这种方式赢得了相当多的东西；因为她真的对他很感激。赢面最多的人是我；因为是我决定各种书的选择，并且持久地置身事外。在这里，我有一个广阔的空间来进行自己的观察。我可以给爱德华任何我想要的书，因为他无法让自己理解文学，我可能冒险，如我所愿地在任何极端的情况下冒险。现在，当我晚上和她在一起的时候，我就像偶然拿起一本她借来的书，随意翻阅一下，高声地读出来，赞扬爱德华对这本书的关注。昨晚，我通过一个试验让自己确信了她的灵魂的张力。让我茫然无措的是，应该让爱德华借给她席勒的诗集，以便我可以偶然读到《特克拉的歌》，还是应该借给她毕尔格的诗集。我选择了后者，因为尤其是他的《莱诺莉》虽然在某种程度上有点夸张，但是和另一个选项相比，它是多么美啊。我翻到《莱诺莉》这首诗，尽我所能地带着所有的感伤高声朗读。科迪莉娅被这首诗感动了，她轻快地缝纫着，好像威廉马上就要来接她一样。我停了下来，姑妈一直在倾听，却没有特殊的参与感；她既不恐惧活着的威廉，也不恐惧死去的威廉，而且她的德语也完全是薄弱的；当我向她展示那本精美装订的书，并且开始一场关于它的装订工艺的对话时，她发现自己完全处于舒适区。我的意图是在那首诗给科迪莉娅留下感伤印象的同一瞬间，在它被激发出来的同一个瞬间，就消灭它。她变得有点焦虑，但是在我看来很清晰的一点是，这种焦虑对她来说没有产生诱惑的效果，而是让她感到怪异。

今天，我的目光第一次在她身上安息。人们说，睡眠可以让眼皮变得如此沉重，以至于它让自己闭上了；也许这个眼神也有能力做到类似的事情。她的眼睛让自己闭上了，然而，有很多昏暗的能力触动了她的内心。她没有看见我在看她，但是她感觉到了，她的整个身体都感觉到了。她的眼睛让自己闭上了，于是它们就像处于夜晚；她的内心却是充满了明亮的白昼。

爱德华必须离开。他在钻牛角尖；在每一个瞬间，我都在等他走上前对她表白。没有人比我更清楚这一点，作为他的知己，我有意让他保持在这种兴奋的状态中，以便他对科迪莉娅产生更大的影响。让他承认自己的爱毕竟太冒险了。我很清楚，他将获得一个"不"字，但是故事不会以此结尾。他肯定会对此感到痛彻心扉。这也许会让科迪莉娅感动和触动。尽管在这种情况下，我不需要恐惧得到最坏的结果，即她会对他回心转意，但是她灵魂的骄傲可能会因为这种纯粹的同情而受到损害。如果发生这样的事，那么我对爱德华的意图就完全失败了。

我和科迪莉娅的关系开始发生戏剧性的转变。必须发生一些事情，无论是什么，我不能只保持在观察的状态中，我不能让那个瞬间从自己身边走过。必须让她吃惊，这是必要的；但是想要让她吃惊的话，我必须坚守自己的岗位。通常会让人吃惊的事情，可能对她来说不会产生同样的效果。真的，她一定要以这种方式吃惊，即在第一刻，她吃惊的原因几乎是在那里发生了某件完全寻常的事情。它必须逐步地展现自己内含的某个让人吃惊的东西。这也是有趣的东西的持久法则，是我对科迪莉娅展开所有行动的又一条法则。你只要知道如何让人吃惊，就总是能赢得游戏；你在一瞬间悬置了当事人的能量，使她不可能采取行动，无论你是以不同寻常的东西作为手段，还是以寻常的东西作为手段。我还记得自己带着某种特定的自满，对来自更高贵家庭的一位女士做的一次鲁莽的试验。我曾经悄悄地让自己在她的周围潜伏了一段时间，我试图寻找一个有趣的接触点，却徒劳无功，然后在某一天的上午，我在街上遇见了她。我确信她不认识我，也确信她不知道我属于这个城市。她独自行走着。我偷偷地从她身边走过，这样我们就能面对面地相遇了。我给她让路，而她继续走在道砖铺成的路上。在那一刻，我向她投去一种忧伤的眼神，我相信，我的眼里几乎含着泪水。我摘下自己的帽子。她停了下来。我带着感动的声音和梦幻的眼神说：请不要生气，尊贵的小姐，您的容貌和我全心全意爱着的、却住得离我很远的一个人如此相似，以至于您会原谅我奇怪的行为。她相信我是一个迷恋者，一个年轻女孩喜欢一点迷恋，尤其是当她同时感觉到自己的优越性，并且敢于笑我的时候。没错，她笑了，那种笑让她难以描述。她带着一种高贵的傲慢问候我，并且微笑着。她继续走着，我和她保持着两步的距离在她的一侧走着。几天后，我再次遇见了她，我允许自己向她问候。她对着我笑……然而，耐心确实是一种宝贵的美德，笑到最后的人，才笑得最好。

我可以想象出各不相同的手段来让科迪莉娅感到吃惊。我可以尝试引发一场情欲的风暴，它可以成功地将许多树连根拔起。借助这个方法，如果可能的话，我可以尝试让她失去根基，让她脱离故事的背景；通过秘密约会的这种激动，我试图带出她的激情。这并不是不可想象的，而是可行的。一个有激情的女孩可以被我带到任何地方。然而，这在审美上是不对的。我不喜欢眩晕，只有在和那些只能通过这种方式获得某种诗意光辉的女孩们打交道时，这种状态才值得推荐。此外，这很容易让我们错失真正的享受；因为过多的混乱也是有害的。在她身上，那将完全失去其效果。我可以用几口气吸收很多东西，它们是我本来可以长久地好好拥有的东西，甚至更糟糕的是，我本来可以通过审慎更充分、更丰富地享受它们。我不会去享受处于兴奋状态中的科迪莉娅。如果我这样做，可能一开始她会感到惊讶，但是她会很快感觉到厌倦，正因为这种吃惊离她大胆的灵魂太近了。

一桩彻头彻尾的订婚成为所有手段中最好的、最适合达成意图的手段。当她听到我做出一个平淡的表白同时伸出手向她求婚时，她也许更不敢相信自己的耳朵，比起她聆听我热情的雄辩，吸取我有毒的醉人饮料，或者想到私奔就心跳不止，她更不敢相信的是我会向她求婚。

订婚该受诅咒的地方总是在于它的伦理层面。科学中的伦理和人生中的伦理一样无聊。在审美的天空下，一切都是轻盈的、漂亮的、转瞬即逝的，但是当伦理介入时，一切都变得艰难、棱角分明和无比乏味。然而，从更严格的意义上讲，订婚并不像婚姻那样具有伦理的现实性，只有在双方同意的情况下，订婚才是有效的。这种模棱两可对我可能非常有用。其中的伦理正好足以让科迪莉娅在适当的时候得到自己超越通常边界的印象，同时其中的伦理并没有如此严肃，以至于我不必恐惧会出现更严重的震惊。我总是对伦理有某种特定的尊重。我从未给过任何女孩婚姻的承诺，甚至连一个漫不经心的承诺都没有，也就是说，虽然在这里看起来我这样做过，但那只是一个假动作。我应该设法让事情这样发展，由她自己来取消那个义务。我骑士般的骄傲和蔑视给出了承诺这件事情。当一个法官通过自由的承诺引诱一个罪人认罪时，我蔑视那种行为。这样的一个法官放弃了自己的力量和才能。在我的实践中，还有一个情况，我不期望任何东西，除非它在严格的意义上是自由地给予的礼物。让那些卑劣的诱惑者使用这样的手段吧。他们又能获得什么呢？那个不知道在何种程度上迷惑一个女孩，并且让她忽视掉一切他不希望她关注的东西的人，那个不知道在何种程度上让自己融入一个女孩的心里，以至于一切都是从她那里出发、却跟随他意愿的人，是且继续是一个拙劣的骗子；我不会羡慕他的享受。一个骗子是且继续是这样的一个人，而人们决不能将我称为一个诱惑者。我是一个审美者、一个喜欢情欲的人，我已经领会了爱的本质和重点，我相信爱并从根本上了解它，只不过我私下认为，任何爱情故事从开始到最高潮不会超过半年，一旦有了最后一次享受，任何关系都会成为过去。我知道这一切，我同时知道的是，被爱是我可以想到的最高级的享受，即有人爱你超过爱世界上的一切。让自己潜入一个女孩的内心是一门艺术，让自己遁出她的内心是一件杰出的作品。然而，后者在本质上取决于前者。

还有另一种可能的方式。我可以尽一切努力安排她和爱德华订婚。这样我就成了他们家的座上宾。爱德华会无条件地相信我，实际上他差不多将自己的幸福都归功于我。那时我习惯于更为隐藏自己。这一点是行不通的。如果她和爱德华订婚的话，她就在某种程度上贬低了自己。此外，我和她的关系会更有刺激性，而非更有趣。订婚中无限的平淡风格正是有趣的共鸣基础。

在瓦尔家，一切都变得更有意义。大家可以清晰地察觉到，日常形式下的一种隐藏的人生被触发了，它很快就会在一种相应的启示中宣告自己。瓦尔家将举行一场订婚仪式。一个只从外在观察的人也许会认为我和她的姑妈会成为一对。就向下一代人推广农业经济知识这一点来说，这样的婚姻能取得多么大的成就啊！这样我就会成为科迪莉娅的姑父。我是思想自由的朋友，任何想法都不会如此荒谬，以至于我不敢坚持它。科迪莉娅唯恐爱德华向她表白，而爱德华希望这样的表白能决定一切。现在他也可以确信这一点。然而，为了避免他走出这样的一步给他自己带来各种不舒适的结果，我应该设法捷足先登。我现在希望很快就能解雇他，他实际上挡了我的道。我今天确实有那种感觉。他是不是看起来如此沉浸在梦中、沉醉在恋爱中，以至于我唯恐他会像一个梦游症患者一样突然站起身来，向全体观众表白自己对科迪莉娅的爱，如果我们如此客观地去审视的话，他表白时甚至都不会让自己靠近科迪莉娅。今天我借给他一双眼睛。就像大象用它的长鼻子拿东西一样，我就会用自己的眼睛抓他，只要他在我的视线内，我就会将他往身后扔去。尽管他还坐在那里，但我相信他的整个身体都有相应的感觉。

科迪莉娅对我不像以前那么确信了。她以前总是带着女性的确信接近我，现在却有点动摇了。然而，这并没有很大的意义，而且让一切恢复到原来的状态对我来说并不困难。但是，我不想这样做。我只想再做一次探索，然后就和她订婚。这一点应该没有任何困难。科迪莉娅会在自己的吃惊里说：我愿意。姑妈会由衷地说一声：阿门。如果有这样一个精通农业经济学的女婿，她本人会喜出望外的。女婿！当一个人冒险涉足这个领域时，一切都如同豌豆茎一样紧密相连。真的，我并不是她的女婿，我只是她的侄子，或者更准确地说，如蒙上帝恩准，我两者都不是。

23日

今天,我收获了自己散布的一个谣言结出的果实,那个谣言就是我爱上了一个年轻女孩。通过爱德华的帮助,那个谣言也传到了科迪莉娅耳中。她很好奇,她在留意我,然而,她不敢问我;而得到确定答案对她来说并非不重要,一方面是因为她觉得它的发生难以置信,另一方面是因为她几乎想将其视为自己的一个先例;因为如果连我这样冷漠的嘲弄者都能坠入爱河,那么她也可以做同样的事情,却不必让自己感到羞愧。今天我将这件事情带入了正轨。我相信,我是有能力讲好一个故事的,即不会丢失故事的重点,我也相信自己能够掌握好时机,即不会太早揭示。让听众们在听我故事的时候保持在悬念中吧,我通过细小的、插曲性质的动作确保他们希望故事如何结束,我在讲述的过程中愚弄他们,这是我的欲望;我利用模棱两可,让听众们通过我说的话理解其中的一种意思,然后他们突然察觉到这些话也可以有其他的理解方式,这就是我的艺术。当你真的想要在某个特定的方向有机会去观察时,你应该发表讲话。在对话中,你可以更容易地摆脱对方,可以通过提问和回答更好地隐藏那些话语产生的印象。我带着庄重的严肃开始对姑妈讲话。"我应该归功于我的朋友的好意?还是归咎于我的敌人的恶意?谁没有收到过太多好意和恶意呢?"在姑妈想要评论一番的地方,我使用自己的所有能力让她忍住没说出来,为的是让科迪莉娅在聆听的时候保持在悬念中,她无法打破这个悬念,因为我是在和姑妈说话,而且我的情绪是庄重的。我继续说:"或者这应该归因于偶然,一个谣言的自发生成"(科迪莉娅显然不理解这个词语,它只是让她困惑，更因为我在说这个词语时给它加了一个错误的重音，我用一种谨慎的强调说出它，仿佛重点就在这里），"我习惯于隐藏在世界里，却成了人们谈论的对象，因为人们声称我已经订婚了"；科迪莉娅显然错过了我的解释，我继续说："我的朋友，因为陷入爱河总是必然被视为一种巨大的幸福"（她感到意外），"我的敌人，因为这种幸福落到我头上总是必然被视为非常可笑的"（朝相反的方向做动作），"或者归因于偶然，但是根本没有丝毫的理由；或者是谣言的自发生成，因为整件事情可能只是一个空洞的头脑和自身漫无目的交往产生的结果"。姑妈急切地带着女性的好奇心想知道，那位女士是谁，那位在人们口中乐意和我订婚的女士是谁。我拒绝回答这个方向的每一个问题。整个故事让科迪莉娅产生了一个印象，我几乎相信爱德华的股票上涨了几点。

那个决定性的瞬间接近了。我可以以书面形式向姑妈提出申请，请求她将科迪莉娅的手交给我。这是处理感情事务的常规做法，就像将感情写出来比说出来更自然。然而，让我决定选择它的，正是其中包含的庸俗。如果我选择它的话，我会错过真正的吃惊，我无法放弃这种真正的吃惊。——如果我有一个朋友，他也许会对我说：你是否认真考虑过你要迈出的极其严肃的一步，这对你接下来的整个人生和另一个人的幸福都是决定性的。这就是现在有一个朋友的好处。我没有任何朋友；这是否是一个好处，我不予置评，相反，我认为不接受朋友建议的自由是一个绝对的好处。此外，我无疑已经在朋友这个词语的最严格的意义上思考过整件事情。

从我这边来看，现在已经没有任何障碍阻止这桩订婚。所以我去求婚了，谁都无法从我身上看出这一点。不久以后，人们将从更高的视角看待我这个卑微的无业游民。我不再是一个人,而要成为——结婚对象;是的,一个好的结婚对象,姑妈会这么说的。让我几乎最难过的是姑妈;因为她出于一种如此纯粹而真诚的对农业经济的爱来爱我,她几乎将我当作她的理想来崇拜。

我现在已经在自己的人生中做过很多次表白,然而我所有的经验在这里完全没有帮助;因为这次表白一定会以一种完全独特的方式做出。我特别要铭记的是,这一切只是一个假动作。我已经进行了颇多的步骤演练,看看从哪个方向可以向上迈步。将这个瞬间变成情欲的是让人顾虑的,因为它很容易让之后将要发生的事情提前发生;将这个瞬间变得非常严肃,是很危险的;对一个女孩来说,这样一个时刻是如此有意义,以至于她的整个灵魂可以被固定在其中,就像一个垂死的人被固定在最后的意志中一样;让它变得热情、低级滑稽,和我迄今为止使用的面具不协调,也和我打算采用和戴上的新面具不协调;将这个瞬间变得诙谐、讽刺,就太冒险了。当处于那样的场合,我和普通人一样,头等大事是为了得到一句小小的"我愿意",对我来说,这容易得就像将脚伸进裤子里。对我来说这确实很重要,却并非绝对重要;因为尽管我现在选中了这个女孩,尽管我在她身上投入了很多关注,甚至将自己的整个兴趣都放在她身上,但是在某些条件下,我将不会收下她说的"我愿意"。我的重点根本不是在外在的意义上拥有这个女孩,而是在艺术的层面享受她。因此,开端必须尽可能地艺术化。开端一定要尽可能地缥缈,它必须是一种可能性。如果她立刻将我视为一个欺骗者,那么她误解了我;因为我不是通常意义上的骗子;如果她将我视为一个忠实的恋人,那么她也误解了我。关键是,这一幕对她灵魂的影响要尽可能地轻微。在这样一个时刻,一个女孩的灵魂就像一个垂死之人说的预言。必须阻止这种情况发生。我讨人喜欢的科迪莉娅!我欺骗你是为了某种美丽的东西,但是这种欺骗是不同的欺骗,我会尽我所能地补偿你。整幕戏必须尽可能地无足轻重,这样,当她说"我愿意"之后,她就不能成功地揭示任何可能隐藏在这段关系中的最微小的细节。这种无限的可能性正好是有趣的东西。如果她能成功地预测某种东西,那么我就做错了,整个关系就失去了意义。她因为爱我而说"我愿意"是不可思议的;因为她根本不爱我。最好的情况是,那时我能够将订婚从一个行动转变成一件生米煮成熟饭的事情,从她耳闻的某个消息变成发生在她身上的某件事情,她不得不说:天知道这桩订婚到底是怎么发生的。

31日

今天,我替一个处于局外的男人写了一封情书。这总是给我带来一种很大的快乐。首先,如此生动地将自己安排进这个场景总是相当有趣的,同时我尽可能地保持悠闲。我在给自己的烟斗装烟草的时候,听着当事人的陈述,而对方寄给他的信件呈现在我面前。对我来说,一个年轻女孩是如何写信的,总是一项非常重要的研究。他当时就像一只坠入爱河的老鼠一样坐在那里,高声读着她写来的信,同时他被我简明扼要的评论打断了:她写得很好,她是有感情的、有品位的、小心的,她以前肯定有过恋爱经历,等等。其次,这是我做的一件善举。我帮助一对年轻人走到了一起;我现在签收了他们的好消息。为了每一对幸福的伴侣，我亲自成为一个牺牲品；我使两个人幸福，最多只使一个人不幸。我诚实可靠，从不欺骗任何信任我的人。总有一点小玩笑，但这是合法的手续费。我为什么享受这种信任？因为我会拉丁语，专注于研究年轻女孩如何写信，还因为我总是为这些小小的爱情故事守口如瓶。难道我不配得到这种信任吗？我确实从未滥用过它。

8月2日

那个瞬间到来了。我在街上瞥见了姑妈，所以我知道姑妈不在家。爱德华在海关。所以科迪莉娅很可能一个人在家。事实正是如此。她坐在缝纫桌前，一件手工活占据着她的注意力。我很少在上午拜访这个家庭，因此她看到我后感觉到有点受到影响。那个场景几乎变得太让人感动。在这一点上，她没有罪；因为她可以相当容易地领会自己的情绪，而我才是受到感动的人；因为尽管我有盔甲，她还是给我留下了一种非同寻常的强烈印象。她可爱地穿着简约的蓝白条纹家居罩衫，胸前别着一朵新摘的玫瑰——一朵新摘的玫瑰，不，这个女孩本身就像一朵新摘的花朵，如此新鲜、初来乍到；谁知道一个年轻女孩是在哪里消磨夜晚的时光呢，我猜想是在幻想的国度，但是每一个早晨她都会回来，这就是她保持青春、鲜活的原因。她看起来如此年轻，却又如此成熟，就像有一个温柔而富有的大自然母亲在这个瞬间第一次将她从自己的手里放开。我就像见证了这场告别，我看见那慈爱的母亲在告别时怎样再次拥抱她，我听见她说:"我的孩子,现在走进这个世界吧,我已经为你做好了一切,现在接受这个吻吧,它就像你嘴唇上的一个印记,这个印记将在那里守护你的圣殿,除非你自己愿意,否则任何人都无法打破它,但是当真命天子来到时,你将会理解,就是他。"大自然母亲在她的嘴唇上印下一个吻,一个和人类的吻不同的吻,它不会夺走什么,作为一个神圣的吻,它给予一切,给予女孩亲吻的能力。神奇的大自然,你是如此深沉和神秘,您给予人类语言,给予女孩亲吻的口才!这个吻印在她的嘴唇上,告别印在她的额头上,在她的眼中有你快乐的问候,因此她看起来如此亲切;因为她既是这个家里的孩子,又如此陌生;因为她不认识这个世界,只认识那位隐形地守护着她的慈爱的母亲。她实际上很可爱,年轻得就像孩子,却又散发着高贵的、处女般的尊严,让人心生崇敬。——然而,很快我又变得没有激情了,就像庄重和肃穆才适合我,这是当一个人希望让某件有意义的事情以毫无意义的方式发生时应该有的样子。假模假式地寒暄几句后,我向她靠近了一点,然后提出了我的请求。一个像一本书一样讲话的人,让人听起来极其无聊;然而,有时这样的讲话真的适合达成意图。也就是说,每本书都有一种很奇怪的特质,就是它可以被解释成任何你想要的意思。当你像一本书一样讲话的时候,你所说的也可以获得这个特质。我完全循规蹈矩地使用通常的套话。正如我期待的,她感到吃惊,这是不可否认的。我很难亲自解释她看起来是怎样的。她的表情是多样性的,是呀,大约就像一个尚未发表的却已经预告出来的为我写的书评,其中包含任何解释的可能性。只要我说一个词语,她就会朝着我笑;只要我说一个词语,她就会被感动;只要我说一个词语,她就会避开我;但是我的嘴唇说不出任何词语,我保持庄重和肃穆,严格按照仪式行事。——"她认识我的时间如此之短。"天哪,这种困难只会在订婚的道路上才会遇到,而非在爱的鲜花小径上遇到。

够奇怪的。在过去的几天里,当我仔细考虑这件事时,我对此足够果断,我确信她会在吃惊的那个瞬间说"我愿意"。我们可以在此看见,所有的准备并没有帮上忙,因为她既没有说"我愿意",也没有说"我不愿意",而是将问题交给了她的姑妈。我本该预见到这一点。然而,我实际上很幸运;因为这个结果比我所预见的还要更好。

姑妈会同意的,对此我从来没有丝毫疑虑。科迪莉娅会遵循她的建议。关于我的订婚,我无法自夸它是诗意的,它在所有方面都非常市侩,带有极端保守的小市民色彩。这个女孩不知道该说"我愿意"还是"我不愿意";姑妈说"我愿意",女孩就也说"我愿意",我将娶这个女孩,她将嫁给我——现在故事开始了。

3日

然后,我就这样订婚了;科迪莉娅也订婚了,这恐怕就是她对整件事情大致的了解。如果她有一个可以真诚地说话的朋友,她可能会说:"我实际上一点也不明白整件事情意味着什么。他身上有某种东西吸引我,但是我弄不清楚那是什么,对我来说他有一种神奇的能力,但是我并不爱他,也许永远也不会爱上他;相反,我可以很好地忍受和他一起生活,因此也可以和他过得很幸福;因为他肯定不会需要太多,只要我可以忍受和他一起生活就行。"我亲爱的科迪莉娅！也许他要求得更多，却以更少的忍受回报你。——在所有可笑的事情中，订婚是最可笑的。婚姻毕竟是有意义的，尽管这个意义让我不舒服。订婚纯粹是人类的发明，而且不会为它的发明者带来任何荣耀。它不伦不类，订婚和爱之间保持的关系，就像门卫背上的条纹布料和一件教授袍之间保持的关系一样。现在我终于是这个光荣团体的成员了。这并非毫无意义；因为正如特罗普所说的，只有自己成为艺术家，才能获得评判其他艺术家的权利。一个订婚的人难道不也是在鹿苑中写生的一个艺术家吗？

爱德华本人因为恼火失去了理智。他任由自己的胡子长起来，将自己的黑色礼服挂起来，这意味着很多东西。他想要和科迪莉娅谈谈，想要向她描述我的狡猾。这将是一个震撼的场面：爱德华没有刮胡子，穿着漫不经心，高声和科迪莉娅说话。只要他别用自己的长胡子将我赶出去。我试图劝他变得理智，却徒劳无功，我解释说这门亲事是姑妈促成的，科迪莉娅也许对他还有各种情感，只要他能赢得她的心，我就愿意退出。有一个瞬间，他动摇了，他考虑是否应该留一种新式胡须、买一件新的黑色礼服，而他在下一个瞬间对我大发雷霆。我尽全力让自己对他保持一副好脸色。无论他对我多么生气，我敢肯定他不会不先咨询我就采取行动；他不会忘记我作为导师给他带来的好处。我为什么要剥夺他最后的希望，为什么要和他决裂呢？他是一个好人，谁知道未来会发生什么呢？

我现在要做的，一方面是使一切准备就绪，从而取消婚约，这样我就可以和科迪莉娅建立更美的、更有意义的关系，另一方面是尽可能地利用那段时间，沉醉于大自然如此慷慨地配备给她的所有优雅和所有可爱，然而，我要带着约束和审慎去沉醉，阻止某些事情提前发生。当我让她学会什么是爱，什么是爱我的时候，订婚就像一种不完美的形式一样破裂了，而她将属于我。当别人达到了这一点时，就会开始订婚，然后他们有很好的前景去过一种永远无聊的婚姻生活，直到天荒地老。由他们去吧。

一切都还在原地踏步；但是没有哪一个订婚的人能比我更快乐；没有哪一个发现了金币的吝啬鬼能比我更走运。一想到她在我的能力掌控中，我就如痴如醉。她有一种纯洁而无辜的女性气质，澄明如海而又深邃如斯，她对爱都没有隐约的感觉！现在她将开始学习，爱究竟是一种什么样的能力。就像一个公主从尘土中被抬举到祖先的王座上一样，她现在将被安置在自己真正归属的王国中。这要靠我来实现；当她学习如何爱的时候，她学习的是如何爱我；当她发展规则的时候，典范逐渐地展开，而这个典范就是我。当她在爱中感觉到自己的整个意义的时候，她将使用这种意义来爱我，当她隐约感觉到自己是从我这里学到这种意义的时候，她会加倍地爱我。想到自己的这种快乐，我几乎要失去理智。

她的灵魂不会因为爱带来的各种不明确的感情而消散或松懈，这种事情，会让许多年轻女孩永远无法去爱，也就是说，无法明确地、充满能量地、全心全意地去爱。她们的意识中有一团不明确的雾影，她们认为它是一个理想，而且她们以此来检验现实中的对象。这些半真半假的东西可以显明一件事情，一个人可以用它帮助自己像基督徒一样穿越这个世界。——现在，随着爱在科迪莉娅的灵魂中苏醒，我透视到了这种爱，从她那里聆听到了这种爱的所有声音。我确保自己知道她心中的爱是如何形成的，并据此塑造我自己；正如我已经直接被卷入求偶故事，那份爱贯穿了她的心儿，我也将再次外在地向她靠近,尽可能让她感到失望。一个女孩终究只会爱一次。

现在我已经合法地拥有了科迪莉娅,我们得到了姑妈的同意和祝福,以及亲朋好友们的祝贺;尘埃落定。现在,战争带来的各种困难已经结束,现在,开始享受和平带来的各种祝福吧。多么愚蠢的想法啊!就像姑妈的祝福和朋友们的祝贺能让我成功地在更深的意义上拥有科迪莉娅一样;就像爱有战争时期与和平时期这样的一种对立,而非只要爱还在,它就会在战斗中宣告自己,即使武器各不相同。真正的区别在于,是近距离战斗还是远距离战斗。在一段爱情关系中,远距离战斗的时间越长,就越让人悲伤;因为近身搏斗变得越来越无足轻重。近身搏斗包括一次握手、一次对脚的触碰,众所周知,这些是奥维德同样极力推荐、却也深深妒忌的事,更不用说一个亲吻和一个拥抱了。远距离战斗的人通常只能依靠眼睛这个武器;然而,如果他是艺术家,他就会知道如何以这样一种技艺使用这件武器,从而达到几乎和近距离战斗相同的效果。他可以用一种断断续续的温柔,让自己的目光安息在一个女孩身上,这样做产生的作用就像他偶然碰触到她一样;他能成功地用自己的目光紧紧地抓住她,就像他用自己的怀抱将她囚禁了起来。然而,过长时间的远距离战斗终究是错误的或不幸的;因为这种战斗持久地只是一个标志,而非享受。当近距离战斗时,一切才第一次显示出其真正的意义。当爱中没有战斗时,这种爱就终止了。我几乎没有远距离战斗的经历,因此现在不是结束,而是开始,我拿起了各种武器。我拥有她;从法律和极端保守的小市民的意义上说,这是真的;但是这对我来说根本没有任何结果,我有各种远为更纯洁的构想。她和我订了婚,这是真的,但是如果我由此推断出她爱我,那将是一件让人失望的事情;因为她绝不爱我。我合法地拥有她,却并没有拥有她,就像我可以拥有一个女孩,却并非合法地拥有她一样。

在腼腆的、泛红的脸颊上
闪耀着心的热情。

她坐在茶几边的沙发上;我坐在她身旁的一张椅子上。那个姿势既亲密,又带有一种让人感到遥远的尊贵。姿势总是非常重要,这是对那些有眼光的人来说。爱有很多种姿势,这个姿势是第一种姿势。大自然多么奢华地装点了这个女孩啊;她纯净柔软的身材、她深沉的女性天真、她清澈的眼睛——这一切都使我陶醉。——我已经向她发出问候。她像往常一样快乐地迎接我,尽管有点尴尬,有点不确定。订婚一定会让我们的关系有些不一样,但是她不知道有哪些不一样;她握着我的手,却没有像平常那样微笑。我以一次轻柔的、几乎不被注意的握手回应了这个问候;我是温和而友好的,没有让情欲外露。——她坐在茶几边的沙发上,我坐在她身旁的一张椅子上。一种可以解释清楚的庄重匆匆掠过那个场景,像是一束轻轻的晨光。她沉默着,没有任何东西打断这份平静。我的目光在她身上轻轻地滑过,却没有吸引力,说实话,这种眼神属于冒失的行为。一抹细致而飘忽不定的脸红从她脸上飞逝而过,就像田野上的一朵云,时而攀升、时而下沉。这种脸红意味着什么?是爱吗?是渴望、希望、恐惧吗?还是因为心的颜色是红色?都不是。她感到好奇,她感到惊奇——这并不是针对我;我为她提供的好奇和惊奇太少了；她感到惊奇，不是对自己惊奇，而是在自己的内心惊奇；她的内心发生了转变。那个瞬间需要平静，因此，任何反思都不应该干扰那个瞬间，任何激情的喧闹都不该打断那个瞬间。那就像我不在场一样，然而我的在场正好是她这种沉思性的惊奇出现的条件。我的本质和她的本质是和谐一致的。在这样一种状态下，我对一个年轻女孩的崇拜和敬奉，正如对某些神明的崇拜和敬奉一样，要通过沉默来表达。

幸好我还有叔叔的房子。如果我想让一个年轻人对烟草感到厌恶，我会将他带到雷根森学院的某个吸烟室；如果我期望一个年轻女孩对订婚感到厌恶，只需要介绍她来这里就可以了。就像在裁缝行会的大厦里纯粹只有裁缝，在这里纯粹只有订了婚的人们。处于这样一群人中间真是可怕；我无法责怪科迪莉娅变得不耐烦。当我们聚成一大群时，除了在重大节日涌向首都的附属营队以外，相信我，我们可以让十对情侣立正。我们这些订婚的人们可以尽情享受订婚的乐趣。我和科迪莉娅在集会广场约会，为的是让她厌恶这些恋爱的手工技能，厌恶这些恋爱中的手工艺人的愚蠢行为。我们整晚都听到一种声音，就像有人在拿着苍蝇拍在周围走动和拍打一样——那是恋人们的亲吻声。这栋房子里的人们拥有一种讨人喜欢的无拘无束；人们甚至不去寻找各种隐蔽的地方，不！人们围坐在一张大圆桌边。我也采取行动，以同样的方式对待科迪莉娅。为了达到那个目的，我必须在很大程度上强迫自己。如果我允许自己以那种方式冒犯她深沉的女性本质，那实在是让人愤慨。为此，我会对自己产生更大的自责，甚至超过欺骗她时的自责。我绝对可以向任何愿意向我倾诉的女孩保证，我会给她一份完美的审美待遇；那只会以她被欺骗作为结束；不过这也符合我的审美观；因为不是女孩欺骗男人，就是男人欺骗女孩。如果能找到一些文学资料，在童话、传说、民歌、神话中进行统计，看看是女孩更经常地不忠，还是男人更经常地不忠，那是足够有趣的。

尽管科迪莉娅占用了我大量的时间，我却不后悔。每次约会经常需要长时间的准备。我和她一起经历了她爱的生成。甚至当我可见地坐在她身边时，我本人几乎隐形地在场。就像在那里其实有一场双人舞，却只有一个人在跳，我就是这样对待自己和她的关系的。我是另一个舞者，却是隐形的。她就像在梦中让自己舞动，然而她其实在和另一个人跳舞；这另一个人就是我，只要我是可见而在场的时候，我就是隐形的，只要我是隐形的时候，我就是可见的。各种舞蹈动作需要另一个人配合；她向他弯腰，她向他伸出手，她飞舞而去，又再次让自己靠近。我握着她的手，完善她的思绪，然而，她的思绪本身已经是完善的。她跟随自己灵魂独有的旋律舞动；而我只是她舞动的契机。我不是情欲的，那只会唤醒她，我是易曲折的、柔韧的、非个人的，几乎就像一种情绪。

订婚的人们通常会谈论些什么呢？据我所知，他们忙着将彼此编织进各自家庭无聊的关系网中。难怪情欲的东西会消失。如果一个人不懂得将爱提升为绝对的东西，相比之下所有其他的历史都会消失，那么他永远无法让自己参与去爱这件事，甚至他结十次婚也无济于事。我有一个姑妈叫玛丽安，我有一个叔叔叫克里斯托弗，我有一个父亲是少校，等等，等等，对爱的神秘来说，这样的公开信息都是不相关的。是呀，一个人自己过去的人生也算不了什么。通常来说，一个年轻女孩在这方面没有太多可讲述的；如果有的话，那么也许值得我费心去聆听她；但是按照常规，我不会爱上她。就我个人来说，我不是要去寻求她的故事，我自己肯定有太多的故事；我寻求的是直接性。爱中的永恒在于，个体在爱的瞬间才第一次为彼此存在。

我必须在她那里唤起一点信任，或者更准确地说，我必须消除她的一些疑虑。我不属于出于尊重而相爱、出于尊重而结婚、出于尊重而生育子女的那些恋人；但是我清楚地知道，尤其是只要激情没有被激发出来，爱就需要它的对象——也就是他——在审美上不违背道德。在这方面，爱有自己独特的辩证法。尽管从道德角度来看，我和爱德华的关系远比我针对姑妈的行为更应当被谴责，在科迪莉娅面前为前者辩护对我来说却远为更容易。她可能没有说什么，然而我还是认为最好向她解释我以这种方式行事的必要性。我使用的那种小心取悦了她的骄傲，我处理一切事情所用的那种神秘性，将她的关注囚禁了起来。确实，看起来可能是这样的，我在这里已经泄露出自己接受了太多情欲的教养，以至于当我后来不得不暗示自己以前从未爱过时，这是矛盾的；然而，这没有关系。我不怕矛盾，只要她没有察觉到这一点，我就能如我所愿地达成目标。让博学的辩论者们将避免任何矛盾设定为一种荣誉吧；一个年轻女孩的生活太丰富了，以至于其中应该有矛盾，所以矛盾是必要的。

她是骄傲的，而且同时对情欲的东西没有任何真正的构想。虽然她在某种特定的程度上很好地在精神上向我低头，但是同时我可以想象，一旦情欲的东西开始发挥作用，她可能将用自己的骄傲转而对抗我。根据我观察到的一切，她对女性的真正意义感到茫然无措。因此，很容易激起她对爱德华的骄傲。然而，这种骄傲是完全偏离常规的，因为她对爱没有任何构想。当她获得爱的时候，她才会获得自己真正的骄傲；但是她那种偏离常规的骄傲可能会轻易地留下一点残余。那时可以想象的是她会转而用骄傲对我。尽管她不会后悔同意订婚，她却将很容易看出我做成了一笔相当好的交易；她将看出，她这边从一开始就没有正确地去应对。当她意识到这一点的时候，她将冒险挑战我所处的顶峰地位。事情就应该如此。那时我就能确定，她被我感动得多么深。

完全正确。我已经远远地在街道下面看见，楼上有一个迷人的、鬈发的小脑袋，它在那里尽可能远地探出窗外。这已经是我第三天注意到那个小脑袋了……一个年轻女孩肯定不是无缘无故地站在窗前，她大概有自己充分的理由。……但是看在老天的分上，我请求您不要将头如此远地探出窗外；我敢打赌，您一定是踩在椅子的横档上，我可以从那个姿势推断出来。想象一下，假设您掉下来摔在一个人的头上，倒不是摔在我的头上；因为到目前为止我一直保持让自己置身事外，假设您摔在他的头上，他，是呀，因为毕竟一定有一个他。……不，我看见了什么，我的朋友神学博士韩森正从街道正中央远远地走过来。他的表现有些不寻常，那是一种不寻常的提升，如果我理解正确的话，他是乘着渴望的翅膀来的。难道他要让自己进入那栋房子吗？我不知道。……我漂亮的小姐，您消失了；我可以想象您是去开门迎接他了……您再次探出头来吧，他根本不可能进入这栋房子……您怎么才能知道得更清楚呢？那么我可以向您确保……是他自己说的。如果那辆驶过的马车没有发出如此大的喧闹声，您本来可以亲自听到的。就这样，我完全顺便地对他说：

你要进入这里吗？对此他只用了一个纯粹的词语回答：不……现在
您可以随意地向他说再见了；因为那位神学博士将要和我出去散步
了。他很窘迫，而窘迫的人会变得健谈。现在我要和他谈论他正在
寻求的那个牧师职位……再见，我漂亮的小姐，我们要去海关大楼
了。等我们到那里的时候，我会对他说：真该死，你将我带离了自
己当行的路，我本来应该去西街的。——看哪，现在我们又来到了
这里……她是何等忠诚啊，她还站在窗前。这样一个女孩一定会让
一个男人幸福。……您问我，现在我为什么要做这一切？因为我是
一个卑鄙的人，所以我喜欢以捉弄别人为乐吗？一点也不。我做这
一切是出于对您的关心，我讨人喜欢的小姐。第一，您一直在等待
那位神学博士并且渴望他，这样当他到来的时候，他会显得更英俊
呢。第二，当那位神学博士现在走进门时，他会说："我们差点就露
馅了，就在我想去拜访你的时候，那该死的家伙站在门口。"但是我
很聪明，我将他卷入了一场关于我正在寻求的职业的冗长闲聊，我
东拉西扯，并且将他带到了海关大楼；我敢保证，他一点也没有察
觉到。"那又怎样呢？这样您比以前更喜欢这位神学博士了。因为
您一直相信，他有一种出色的思维方式，他很聪明……是呀，现在
您自己也看到了。"那是您得感谢我的——————但是我突然想到
一件事。您的订婚可能还没有宣布，否则我一定会知道。这个女
孩看起来是让人舒心的，她也很开心；同时她还很年轻。也许她的
洞察力还没有成熟。可以这样去想象吗？就是她会轻率地走出本来
极其严肃的一步。必须阻止她做决定；我必须和她谈谈。这是我欠
她的；因为她肯定是一个非常讨人喜欢的女孩。这是我欠那位神学
博士的，因为他是我的朋友；就此而言，我也欠她的，因为她将成

为我朋友的配偶。这是我欠这个家庭的，因为它肯定将是一个非常值得尊敬的家庭。这是我欠整个人类的，因为这是一件善举。整个人类！伟大的想法，让人振奋的行动，以整个人类的名义行事，拥有这样一份全权委托书。——然而，我还是得回到科迪莉娅这里。我总是可以使用情绪，这个女孩美丽的渴望实际上已经感动了我。

现在我和科迪莉娅的第一次战争开始了，我逃跑了，当她在追逐我的时候，我教她取得了胜利。我持久地向后逃跑，在我这种后退的运动中，我教她认识到爱的所有能力，认识到爱的各种难以置信的思绪，认识到爱的激情、渴望、希望，以及不耐烦的期待。当我在她面前这样亮相时，所有这一切在她身上相应地发展起来。这是一次胜利的游行，我在其中引领着她，而且我本人非常像一个狄奥尼索斯式地歌颂她的胜利的人，也像一个为她指路的人。当她看到爱对我的统治、看到我的行动的时候，她会获得相信爱的勇气，去相信爱是一种永恒的能力。她会相信我，一方面是因为我相信自己的艺术，另一方面是因为我做的事情建立在真实的基础上。如果情况不是这样的话，她就不会相信我。通过我的每一个运动，她变得越来越强大；爱在她的灵魂中觉醒了，她被放置于自己作为女性的意义中。——到目前为止，我还没有在所谓的极端保守的小市民的意义上向她求婚；现在我这么做了，我现在使她自由，我只能这样去爱她。她不必预感到自己是欠我的；否则她会失去对自己的信心。当她感觉到自己自由了，如此自由，以至于她几乎被诱惑着要和我决裂时，第二场战斗就开始了。现在她有了力量和激情，而这场战斗对我来说是有意义的；那些瞬间产生的各种结果该是什么就是什么好了。假设她在骄傲中晕眩，假设她要和我决裂，好吧！她有自己的自由；但是她将仍然属于我。如果你认为订婚会束缚她，那是一种愚蠢，我只想拥有处于自由中的她。让她离开我吧，然而第二场战斗仍然会开始，在这第二场战斗中，我肯定会胜利，就像她在第一场战斗中的胜利是一件让人失望的事情一样。她内心的力量越强大，对我来说就越有趣。第一场战争是解放战争，那是一场游戏。第二场战争是征服战争，那是生死之战。

我爱科迪莉娅吗？是呀！真诚地爱吗？是呀！忠诚地爱吗？是呀！——从审美的角度来说，而这确实也有一些意义。如果这个女孩落入了一个愚蠢却忠诚的丈夫的手中，那将有什么帮助呢？她会变成什么呢？她什么都变成不了。人们说，要在世界上取得成功需要的不仅仅是诚实；我要说，要爱上这样的女孩需要的也不仅仅是诚实。我已经有了那个更多的东西——那就是虚伪。然而我仍然忠诚地爱着她。我严格而节制地看护自己，以便她内心的一切以及她内心神圣而丰富的天性能全部展现出来。我是少数能做到这一点的人之一，她也是少数适合这一点的人之一；我们不正是天造地设的一对吗？

我目不转睛地盯着您手里拿着的那块美丽的手帕，而非看着讲坛上的牧师，这算不算我的罪过呢？您拿手帕的方式，算不算您的罪过呢？……手帕的一角绣着一个名字……您叫夏洛特·汉恩……通过如此偶然的方式得知一位女士的名字是如此诱人。就像有一个乐于助人的幽灵，它让我神秘地认识了您……或者这并非偶然，而是您正好将手帕叠成了那样，以便让我看到那个名字吧？……牧师的讲道让您感动，您擦去了一滴眼泪……手帕再次松散地垂了下来……您显然注意到，我在看的是您，而非那位牧师。您看了看那块手帕，察觉到它泄露了您的名字……我很容易就知道了某个女孩的名字，这真是一件极其无辜的事情。现在为什么要让那块手帕遭殃？为什么要将它揉皱？为什么要对它生气？为什么要对我生气？听听牧师在说什么："任何人都不应该引导别人陷入诱惑；甚至连不知情地这样做的人，他也要承担责任，他对另一个人有一种亏欠，只有通过更多的好意才能弥补。"……现在，牧师说了"阿门"，您走出教堂的门以后，敢于让那块手帕在风中随风飘扬……或者，您变得害怕我，我到底做了什么呢？……我做的事情是否超过了您能原谅的限度？是否超出了您敢于回忆的限度？

针对我和科迪莉娅之间的关系，有必要采取双重运动。如果我只是持久地逃避她压倒性的能力，很有可能的是，她内心情欲的东西可能会变得过于放荡和松散，以至于无法体现更深层次的女性本质。那么当第二场战斗开始时，她无法成功地做出抵抗。确实，她通过睡眠获得了胜利，她也应该这样做；另一方面，她一定要持久地醒着，以免失去胜利。在她的胜利似乎再次从她那里被夺走的那个瞬间，她应该学会如何坚持将胜利抓在手里。在这场冲突中，她的女性气质得以成熟。我可以用对话来煽动她，再用信件让她冷静下来，或者反过来那样做。在所有方式中，后一种是更可取的。这样我就可以享受她内心最激烈的那些瞬间。当她收到一封信，当甜蜜的毒药进入她的血液时，只需一个词语就足以唤起她的爱，使其爆发出来。在下一个瞬间，讽刺和冷若冰霜会使她产生疑惑，却不会超过她仍然感觉到自己胜利的地步，这种感觉会在她收到下一封信时增强。将反讽放置在信中也不是容易的事情，这样做会冒她理解不了的风险。在一次对话中，只能间或地放置迷恋。我个人的在场将阻止这种狂喜。当我只在一封信里在场时，这样她可以轻易地接受我，在某种特定的程度上，她会将我和居住在她爱中的一个更普遍的存在混淆。在一封信里，我也可以更好地让自己翻滚，在一封信里，我可以极好地让自己匍匐在她的脚下，等等，如果我亲自这样做，很容易看起来像是天方夜谭；那种幻觉也将破灭。这些动作中的矛盾会唤起、发展、加强和巩固她的爱，简言之，会诱惑她的爱。——

但是，这些信件不能为时过早地采取一种强烈的情欲色彩。开始时，它们最好表现出一种更普遍的特点，包含某个单独的暗示，消除某个单独的怀疑。有机会的话，我也会解释一桩订婚带来的好处，就此而言，一个人可以通过神秘化让人们远离自己。此外，她不应该缺少注意到这些信件的各种不完美之处的契机。我拥有叔叔家里的一幅讽刺画，我可以持久地将它放在她的旁边。没有我的帮助，她无法产生那种真挚的情欲。当我拒绝这样提供帮助，让这幅讽刺画折磨她时，她恐怕会厌倦订婚，她其实无法说是我让她厌倦订婚的。

今天，一封小小的信件会向她暗示她自己内心的状况是怎样的，因为它描述了我灵魂的状态。这是正确的方法；而我有各种方法。我感谢你们，我曾经爱过的亲爱的小女孩们。我欠你们的，你们将我的灵魂调教得如此之好，以至于我成了科迪莉娅期望看到的样子。我怀着感激回忆你们，我将荣誉归于你们；因为我总是承认，一个年轻女孩是一位天生的导师，我总是可以从她身上学到东西，她可以教我如何欺骗她,哪怕她教不了别的东西的话——因为从女孩们那里可以最好地学会这一点,无论我变得多么老,我都不会忘记,一个人只有在他变得如此老,以至于无法从一个年轻少女身上学到任何东西时,他才算真正完成了学业。

我的科迪莉娅!

你说你没有构想过我是这样的,但我也没有构想过自己会变成这样。现在你的内心发生了改变吗?因为这让我不禁思考,我其实没有改变,只是你用来看我的目光改变了;是我的内心发生了改变,因为我爱你;是我的内心发生了改变,因为我爱的是你。借助知性的冷漠和镇定的光芒,我骄傲而冷静地考虑一切,任何东西都无法让我惊恐,即使幽灵敲打我的门,我也会平静地抓着门把手去开门。不过我开门迎接的不是幽灵,不是苍白无力的身影,而是你,我的科迪莉娅,向我走来的是生命、青春、健康和美丽。我的手臂在颤抖,无法镇定地拿着烛光,我背过身从你面前逃离,却又不得不盯着你,不得不期望自己能镇定地拿住烛光。我改变了;但是,改变成了什么样?以什么方式改变的?这种改变体现在何处?我不知道,我不知道如何添加任何更确切的描述,也不知道如何使用更丰富的谓词,我知道的不过是,我无限神秘地这样谈起我自己:我被你改变了。

你的约翰尼斯。

我的科迪莉娅！

爱所爱的是秘密——而一桩订婚是一种启示；爱所爱的是沉默——而一桩订婚是一则公告；爱所爱的是低声耳语——而一桩订婚是一场大声的宣扬；然而，通过我的科迪莉娅的艺术，一桩订婚将正好是欺骗敌人的绝佳手段。在一个漆黑的夜晚，对其他船只来说，最危险的事情莫过于挂出一盏灯，这比黑暗更具有欺骗性。

你的约翰尼斯。

她坐在沙发旁的茶几边，而我坐在她身边；她挽着我的手臂，她的头背负着很多思绪，沉重地在我的肩上安息。她离我如此之近，却又仍然很遥远，她将自己奉献给我，却并不属于我。有一种抵抗还在进行中，但是这种抵抗并不是主观反思的，这是女性通常的抵抗；因为女性的本质就是一种奉献，其形式就是抵抗。——她坐在沙发旁的茶几边，而我坐在她身边。她的心在跳动，却没有激情，她的胸脯在起伏，却没有不安，有时她的脸色会变化，但是过渡很轻柔。这是爱吗？一点也不。她在聆听，她在理解。她聆听那长了翅膀的词语，她理解它，她聆听另一个人的谈话，她将其理解为自己的；她聆听另一个人的声音，当它在她的内心回响时，她将这回响理解为自己的声音，它在她和另一个人面前显露出来。

我在做什么呢？我在欺骗她吗？一点也不；那样做对我也没有

好处。我在偷走她的心吗？一点也不，我更希望我爱的女孩保留她自己的心。那么我在做什么呢？我为自己塑造了一颗和她的心相似的心。一个艺术家画下自己的恋人，这是他的快乐，而一个雕塑家塑造自己的恋人。我也在做同样的事情，却是在精神的意义上。她不知道我拥有这幅画像，它其实是我的仿品。我神秘地得到了它，在这个意义上，我偷走了她的心，正如说到利百加时，她偷走了拉班的心，那时她通过一种狡猾的方式夺走了他家里的神像。

然而，环境和画框对一个人有很大的影响，它们最稳固、最深刻地印在他的回忆中，或者更准确地说，印在他的整个灵魂中，因此环境和画框是不会被忘记的。无论我变得多么老，我都永远不可能去想象科迪莉娅出现在除了这个小房间以外的其他各种环境中。当我去拜访她时，通常女仆会打开客厅的门让我进去；她从自己的房间进来，当我关上客厅的门准备进去时，她打开了另一扇门，我们的目光立刻在门口交汇。客厅很小、很温馨，几乎过渡为一个小隔间。虽然我现在已经从许多不同的角度看过它，但是我最心爱的角度永远是从沙发上去看它。她坐在我身边，我们前面立着一个圆茶几，一块有着丰富褶皱的桌布覆盖着茶几。桌上放着一盏灯，其形状被塑造得像一朵花，它茁壮而丰满地让自己向上伸展，承载着自己的花冠，在花冠的上方挂着一层精美雕刻的纸制薄纱，如此轻盈，以至于无法静止。那盏灯的形状让人记起东方国家的自然风光，纸制薄纱的飘动让人想起那些地区轻柔的微风。地板被一块地毯遮住了，后者是由一种特殊的柳条编织而成的，这是一件工艺品，它立刻透露出自己来自国外。在某些单独的瞬间，我当时让那盏灯成为自己风景中的主题。那时，我坐在她旁边，她伸展着躺在地上,而我们的上方就是那盏灯的花冠。在其他时候,我让柳条地毯唤起我们对一艘船的想象,我们就像置身于一位军官的船舱内——我们那时就像在广阔海洋的中央航行。当我们坐得离窗户很远的时候,我们可以直接凝视广阔的天际线。这也增强了那种幻觉。当我坐在她身边时,我让这样的景象显现出来,它匆匆而过如一幅掠过现实的、转瞬即逝的画,就像死亡走过一个人的坟墓。——环境总是非常重要的,尤其是为了回忆的缘故。任何一段情欲关系一定要这样去经历,以至于可以轻易地创作一幅拥有其中所有美的画面。为了成功地做到这一点,一个人必须尤其留意环境。如果一个人找不到自己期望的环境,那么必须将它创造出来。对科迪莉娅和她的爱来说,环境是完全合适的。相反,当我想到自己的小艾米莉时,在我面前呈现的画面是多么不同,环境又是多么适合她呀!我无法想起她,或者更确切地说,我只愿在那个小小的花园房间里记起她。房门开着,房前是一个小花园,它限制了视野,迫使目光停在这里,而目光不敢大胆地跟随消失在远方的乡间小路。艾米莉是可爱的,但是和科迪莉娅比起来就无足轻重了。环境也是为此而计算好的。目光停留在地面上,无法大胆地、不耐烦地向前进,它就在这个小小的前景里安息;即使乡间小路本身浪漫地消失在远方,目光只能扫过它前方的路段,又再次返回原地,重新扫过同样的路段。那个房间和大地融为一体。科迪莉娅所处的环境一定不能有前景,但是要有天际线的那种无限的大胆。她一定不能和地面融为一体,而要飘浮,不是走路,而是飞翔,不是来回移动,而是永远向前。

当你自己订婚以后,你就真正加入了那些订婚者们的各种愚蠢行为。几天前，神学博士韩森带着和自己订婚的讨人喜欢的小姐一起出现了。他向我倾诉她很可爱，这我早就知道；他向我倾诉她很年轻，这我也知道；最终他向我倾诉，正因如此他才选择她，他亲自将她塑造成了总是在自己脑海里浮现的理想形象。上帝啊，这是一个多么卑微的神学博士——还有一个多么健康的、盛放的、乐观的女孩。现在我已经是一个相当老练的实践者了，然而我接近一个年轻女孩的方式就像接近大自然中的圣人，就像我第一次从她那里学到东西。只要我能够对她产生任何教养方面的影响，那就是通过一次又一次地向她学习，然后我再将从她那里学到的东西教给她本人。

她的灵魂必须在所有可能的方向上被感动、被激发，然而，不是一点一点地和猛地一下，而是全方位地。她必须发现无限的东西，体会到那是放置得离一个人最近的东西。她必须发现这一点，不是通过思考的道路，因为对她来说，思考是另一条歧路，她通过的是想象力的道路，这是她和我之间真正的交流；因为想象力在男人那里是一部分而已，在女人那里却是全部。她不是通过思考的艰难之路来努力达到无限的东西；因为女人并非为劳作而生，而是要通过想象力和心灵的捷径去抓住无限的东西。对一个年轻女孩来说，无限的东西就像"所有的爱都一定是幸福的"这个想法一样自然。一个年轻女孩无论走到哪里，身边都有无限，而过渡到无限只需一跃，但是要注意，那是女性的一跃，而非男性的一跃。通常来说，男人们是多么笨拙啊！当他们想跳跃的时候，他们要助跑、做长时间的准备、用目光丈量距离、多次尝试跑起来、变得胆怯又转身退回来。最终他们跳了出去，却掉下了深渊。一个年轻女孩会以另一种方式跳跃。在山区,人们经常可以看到两座突出的山峰。有一道吞噬性的深渊将它们隔开,往下观看是可怕的。任何男人都不敢跳过这道深渊。相反,当地人这样讲述,有一个年轻女孩敢于跳过那道深渊,人们称之为"处女的跳跃"。我愿意相信那件事,就像我愿意相信关于某个年轻女孩的所有出色的事迹,听到单纯的居民们谈论那件事,对我来说是一种陶醉。我相信一切,相信那件神奇的事情,尽管它让我大吃一惊,我却只会选择相信;因为在这个世界上,唯一让我大吃一惊的就是一个年轻女孩,那是第一次,也是最后一次。然而,对一个年轻女孩来说,这样的跳跃只是轻轻的一跃,而男人的跳跃总是变得可笑,因为无论他将双腿岔开多远,他做出的一次努力和顶峰之间的距离没有任何关系,然而这种距离提供了一个标尺。但是谁会如此愚蠢地想象一个年轻女孩会助跑呢?你可以想象她在奔跑,但是那样的奔跑本身就是一种玩耍的、享受的和优雅的展现,关于助跑的想象将剥离属于女性的那些要素。一次助跑本身就带有辩证法,它在那里和女性的本质是对立的。而现在,说起跳跃,又有谁敢不够美地分开本应互相联结的事物呢?她的跳跃是一种飘浮。当她来到另一边时,她再次在那里站着,没有因为努力而疲惫,而是比以往任何时候都更美、更有灵气,她向我们这边抛来一个飞吻,而我们还站在这边。她是年轻的、新生的,就像一朵从山脉根部突然长出来的花一样,她让自己摇摆着跳过了深渊,这一跳几乎让我们的眼前漆黑一片。——————她一定要学会的是,做出所有无限的动作,让自己在各种情绪中摇摆,混淆诗意和现实、真实和虚构,让自己在无限中翻滚。当她熟悉了那种翻滚时,那么我会将情欲的东西掺入其中,那时的她就是我想要的和期望的。然后我的服侍完成了,我的工作结束了,我收起了自己所有的帆,坐在她身边,而她的帆让我们向前航行。说实话,当这个女孩第一次陶醉于情欲时,我有足够多的事情要做,即坐在舵旁忙着调节速度,确保没有事情过早地发生或以不美的方式发生。我偶尔会在帆上戳一个小洞,然而在下一个瞬间,我们又会重新疾驶向前。

在我叔叔的房子里,科迪莉娅变得越来越愤慨。她已经多次提议我们别再去那里;而这对她没有帮助,我总是能找到去那里的借口。当我们昨晚离开那里时,她用一种不寻常的激情握着我的手。她大概真的在那里感觉到自己很痛苦,这没有任何好奇怪的。如果我总是无法从观察这个艺术品的不自然中获取乐趣,我是无论如何也不可能忍受的。今天早上,我收到了她的一封信,她在信中用比我想象中更多的机智嘲笑了订婚。我亲吻了这封信,这是我从她那里收到的最珍贵的东西。我的科迪莉娅是如此正确!这正如我所愿。

有一件事情真的很奇怪,东街上有两家糕点店开在彼此对面。在左边的一楼住着一个娇小的处女或小姐。她通常将自己隐藏在一扇百叶窗后面,它遮住了她坐的那扇窗户。百叶窗是用非常薄的布料做成的,如果认识这个女孩或经常见到她的人有好的视力,就很容易透过百叶窗辨认出她的每一个特征,而对于不认识她的人或视力不好的人来说,她看起来就像一个黑色的身影。在某种特定的程度上,我的情况是后者,而前者是每天准时中午十二点在这片"海域"出现的一位年轻军官,他的眼神向上望向那扇百叶窗。真的,我是第一次留意到百叶窗背后的那种美丽的电报式的关系。其他窗户都没有百叶窗，这样一扇孤零零地遮住一个窗户的百叶窗，通常标志着后面始终坐着一个人。有一天上午，我站在对面糕点店的窗户边。正好十二点。我并没有在意那些行人，而是紧紧地盯着那扇百叶窗，这时百叶窗后面的黑色身影突然开始移动起来。一个女性的侧面头像透过最近的窗户显现出来，它以一种奇怪的方式转向了百叶窗出现的那个方向。然后这颗头的女主人非常友好地点点头，又让自己隐藏到百叶窗后面。首先和最重要的是，我推断她问候的那个人是一个男性，因为她的动作太有激情了，不可能是看到一位女性朋友引起的；其次，我推断这个问候的对象通常来自对面。她已经完全正确地定好了自己的位置，为的是可以在一段很长的距离外看到他，甚至可以隐藏在百叶窗后面向他问候。————很准，十二点整，这出小小的爱情剧的英雄，我们亲爱的中尉准时出现了。我坐在底楼的糕点店那里，而那位小姐住在一楼。那个中尉一直盯着她。亲爱的朋友，现在请注意，漂亮地向一楼问候并不是一件容易的事情。顺便说一句，他长得有点儿帅，身材挺拔，有一副英俊的身形，有一只鹰钩鼻、一头黑色的头发，三角帽很适合他。现在他的双腿感到紧张，开始慢慢地打战，就像双腿变得太长了一样。这给眼睛留下了一种印象，感觉就像牙疼时牙齿在口中变得太长了一样。当一个人想将自己的整个能力凝聚在眼睛上，让其瞄向一楼时，就很容易从腿上抽走太多的力量。对不起，中尉先生，我打断了您的那个眼神，而它正在升上天空。我清楚地知道这是一件显而易见的事情。我们无法宣称这个眼神非常有意义，更确切地说它毫无意义，却充满了希望。但是这么多的承诺显然对他来说太过强烈了；他摇晃着，用诗人的话来形容，就像阿格涅特一样，他踉跄着，他倒下了。这很艰难，如果我可以提出建议的话，那永远不应该发生。他太善良了，以至于不会这样去做。这真是致命；因为如果一个人想给女士留下像骑士那样的印象的话，那么他绝不能倒下。一个人想要当骑士的话，就应该注意这一点。相反，如果一个人只将自己表现为一个聪明人，那么所有这些都是无关紧要的；你沉浸在自己的内心里，你崩溃了，即使你真的崩溃了，也没有任何引人注目的地方。——————这件事可能对我娇小的小姐产生什么印象呢？不幸的是，我无法同时出现在达达尼尔海峡的两边。我可能在对面找到一个熟人监视他们，但是一方面我总是更期望亲自观察，另一方面我永远不知道这个故事对我会有什么影响，如果是这样的话，有一个知情者就不太好了，因为那样的话，我必须花一部分时间去查明这个知情者知道些什么，还得让他茫然无措。——————我实际上开始对我那位善良的中尉感到厌倦了。他日复一日地穿着全副军装从这里走过。是的，这种坚持不懈真是可怕。这样的行为适合一名军人吗？先生，您没有携带佩剑吗？难道您不应该用武力攻占这栋房子，用暴力夺取那个女孩吗？是呀，如果您是一个学生、一个博士、一个牧师、一个在那里依靠希望活下去的人，那就是另一回事了。不过，我原谅您了；因为我越是看这个女孩，就越喜欢她。她很漂亮，那双棕色的眼睛充满了调皮。当她等待您到来时，她的表情可以由一种更高层次的美解释，那种美难以描述。由此我推断她一定有很丰富的想象力，而想象力是美女的天然化妆品。

我的科迪莉娅！

　　什么是"渴望"？语言和诗人们用它和这个词语押韵：监狱。*多么不合逻辑！就像只有坐在监狱里的人才能渴望。就像当一个人自由时就不能渴望吗？假设我是自由的，我将会多么渴望啊。另一方面，我确实是自由的，像鸟儿一样自由，但是我仍然多么渴望啊！当我走向你时，我在渴望你，当我离开你时，我在渴望你，甚至当我坐在你身边时，我也在渴望你。难道一个人能渴望已经拥有的东西吗？是的，当一个人考虑到，在下一个瞬间他也许不再拥有它的时候。我的渴望是一种永恒的不耐烦。只有当我度过所有的永恒，并确信你在任何瞬间都属于我时，只有那时我才会再次回到你身边，和你一起度过所有的永恒，我可能没有足够的耐心和你分开哪怕一瞬间而不渴望你，但是我有足够的安心在你的身边镇定地坐着。

你的约翰尼斯。

我的科迪莉娅！

　　门外停着一辆小小的双座敞篷马车，对我来说，它比整个世

---

　　* 此处指丹麦语中 Længsel（渴望）与 Fængsel（监狱）押韵。——本书正文脚注均为译者注，以下不再说明。

界还要大，因为它足够坐下两个人；车前套着一对马儿，它们像大自然的力量一样狂野，像我的激情一样不耐烦，像你的思绪一样大胆。只要你愿意，我将带你离开——我的科迪莉娅！你下达命令了吗？你下达了命令，它解开了缰绳和飞翔的欲望。我带你离开，不是从某些人这里到另一些人那里，而是离开这个世界——马儿突然直立起来；马车翘了起来；马儿几乎在我们头顶的上方直立着；我们穿过云层驶向天空；风在我们周围呼啸着；是我们坐着不动、整个世界在让自己移动，还是我们在大胆地逃离？如果你感到眩晕，我的科迪莉娅，请紧紧地抓住我；我不会感到眩晕。当你只想着唯一的一件事时，你在精神的意义上永远不会头晕；而我只想着你——当你只注视一个物体时，你在肉体的意义上也不会头晕，而我只看着你。紧紧地抓住我吧；即使世界毁灭；即使我们轻盈的马车在我们的下方消失了，我们仍然会拥抱彼此，飘浮在球体般的和谐里。

你的约翰尼斯。

这几乎太过分了！我的仆人已经等了六个小时，我本人已经在风雨中等了两个小时，只是为了等待可爱的孩子夏洛特·哈恩出现。她习惯在每周三下午两点到五点之间去拜访一个老姑妈。正好在今天她没有来，正好在今天，我如此期望遇见她。为什么？因为她能让我进入一种完全特定的情绪。我向她问候，她立刻以难以描述的、

既世俗又神圣的方式向我鞠躬；她几乎站着不动，就像要沉入大地，然而她的眼神就如同她要升上天空一样。当我看着她时，我的心灵既庄重又受到吸引。此外，这个女孩本身并没有占据我的注意力，我只要求得到她的那个问候，我不会要求更多，即使她自己想给予更多。她的问候让我进入那种情绪，而我又将它挥霍在科迪莉娅身上。——然而，我敢打赌，她以某种方式从我们面前溜走了。不仅在喜剧中，在现实中也很难等待一个年轻女孩出现；你的每根手指上都必须有一只眼睛。有一个仙女叫卡尔德亚，她专门愚弄男人。她让自己在森林里逗留，引诱她的爱人们进入最浓密的灌木丛，然后她消失了。她也想愚弄雅努斯，但是雅努斯愚弄了他；因为在他的后脑勺上也有一双眼睛。

我的信件并非没有达成它们的意图。它们在灵魂上培养了她，即使不是在情欲上。要达到在情欲上培养的意图，不能用信件，得用字条。越要让情欲显现，字条就得越短，它们这样才越能确切地抓住情欲的要点。然而为了不让她过于感伤或柔弱，讽刺将再次使那些情感僵硬，同时也让她贪婪地追求那些对她来说最亲爱的滋养。那些字条遥远地、不确定地让人预感到最高的东西。在那个瞬间，这种隐约的感觉开始从她的灵魂中破晓，字条传情的这种关系决裂了。在我的抵抗中，那种隐约的感觉在她的灵魂中成形，它就像是她自己的想法，受到她自己内心的驱使。我想要的仅此而已。

我的科迪莉娅！

在这个城市的某个地方住着一个小家庭，由一个寡妇和三个女儿组成。她们中的两个去国王厨房学习烹饪。那是初夏的一个下午，大约五点钟，客厅的门被轻轻地打开了，一双窥探的眼睛凝视着那个房间。没有任何人，只有一个年轻女孩坐在钢琴前。门被轻轻地关上，这样就可以不被注意地聆听了。那不是什么女艺术家在演奏，否则门可能会被完全关闭。她在演奏一首瑞典旋律；它讲述的是青春和美丽的持续是短暂的。歌词在嘲笑女孩的青春和美丽；女孩的青春和美丽也在嘲笑歌词。谁是正确的：是女孩还是歌词？那些音调是如此静默、如此忧郁，好像忧伤就是解决这场争执的仲裁者。——但是这忧伤是错误的！青春和这些考虑之间有什么关系呢！早晨和黄昏之间有什么共同点呢！琴键在颤动和颤抖！共鸣板中的幽灵们在混乱中升起，却无法理解彼此——我的科迪莉娅，你为什么如此热烈！这种激情是为了什么！

一件事情需要在时间上离我们有多远，我们才会记得它？一件事情离我们有多远，回忆的渴望就无法再抓住它？大多数人在这方面都有一个边界；他们无法记得在时间上离自己太近的事情，也无法记得在时间上离自己太远的事情。我认识到自己在这方面没有任何边界。昨天经历的什么事情，我可以在时间上将其向前推一千年，然后回忆起它，就像它是我昨天才经历的一样。

你的约翰尼斯。

我的科迪莉娅!

  我有一个秘密向你倾诉,我的知己。我应该向谁倾诉这个秘密呢?向回声倾诉吗?它会透露秘密的。向众星倾诉吗?它们是如此冰冷。向人们倾诉吗?他们无法理解这个秘密。我只敢于向你倾诉;因为你知道如何保守这个秘密。有一个女孩,她比我灵魂所做的梦更美丽,比太阳的光辉更纯洁,比海洋的源泉更深邃,比老鹰飞翔时更骄傲。有一个女孩——噢!低下你的头,靠近我的耳朵,听我说话,让我的秘密偷偷地进入其中——我爱这个女孩高过我的生命,因为她就是我的生命;高过我的所有渴望,因为她是我唯一的渴望;高过我的所有思绪,因为她是我唯一的思绪;比太阳对花儿的爱更温暖;比痛苦中焦虑的心灵对孤独的渴望更深情;比沙漠中的炽热沙粒对雨水的爱更渴望——我对她的依恋比母亲看向孩子的眼睛更温柔;比祈祷者的灵魂依靠上帝更虔诚;比植物依附树根更不可分开。——你的头变得沉重、思绪万千,垂落在胸脯前,你挺起胸脯来帮助它——我的科迪莉娅!你理解我,准确地、逐字地理解我,没有漏掉任何一丁点!我是否应该拉紧耳朵的琴弦,通过你的声音让我确信这一点?我怎么能去怀疑呢?你会保守这个秘密吗?我敢相信你吗?人们讲述过,人会在可怕的罪行中彼此宣誓、互相沉默。我向你倾诉了一个关于我的人生及其意义的秘密,你有什么如此重要、如此美丽、如此神圣的秘密要向我倾诉吗?如果这样的秘密泄露了,是否会有超自然的力量被激发出来?

你的约翰尼斯。

我的科迪莉娅！

  天空乌云密布——黑暗的雨云皱巴巴的，就像充满激情的脸上的黑色眉毛一样，森林里的树在难以置信的梦中被摇动着。你从我眼前消失了，藏身在森林里。在每棵树的后面，我都看到一个像你一样的女性存在，当我走近时，它就会躲到下一棵树的后面。难道你不愿意向我现身吗？难道你不肯镇定下来吗？一切都让我困惑；森林的某些部分失去了它们独特的轮廓，我看到的一切只是一片雾海，到处都是忽而出现忽而消失的、像你一样的女性存在。我看不见你，你在观察着我的波浪中持久地移动，但是我已经因为看见你的每一个单独的化身而感到幸福。它处于什么里面呢？——是处于你本质丰富的统一里，还是处于我本质贫乏的多样性里？——爱你难道不就是爱一个世界吗？

你的约翰尼斯。

  如果可能完全准确地再现我和科迪莉娅的那些对话的话，实际上，那会让我非常感兴趣。然而，我很容易意识到这是不可能的；即使我能记起我们之间交换的每一个词语，我也总是禁止自己去重现那些同时发生的事情，即对话中的那些真正神经质的、在爆发中让人吃惊的东西、激情的东西，而它们是对话中的生命原则。通常来说，我自然没有做好准备，这也违背了沟通的真正本质，尤其是那种情欲的沟通。我持久地记得自己的信的内容，并持久地看见它们在她心中可能引发的情绪。我自然永远不会突然有这种想法，就是去问她有没有读过我的信。她读过那些信，我很容易就让自己确信她读过。我也从不直接和她谈论那些信，但是我同她的那些对话跟那些信保持着一种神秘的沟通，一方面是为了在她的灵魂深处留下某种印象，另一方面是为了从她那里夺回这些印象，并让她茫然无措。她可以再次读信，从中获得新的印象，如此循环往复。

她发生了一种改变，而且这种改变还在继续发生。如果要让我描述她的灵魂在那个瞬间的状态，那么我想说那是泛神论的大胆。她的眼神立刻透露出了那一点。那种眼神是大胆的，几乎鲁莽地充满期待，就像每时每刻都在期待并准备去凝视非凡的东西。就像一只眼睛能看到自身以外的东西，这种眼神也能看到直接呈现给它的东西以外的东西，看到神奇的东西。那是一种大胆的、几乎鲁莽的期望，却不是对自己的自信，所以它是有些做梦的、祈祷的，而非骄傲的、命令的。她在自身以外寻找神奇的东西，她想祈祷它出现，就像她自己没有能力唤起它一样。必须阻止这一点，否则我会过早地获得对她的压倒性的力量。她昨天对我说，我的本质里有些国王之风。也许她会屈服于我，然而这完全是不可取的。亲爱的科迪莉娅，我的本质里肯定有些国王之风，但是你无法预感到我统治的是一个什么样的国度。那是各种情绪风暴之上的国度。就像风之神埃奥洛斯，我将它们困在我的个性之山中，时而放出这一阵情绪，时而放出另一阵情绪。奉承会让她自满，将我和你的区别凸显出来，一切都偏向她这一方。奉承需要非常小心。有时我们必须将自己放在非常高的位置，但是要这样做的话，得确保还有一个更高的位置；

有时我们必须将自己看得非常低。当我们让自己向精神的东西前进时，第一种做法是最正确的；当我们让自己向情欲的东西前进时，第二种做法是最正确的。——她欠我什么吗？一点也不。我能够期望她欠我什么吗？一点也不。我对情欲的东西有太多的认识和太多的理解，以至于不会这样愚蠢。如果情况实际上是那样的话，我会使用所有的能力努力让她忘记它，并将我自己关于那个情况的想法哄睡。每一个年轻女孩在面对心中的迷宫时，都是一位阿里阿德涅，她拥有那根可以找到出路的线，但是她自己也不知道应该如何使用拥有的那根线。

我的科迪莉娅！

说吧——我服从，你的期望是一道命令，你的祈求是一句全能的咒语，你的最短暂的期望对我来说都是一种恩惠；因为我不是作为一个独立的幽灵服从你，就像我站在你的身外一样。当你命令时，你的意志就成了我的意志；而我和你的意志为伍；因为我完全六神无主，所以我只等待你的一个词语。

你的约翰尼斯。

我的科迪莉娅！

你知道的，我非常喜欢和自己交谈。在我自己身上，我找到了自己认识的最有趣的人。有时我唯恐自己在这些对话中会缺乏素材，现在我不再担心了，现在我有了你。我现在、我永远都在和自己谈论你，也就是和最有趣的人谈论最有趣的对象——哎，因为我只是一个有趣的人，而你才是最有趣的对象。

你的约翰尼斯。

我的科迪莉娅！

你觉得我爱你的时间是如此短暂，你看起来唯恐我可能之前爱过别人。幸运的眼睛可以立即在一些手稿中预感到另一种更古老的字迹，它们随着时间的推移被无足轻重的愚蠢排挤了。通过腐蚀性的手段抹去后来的字迹后，现在最古老的字迹清晰明了地显现出来。这样，你的眼睛教会我如何在自己的内心找到自己，我任由遗忘吞噬一切和你无关的事情，然后我发现了一种古老的、神圣的、年轻的原始字迹，我发现我对你的爱和我自己一样老态龙钟。

你的约翰尼斯。

我的科迪莉娅！

一个国家如何能在和自己的战斗中维持下去呢；我如何能在和自己的战斗中维持下去呢？为了什么呢？关于你，如果可能的话，我希望在这个想法中找到安宁，那就是我爱上了你。但是我如何才能找到这种安宁呢？其中一方的战斗力量将持久地让另一方坚信，它深沉地、深切地爱着另一方；下一个瞬间，另一方也会这么说。如果我将这场战斗放在我自己以外，不管有没有人敢于爱你，或者有没有人敢于不爱你，他们的罪过都是一样大的，那么我就不会太忧虑了；但是我内心的这场战斗在消耗我，这唯一的激情在它的双重性中左右为难。

你的约翰尼斯。

只管消失吧，我的小小的渔女；只管隐藏在树林中；只管拿起你的担子，弯下身子的样子很适合你，是呀，就在这一刻，你带着一种自然的优雅，弯下身子隐藏在你收集的树枝下——这样一个受造者居然要承载如此沉重的担子！你就像一个舞者一样透露了身材的美丽——腰肢纤细、胸脯饱满、体形丰腴，任何一个征兵官都一定会承认这些特点。也许你认为自己无足轻重，你觉得高贵的女士们远为更美丽，哦，我的孩子！你不知道这个世界上有多少虚伪。只管带着你的担子踏入那片巨大的森林吧，它可能延伸数英里之远，直到蓝色山脉的边界。也许你并非现实中的一个渔女，而是一个被施了魔法的公主；你在一只巨大的魔鬼那里服侍；他足够残忍，让你去森林里捡拾柴火。在童话里总是如此。为什么你要更深入森林呢；如果你是现实中的一个渔女，那么你应该去小溪那里，带着你的柴火经过我身边吧，小溪就在道路的另一边。——只管沿着蜿蜒曲折的步行小道走吧，我的目光会找到你的；只管回头看看我吧，我的目光会跟随你的，你可打动不了我，渴望并没有将我牵引走，

我坐在栏杆上镇定地抽着自己的雪茄。——留待另一个时机——也许吧。——是呀,当你这样侧着将头转过来一半时,你的眼神是狡黠的;你轻盈的步伐在招手——是呀,我知道这种招手,我领会了这条路将带我们去哪里——它通向森林的寂静之处,通向树林的低声耳语,通向多样性的平静。看啊,天空本身也在给你恩惠,它将自己隐藏在云朵背后,它让森林的背景变得黑暗,就像在我们面前拉上了窗帘。——再见,我美丽的渔女,好走,感谢你的恩惠,那是一个美丽的瞬间、一种情绪,虽然不足以强大到让我离开自己在栏杆上的稳固位置,但是我实则春心荡漾。

当雅各和拉班就自己的工钱进行谈判时,他们达成了一致的意见,即雅各应该照看白色的羊,而作为自己劳作的回报,他将得到羊群中出生的所有带斑点的羊。于是,他将带条纹的枝条放在喝水的槽中,让羊群看着它们——我像雅各那样,无处不在地将自己安置在科迪莉娅身边,让她的眼睛持久地注视着我。在她看来,那就像是来自我这边的无微不至的关注;相反,从我的角度看,我知道她的灵魂会由此失去对其他一切的兴趣,她的内心会发展出一种精神上的性欲,而我可以无处不在地看见它。

我的科迪莉娅!

如果我可以忘记你!那么,我的爱情是否是回忆的作品?即使时间从它的记录中抹去了一切,即使时间抹去了回忆本身,我和你的关系仍然是鲜活的,你终究不会被我忘记。如果我可以忘记你!

那么我应该记住什么呢？我已经忘记了自己，为的是记住你；如果我忘记了你，那么我又会记起自己，但是在我记起自己的那个瞬间，我一定会再次记起你。如果我能忘记你！那么会发生什么呢？人们有一幅来自古代的画作。它介绍的是阿里阿德涅。她从卧榻上跳起来，焦虑地看着一艘扬满帆匆匆离去的船。在她身旁站着一位爱神，他拿着没有弦的弓，同时在擦自己的眼睛。在她身后站着一位有翅膀的、戴头盔的女性形象。人们通常设想那是复仇女神涅墨西斯。你想象一下这幅画，你想象它稍微改变一下。爱神没有哭泣，他的弓也没有缺少弦；难道你因为我变得疯狂就少一分美丽、少一分胜利了吗？爱神微笑着拉满了弓。你那边的涅墨西斯也没有无所事事，她也拉满了自己的弓。在那幅画里，可以看到船上有一个男性形象，手上的活占据着他的注意力。人们认为那是忒修斯。在我的画中可不是这样。他站在船尾，充满渴望地往回凝视着，他张开双臂，后悔了，或者更准确地说，他的疯狂已经离开了他，但是船正在带着他离开。爱神和复仇女神都瞄准了目标，从每张弓上飞出一支箭矢，你可以看到它们准确地命中了，它们都命中了他的心的同一处，你可以理解为这标志着复仇女神对他的爱实施了报复。

你的约翰尼斯。

我的科迪莉娅！

当人们说起我时，他们说我爱上了自己。这并没有让我感到惊奇；因为如果我只爱你，人们怎么会察觉到我可以去爱呢，既然我只爱你，其他人怎么会预感到这一点呢。我爱上了自己，为什么呢？因为我爱上了你；因为我爱你，只爱你以及只爱真正属于你的一切，我以这种方式爱我自己，因为我的自我属于你，所以如果我停止爱你，我也就停止了爱我自己。在世界的亵渎目光中，这是最大的自私的表达方式，而在你神圣的目光中，这是最纯粹的同情的表达方式；在世界的亵渎目光中，这是最平淡的自我保护的表达方式，而在你神圣的目光中，却是最热烈的自我毁灭的表达方式。

你的约翰尼斯。

最让我恐惧的是，整个发展过程对我来说会花费太长的时间。然而，我看到科迪莉娅正在取得伟大的进步，是呀，那是有必要的，从而真正地将她保持在精神中，让一切都处于运动中。最重要的是不能让她提前对世界上的一切感到乏味，也就是说，得等到一切都结束的时候。

当人们恋爱时，他们不会跟随乡间小路前进。只有进入婚姻后，他们才会处于国王之路的正中央。当他们恋爱并散步离开诺德伯时，他们不会沿着埃斯鲁姆湖走。虽然那其实只是一条狩猎小道，但是它已经被开辟好了。爱宁愿亲自开辟自己的道路。他们往戈里布森林的更深处探寻。当两个人这样挽着手臂漫步时，他们彼此理解了，之前那些要么愉快、要么痛苦的昏暗的东西变得明朗了。他们没有预感到有任何人在场。——所以，这棵让人舒心的山毛榉成了你们爱情的见证者；在它的树冠下，你们第一次互相坦白爱意。你们如此清晰地记起第一次相见的情景，第一次在舞蹈中彼此伸出手的情景，第一次在清晨分别时的情景，你什么也不愿意向自己坦白，更不用说向对方坦白了。——我听到的这些爱的重复真是够美的。——他们跪在树下，他们彼此发誓会爱到海枯石烂，他们用第一个吻订立了契约。——这是很多富有成果的情绪，我必须将它们挥霍在科迪莉娅身上。——所以这棵榉树成了见证者。噢，是呀，一棵树是一位相当合适的见证者；但是它远远不够格。当然，你认为天空也是见证者，但是毋庸置疑，天空是一个很抽象的概念。因此，看哪，还有另一个见证者。——我应该站起来让他们察觉到我在这里吗？不，也许我会被认出来，这样我就输掉了这场游戏。我应该在他们离开的时候站起来，让他们明白有一个人在场吗？不，这没有道理。应该让沉默在他们的秘密之上安息——只要我愿意的话。他们在我的能力掌控中，我可以在自己愿意的时候将他们分开。我知道他们的秘密；我只有从他或她那里得知——她自己是不可能泄密的——所以是从他那里得知——泄密是可恨的——太棒了！然而，这几乎就是邪恶。我现在可以清楚地看见他们了。为了能够获得一个关于她的特定印象，那是我通常无法获得的却又期望获得的印象，那么我除了这样做以外别无他法。

我的科迪莉娅！

我是贫穷的——你就是我的财富；我是黑暗的——你就是我的

光；我一无所有，也一无所需。我怎么可能拥有任何东西呢？那是一个矛盾，一个无法拥有自己的人怎么能够拥有任何东西呢？我就像一个孩子一样幸福，无法拥有也不必拥有任何东西。我一无所有；因为我只属于你；我不存在了，我已经停止存在，为的是成为你的。

你的约翰尼斯。

我的科迪莉娅！

"我的"，这个词语要表现的是什么意思？它不是属于我的意思，而是我属于的意思，包含了我的整个存在，一样东西之所以是我的，是因为我属于这样东西。我的神不是属于我的神，而是我属于的神；当我说起我的祖国、我的家、我的使命、我的渴望和我的希望时，也是如此。如果以前没有永生，那么"我是你的"这个想法将会打破自然的常规。

你的约翰尼斯。

我的科迪莉娅！

我是什么？我是那个谦逊的讲述者，跟随着你的胜利；我是那个跳舞者，在你的下方弯着身子，从而让你在可爱的轻盈中升起；我是那个枝条，当你厌倦飞翔时，你可以在一瞬间就安息其上；我是那个低音，为了让女高音对自己声音的迷恋攀升得更高而穿插其中——我是什么？我是地心引力，将你囚禁在大地上。那么，我还是什么？我是身体、物质、泥土、尘土和灰烬——你，我的科迪莉娅，你是灵魂和精神。

你的约翰尼斯。

我的科迪莉娅！

爱就是一切，因此对于那些爱着的人来说，一切都停止了拥有本质上的意义，只有通过爱去解释，一切才拥有意义。如果另一个订婚者以这样的方式坚信，他关心的是另一个女孩，那么他大概将像一个罪犯一样站在那里，而这个女孩也会感到愤慨。然而，你，我知道，你会在这样的坦白中看到一种尊崇；因为我能够爱上另一个人——你知道这是不可能的，我对你的爱在我的整个人生之上抛下了一层光辉。当我让自己忧虑另一个人时，并不是为了让我坚信自己不爱她而只爱你——这将是傲慢的——但是，因为你充满了我的整个灵魂，所以对我来说，我的人生有了另一种意义，它变成了关于你的神话。

你的约翰尼斯。

我的科迪莉娅！

我的爱折磨着我，只有我的声音留了下来，这是一种爱上你的声音,它无处不在地对你低声耳语:我爱你。噢!听到这个声音是否会让你疲倦呢?它无处不在地围绕着你;就像一个多样的、变化无常的拥抱一样,我将自己经过深思熟虑的灵魂放在你纯洁而深沉的存在上。

你的约翰尼斯。

我的科迪莉娅!

人们可以在古老的故事中读到,有一条河流爱上了一个女孩。因此,我的灵魂就像一条爱上你的河流。它时而静止下来,让你的画面深沉地、静止地倒映于它;它时而幻想自己已经捕捉到你的画面,于是它的波浪汹涌起来,阻止你再次逃离;它时而轻轻地泛起涟漪,并和你的画面嬉戏;它时而失去了你的画面,于是它的波浪绝望地变成了黑色。——因此,我的灵魂就像一条爱上你的河流。

你的约翰尼斯。

真诚地说吧,即使没有不寻常的想象力,人们也可能会幻想出一种更舒适的、更悠闲的,尤其是更符合身份地位的方式来提升自己;如果有人乘坐一个泥炭农夫的马车出行,引起的注意只能是在不真实的意义上。——然而,在人生的狭窄转折处,你们只能感激地接受。人们沿着乡间小路走了一段距离;人们坐上马车,行驶了

一英里，没有遇到任何事情；行驶了两英里，一切顺利；人们感到镇定和安心；从这个角度来看，这个地方看起来实际上比平常更好看；快到达三英里的时候——谁会想到在这么远的乡间小路上遇到一个哥本哈根人呢？而且您肯定察觉到了，他是一个哥本哈根人，而非乡下人；他有一种完全独特的观看方式，如此坚定、如此细致、如此敏锐，还带有一点嘲讽的意味。是呀，亲爱的女孩，您的姿势一点也不舒适，您就像坐在一个用于展示的托盘上一样，马车里的地板太平坦了，没有任何凹陷可以放置您的脚。——不过这都是您自己的罪，我的马车可以完全为您服侍，我敢于给您提供一个远非如此不舒适的位置，只要您不介意坐在我身边的话。如果您介意的话，我会将马车交给您一个人坐，而我自己坐在驾驶位上，为着敢于带您去目的地而快乐。——甚至您的那顶稻草帽也无法充分地遮挡我的一瞥；您低下了自己的头，这是徒劳无功的，而我在赞叹您美丽的侧脸。——农夫向我问候，难道不是让人遗憾的事吗？但是，农夫问候一个尊贵的绅士本来就是合情合理的。——您无法逃避的是，这里有一家小酒馆，也是一个驿站，而一个泥炭农夫有他自己的行事方式，他太过虔诚，以至于他不得不在此祈祷一番。现在让我来招待他。在蛊惑泥炭农夫们这方面，我有不寻常的天赋。噢！但愿我也能成功地讨好您。他无法抵挡我的提议，一旦他收到建议，就无法抵挡它的效果。即使我做不到，我的仆人也能做到。——泥炭农夫现在走进了小酒馆，您独自留在停在车棚的马车里。——天知道那是一个什么样的女孩呢？难道她是一个市民阶层的小女孩？也许是一位教堂执事的女儿？如果她是，那么作为一位教堂执事的女儿，她长得不寻常地美，穿着不寻常地有品位和整洁。这位教堂执事一定有一份优渥的生计。我想起一件事情,也许是一位血统纯正的小姐厌倦了乘坐马车,也许是她决定远足去郊外的小屋,另外她现在尝试让自己进行一次小小的冒险。很有可能,这种事情并非闻所未闻。——农夫一无所知,他是一个只知道在那里喝酒的蠢货。是呀,是呀,他只会喝酒,我的蠢货,他只配得这种享受。——而我看到了什么,那不是别人,正是叶斯珀森小姐,汉西娜·叶斯珀森,那位大商人的女儿坐在马车里。哎呀,上帝保佑,我们认识彼此。就是她,我曾经在布雷德加登遇到的那个女孩,她背对着马车车窗,无法打开窗户;我戴上自己的眼镜,而我在那一刻拥有用目光跟随她带来的满足。那是一个非常尴尬的姿势,车厢里有那么多人,她无法让自己动弹,她大概不敢大声呼救。当时的那个姿势肯定是如此尴尬。我们俩是天生一对,这是很清晰的。她应该是一个浪漫的小女孩;她决定自己外出。——我的仆人和喝醉的泥炭农夫走过来了。后者完全醉了。那是令人作呕的,这些泥炭农夫们真是一个堕落的族群。啊,是呀!然而,还有比泥炭农夫们更糟糕的人。——看哪,现在刚好到了您开始行动的那一刻。现在您自己必须驾驭那些马儿,而醉着酒这样做是完全浪漫的。——您拒绝了我的提议,您坚持说自己是驾驶马车的好手。您欺骗不了我;我肯定察觉到了您有多么狡猾。当您稍微离开道路一丁点距离时,您就会跳下马车,您可以在森林中轻易地找到一个藏身之处。——我要给马装上马鞍;我会骑马跟着您。——看这里!现在我准备好了,现在您确信自己可以免受任何袭击。——现在,别那么害怕,我会立刻掉头回去的。我只是想让您有点焦虑,并给您一个提升自己的自然美的契机。您不知道,是我让农夫喝醉的,而且我从未允许自己对您说出一个侮辱性的词语。一切仍然可以变好；我肯定会给这件事情一个这样的转机，这样您就能对整个故事笑出声来。我只是期望和您做一个小小的了结；永远别相信我会对任何女孩采取突袭行动。我是自由的一个朋友，我完全不喜欢让自己失去自由的东西。——"您自己肯定会意识到，以这种方式继续旅行是行不通的。我要去打猎，所以我骑在马上。然而，我的马车也已经在小酒馆里准备好了。只要您下达命令，它将在一瞬间追上您，并且带您去自己想去的任何地方。遗憾的是我无法拥有陪伴您的那种满足，我受到一个打猎的承诺的束缚，而这些承诺是神圣的。"——另一方面，他们认为——一切都会在一瞬间回到正轨。所以，您现在完全不需要为再次见到我而感觉到窘迫，或者无论如何，那种窘迫不会超过适合您的那种程度。您可以对整个故事感到好笑，稍微笑一笑，稍微想一想我。我不会要求更多。那看起来很少；但是对我来说已经足够了。那是开端，但是我在开端的基础上可以变得尤为强大。

昨晚，在姑妈家有一个小小的社交聚会。我知道科迪莉娅会拿出自己的编织活。我在里面塞了一张小字条。她弄掉了它，捡起来，变得感动和充满渴望。因此，我应该始终利用塞字条的场景来帮助自己。让人难以置信的是，我可以从中获得多么大的好处。一张本质上无足轻重的字条，在那样的情况下读起来，对她来说变得无限地有意义。她无法找我说话；我巧妙地安排了塞字条这件事情，因为当时我必须跟一位女士回家。所以她不得不等到今天。这样做总是有好处的，因为可以将印象更深刻地印入她的灵魂。一直以来看起来像是我在向她显示某种关注；我拥有的好处是，我无处不在地将自己安置在她的思绪中，无处不在地让她吃惊。

爱，毕竟有一种独特的辩证法。我曾经一度爱上一个年轻女孩。去年夏天，在德累斯顿的剧院里，我看到一位女演员让人失望地像她。因此，我期望结识那位女演员并且成功地做到了，我在那一刻坚信，她们二人之间的差异毕竟是相当大的。今天我在街上遇见了一位女士，她让我记起了那位女演员。这个故事可以一直延续下去。

我的思绪无处不在地围绕着科迪莉娅，我派遣它们围绕着她，就像天使一样。正如维纳斯坐在鸽群拉的马车里一样，她坐在自己的凯旋马车里，而我将自己的各种思绪套在那辆马车上，它们就像长有翅膀的生物。她自己快乐地坐着，像个孩子一样富有，像女神一样有着全能的力量，而我就在她身旁走着。说实话，在大自然和所有的存在中，一个女孩是且继续是圣人！没有人比我更知道这一点。只是太惋惜了，这种荣耀是如此短暂。她向我微笑、向我问候、向我招手，就像她是我的妹妹。我的一个眼神让她记起，她是我的恋人。

爱有许多种姿势。科迪莉娅取得了很大的进步。她坐在我的腿上，她的手臂柔软且温暖地环绕着我的脖子；她自己安息在我的胸脯前，轻盈地不带身体的重量；她柔软的身体几乎没有触碰到我；她可爱的身姿像一朵花一样环绕着我，自由地就像一条丝带。她的眼睛隐藏在眼皮后面，她的胸脯像雪一样白得耀眼，它如此光滑，以至于我的目光无法在那里安息，只要胸脯不动，我的目光就会在上面滑行。我的这种行为意味着什么？是爱吗？也许是吧。那是爱的隐约感觉，是爱所做的梦。爱仍然缺乏能量。她冗长地拥抱我，就像云朵作为一个被解释的对象一样；她松散地拥抱我，就像拥抱一阵微风那样；她柔和地拥抱我，就像一个人拥抱一朵花那样；她蜻蜓点水般地亲吻我，就像天空亲吻海洋那样；她轻柔且静默地亲吻我，就像露水亲吻花朵那样；她庄重地亲吻我，就像海洋亲吻月亮的倒影那样。

在那个瞬间，我会将她的激情称为天真的激情。当转折在那一刻发生时，而我开始认真地让自己撤退时，她会搜集一切，为的是实际上将我囚禁起来。她没有其他手段来实现这一点，除了情欲本身，只是现在它将以一种完全不同的尺度来显现。那时，情欲是她手中的一种武器，她向我挥舞着它。而我拥有那种反思的激情。她为了自己的缘故战斗，因为她知道我拥有情欲；她为了自己的缘故战斗，为的是战胜我。她自己也需要一种更高形式的情欲。我通过激发她来教会她如何去预感，现在我的冷漠教会她如何去领会，但是是以这样一种方式去教，即她相信是她自己发现了它。她将借此突袭我，她会在大胆中相信自己超过了我，并由此捕捉到了我。那时她的激情会变成特定的、充满能量的、有结论的、辩证的；她的亲吻是全方位的，她的拥抱毫无间隙。——她在我这里寻找自己的自由，并且会发现，我越是紧紧地拥抱她，她就越能更好地找到这种自由。订婚破裂了。当这件事情发生以后，她需要稍微地安息，免得在这种狂野的翻滚中出现一些不美的东西。她的激情再次汇聚了起来，她是我的。

就像我在极乐的爱德华时代间接地负责她的阅读一样，现在我直接地负责。我提供的是我所认为的最好的滋养：神话和童话。然而，她在这里就像在任何地方一样有其自由，我会聆听她本人说出的一切。如果那里没有事先存在的东西，那么我会首先将它放进去。

当女仆们在夏天去鹿苑时，通常来说，那是一种差劲的满足。她们一年只去那里一次，由此她们应该得到同等的享受。她们会戴上帽子和围巾，并且以任何方式玷污自己的外表。那种走秀是狂野的、不美的、淫荡的。不，我更喜欢腓特烈斯堡公园。她们会在星期天下午来这里，我也是。一切都是端庄而体面的，那种走秀本身也更静默、更高雅。对于那些对女仆们没有感觉的男性来说，他们失去的绝对比这些女仆们失去的更多。女仆们多样性的队伍实际上是我们在丹麦拥有的最美的部队。假设我是国王——我肯定知道自己会做什么——我不会去检阅正规部队。假如我是市议会的三十二位议员之一，我会立即提议成立一个福利委员会，通过洞察、建议、劝告和适当的奖励，用任何方式鼓励女仆们在仪容穿着上追求品位和细致。为什么要浪费美呢？为什么要让它在人生中不被注意呢？至少让它每星期在最能彰显自己的光线下显现一次！但是抛开其他一切不论，那种美应该是有品位的和节制的。一个女仆不应该看起来像一位女士，从这一点上说，《警察报》是正确的，但是这份报纸提到的理由是完全错误的。当我们这样敢于期待女仆阶层的一种可期望的繁荣时，难道不会再次对我们家中的女儿们产生有益的影响吗？或者当我通过这条道路展望丹麦的未来时，这是不是太大胆了？我真的可以将这种未来称为无与伦比的。如果我有幸和这个黄金时代同时存在的话，那么我们可以问心无愧地使用一整天在街头巷尾散步，让自己欣喜于眼目的欲望。满眼的春色是多么让人迷恋，我的思绪是如此宽广和大胆，如此充满爱国情怀！但是我也能在腓特烈斯堡公园这里大饱眼福,女仆们在星期日下午都会来这里,我也会来。—————首先到来的是乡村女仆们,她们和恋人手拉着手,或者换一种模式,所有女孩手拉着手走在前面,所有小伙子走在后面,或者再换一种模式,两个女孩和一个小伙子手拉着手。这些人群组成了一个框架,通常在亭子前方的大广场周边的树下站着或坐着。她们是健康、活力充沛的,无论是她们的肤色还是服装,反差都有点过于强烈。现在跟随入场的是那些来自日德兰和菲茵岛的女孩们。她们高大而挺拔,身材有点太健壮了,她们的穿着有点杂乱无章。对委员会来说,这里有很多事情要做。我们也不会错过博恩霍尔姆分部的任何一个代表:能干的厨娘们,但是无论在厨房还是在腓特烈斯堡,她们的本质有些傲慢和拒人于千里之外。因此,相比之下,她们的在场并非没有影响,我可不情愿这里没有她们,但是我很少和她们交往。——现在主力部队跟随而来:那些来自尼博得的女孩们。她们身形更小、珠圆玉润、皮肤细腻,愉快、快乐、灵巧、健谈,有点娇媚,抛开其他一切不论,她们头上什么也不戴。可以说,她们的穿着接近一位女士的穿着,她们只需注意两点,不可有胡须,但是可以配上手帕,不可戴有檐的帽子,最多只戴一个小小的、飘逸的斗篷,最好头上什么也不戴。——————日安,玛丽;我怎么会在这里见到你呢?好久没有见到你了。你肯定还在议员家工作吧?——"是的"——那肯定是一个肥差吧?——"是呀"——但是您在这里如此孤独,没有任何人跟随您……没有任何爱人陪伴您,也许他今天没有时间,或者您在等他——怎么,您还没有订婚?这不可能。您是哥本哈根最美的女孩,一个在议员家服侍的女孩,可是所有女仆中的佼佼者和模范,一个知道如何将自己打扮得如此整齐和……如此华丽的女孩。您手中拿着一块精美的手帕，它是由最上等的丝绸制成的，我看到它的边缘还带有刺绣，我敢打赌它值十马克。……许多尊贵的女士都没有像她这样……拥有法国手套……丝绸伞……像您这样的一个女孩竟然还没有订婚……这简直没有道理。如果我没有记错的话，詹斯可不是略微地喜欢您，您肯定知道詹斯，批发商店的那个詹斯，住在二楼那个。看来我猜对了。为什么你们没有订婚呢？詹斯毕竟是一个英俊的小伙子，他的身体状况很好，也许在批发商的影响下，随着时间的推移，他会成为警察或者消防员，对您来说，那并不算差劲的伴侣。肯定是您自己的缘故，您对他太过苛刻了。"不！但是我听说詹斯以前曾经和一个女孩订过婚，他根本没有好好地对待过对方。"——……我都听到什么了？我应该相信谁呢？詹斯是否是一个如此邪恶的顽童？……是呀，那些卫兵……那些卫兵，他们是靠不住的……您处理得完全对，像您这样的一个女孩真是太好了，不能被随便丢给任何人……您肯定会找到一个更好的伴侣，我可以向您保证这一点。——————朱莉安娜小姐过得怎么样？我已经很久没有看到她了。我漂亮的玛丽肯定能给我提供一些信息。因为您自己在爱中是不幸的，所以你不应该对别人置之不理……这里人山人海……我不敢和您谈论此事，我担心有人窥视我……只听我说会儿话就行，我漂亮的玛丽…………看哪，这里才是说话的地方，在这个充满阴影的通道上，树木缠绕在一起，为的是将我们隐藏起来而不被别人发现，在这里我们看不到任何人，听不到任何人声，我们听到的只有音乐的音调发出的一种轻微的回声……在这里，我敢于谈论自己的秘密。……不是吗，如果詹斯不是一个坏人，那么你可以和他一起来这里，彼此挽着手臂，聆听音乐中的快乐，还能享受着一种更高的……你为何如此感动呢——忘了詹斯吧。……那么，难道你要不公平地对待我吗……我来这里就是为了遇见你……我去议员家就是为了看你……你已经察觉到了这一点……每当有机会的时候，我总是走向厨房门……你将属于我……会有亮光从讲坛发出……明天晚上我会向你解释一切……我会沿着厨房楼梯上去，我们在左边的那个门见，它就在厨房门的对面。……再见了，我漂亮的玛丽……不要让任何人察觉到你在外面见过我或和我说过话，你肯定知道我的秘密——————她真的很让人舒心，我要放纵自己在那里将她搞定。——当我第一次在她的房间站稳脚跟时，我肯定会从讲坛上点燃自己。我一直努力地发展美丽的希腊式的自给自足，尤其是让一个牧师变得多余。

如果可以的话，让我站在科迪莉娅背后，让我看着她收到一封我写的信，这对我来说是非常有趣的。那样，我会很容易让自己坚信，她是否在最真实的情欲的意义上让自己对它们表现出热情。总的来说，信件是且继续是对一个年轻女孩产生影响的无价之宝；死的字母往往会比活的词语产生更大的影响。一封信是一种神秘的沟通；我控制着那个场景，感觉不到任何在场者的压力。对一个年轻女孩来说，她更喜欢完全独自地和自己的理想在一起，也就是正好在某些瞬间，这个理想会最强烈地对她的心灵产生影响。即使她的理想已经在一个特定的、爱慕的对象身上找到了一种肯定的且如此完全的表达方式，但是在有些时刻，她仍然会觉得在理想中有一种超越性，那是现实所缺乏的东西。这些重大的和解庆祝活动必须向她坦白；只是必须注意正确地利用它们，使她不会在活动结束后疲惫不堪地返回现实，而是强大地返回现实。为此，信件是有帮助的，它们可以让人在这些神圣的启蒙时刻在精神上处于隐身状态，而关于现实中的人是由信件的作者扮演的这种想法，自然很容易过渡到现实。

我会变得嫉妒科迪莉娅吗？死亡和地狱，是呀！但是从另一种意义上说，不！如果我看到，即使我在对抗另一个人的战斗中取得胜利，她的本质仍然会受到干扰，而这并非我期望的结果——那么我会放弃她。

一位老哲学家曾经说过，当你精确地记录下自己经历的一切时，你在还不知道任何一个词语之前就已经成为哲学家。我现在已经和未婚夫群体生活在一起很长一段时间了。这样的关系一定会结出某些果实吧。那么我已经想过收集材料，写一本名为《对亲吻理论的贡献》的专著，奉献给所有温柔地爱着的人。此外，关于这件事情没有任何著作存在，这是很奇怪的。如果我成功地完成它，我也会同时弥补一个长期以来让人感觉缺乏的空白。文献中缺乏这样的内容，是因为哲学家们没有考虑过这样的事情，还是因为他们不懂这样的事情呢？——我已经有能力成功地提供某些暗示。一次完整的亲吻需要一个女孩和一个男人作为参与者。男人之间的一个吻是没有品位的，或者更糟糕的是，让人厌恶。——其次，我相信当一个男人亲吻一个女孩时，比一个女孩亲吻一个男人时更接近亲吻的理念。如果在很多年的进程以后，男女关系提供的是冷漠，那么亲吻就失去了自己的意义。这适用于婚姻中的家庭之吻，夫妻通过这种亲吻在缺乏餐巾纸的情况下互相擦拭嘴巴，并说："请慢用。"——如果年龄差距太大，亲吻就偏离了自身的理念。我记得在一个省份的女子学校，最高的年级有一个独特的术语：亲吻司法顾问，她们将这个表达方式和一个让人一点也不舒服的构想联系起来。这个术语的起源如下：女教师有一个住在她家里的姐夫，他曾经是一位司法顾问，现在已经是一个老男人了，由此他当时自认为有自由地亲吻那些年轻女孩们的权利。——亲吻必须表达某种特定的激情。当一对孪生的兄妹彼此亲吻时，这个吻就不是真正的吻。对在圣诞剧中掉落的一个吻来说，同时对一个偷来的吻来说，它们都适用相同的规则。亲吻是一种象征性的行为，当它要表现的那种情感不在场时，它就没有任何意义。而这种情感只有在特定的关系下才能存在。——如果人们要尝试对亲吻进行分类，那么可以让自己考虑几种分类原则。可以根据声音来分类。不幸的是，相比于我的观察，语言在这里显得不够充分。我相信，世界上所有的语言都没有足够的拟声词来表现我仅仅在叔叔家里学到的声音差异。有时是啪啪的，有时是嘶嘶的，有时是拍击的，有时是爆裂的，有时是隆隆的，有时是饱满的，有时是空洞的，有时像在和棉布亲吻，等等，等等。——可以根据接触方式分类，分为轻轻相切的亲吻、顺便的亲吻和嘴唇粘在一起的亲吻。——可以根据时间分类，分为短时间的亲吻和长时间的亲吻。就时间而言，还有另一种分类法，这其实是唯一让我满意的分类。人们在初吻和其他所有亲吻之间做了一个区分。在这里反思的东西，和通过其他分类显现的东西是不可比较的，它和声音、接触和通常的时间是无关的。然而，初吻和其他所有的亲吻有质的区分。只有很少的人会去思考这件事，因为除了正在那里思考这件事情的人以外，别人都将亲吻看成是罪过。

我的科迪莉娅!

所罗门说,一个好的回答如同一个甜蜜的吻。你知道我喜欢提问;我几乎一定会由此受到责骂。那是因为人们不理解我所问的是关于什么;因为只有你,只有你一个人理解我在问什么,只有你,只有你一个人理解如何回答,只有你,只有你一个人理解如何给出一个好的回答;因为一个好的回答如同一个甜蜜的吻,所罗门是这样说的。

你的约翰尼斯。

有一种精神的情欲,也有一种尘世的情欲,它们是有区别的。到目前为止,我最主要地在科迪莉娅那里培养那种精神的情欲。现在我的个人在场必须是为了另一种,其中的情绪不仅是陪伴性的,还必须是诱惑性的。这些天以来我一直在通过阅读《斐德罗篇》中关于爱的众所周知的段落为自己做准备。让我的整个存在充满能量吧,这是一个极好的前奏。毕竟柏拉图实际上是理解情欲的。

我的科迪莉娅!

拉丁语中有一句谚语说,一个专注的学生会挂在老师的嘴上。对于爱来说,一切都是画面,而作为回报,画面又会成为现实。难道我不是一个勤奋而专注的学生吗？但是你连一个词语都不说。

你的约翰尼斯。

如果不是由我来引导这段关系的发展，而是另一个人的话，那么他可能会太聪明，以至于不愿意让自己被另一个人引导。如果我去询问已经订婚的人中间的一个过来人，那么他可能会带着一种高涨的、带着情欲之大胆的口吻说：我在这些爱的姿势中寻找着恋人们在对话中谈到自己的爱时的那种声音画面，却徒劳无功。我会回答说：我很高兴你寻找过它，却徒劳无功；因为这个画面根本就不属于真正的情欲范围，即使将有趣的东西带入其中也不行。爱太过于实质，以至于无法仅仅满足于言谈；那些情欲的场景过于充满意义，不能只用言谈来填补。它们是无声的、静默的，有特定的轮廓，却又像门农巨像的音乐一样雄辩。爱神做手势，却不说话；或者说，只要他说话，那就是一种神秘的暗示，一段带有画面的音乐。那些情欲的场景总是这样，要么是雕塑般的，要么是绘画般的；但是当两人一起谈论他们的爱时，它既不是雕塑般的，也不是绘画般的。然而，那些坚定的订婚者总是从这样的闲聊开始的，这也成为连接他们健谈的婚姻关系的纽带。这种闲聊同时是他们婚姻的缘起和预言，即他们的婚姻不会缺乏奥维德谈论过的嫁妆：妻子的嫁妆就是她带来的争吵。——如果在婚姻里有什么话要说，由妻子一个人说就足够了。男人应该说话，因此他必须拥有一些力量，这些力量存在于维纳斯用来迷惑人的腰带中：对话和甜蜜的奉承，也就是

说，暗示性的话语。——这绝不意味着爱神是沉默的，也绝不意味着在对话中涉及情欲是错误的，只是因为对话本身就是情欲的，不会迷失在对人生前景等等的建设性的考虑中，而对话其实被视为情欲行为中的一种安息、一种消遣，而非最高的东西。一次这样的对话，一次这样的会谈，其本质是完全神圣的，我永远也不会变得厌倦和一个年轻女孩对话。这意味着，我可能会变得厌倦某些年轻女孩，却永远不会厌倦和某个年轻女孩对话。对我来说，这是不可能的，正如变得厌倦呼吸是一种同样大的不可能。真正让这种对话与众不同的是，沟通的展开就像植物的绽放一样。这种对话紧贴大地，没有任何真实的对象，偶然性是它运动的法则，——然而，雏菊的名称既可以指它自己，也可以指它的产物。

我的科迪莉娅！

"我的你的"，这些词语像括号一样包围着我简短信件中的贫乏内容。你察觉到括号两臂之间的距离变短了吗？哦！我的科迪莉娅！然而，正因为括号中的内容变得越来越少，内容才变得越来越充满意义。

我的科迪莉娅！

一次拥抱就是一次战斗吗？

你的约翰尼斯。

科迪莉娅通常会让自己保持沉默。那对我来说总是有价值的。她的女性天性太深沉,不会用言语上的中断来折磨别人,这是一种修辞手法,它尤其是女性特有的,当男性也同样女性化时,他一定会创造出限制性的前辅音或后辅音,而这种说话方式在这里是不可避免的。然而,有时一个简短的表达可以透露出她内心蕴含的丰富。我会在这时帮助她。那就像她用不确定的手随意地将某些线条投掷到一幅线条画中,而我站在她背后,持久地给这幅画带来某些大胆的、圆润的东西。她自己吃惊起来,然而,那幅画就像是属于她的一样。因此我留意着她,留意她的每一个偶然的言论、每一个随意抛出的词语,当我将它还给她时,它总是变成某种更有意义的东西,对她来说既熟悉又陌生。

今天我们去了一个社交聚会。我们没有交换哪怕一个词语。人们离开了餐桌;那时仆人走进来告诉科迪莉娅,有一个送信的人期望和她说话。那个送信的人是我派来的,他带来一封信,信中包含了对某个言论的暗示,而我刚才在餐桌上提出过那样的言论。我已经知道如何将那个言论混入通常的餐桌谈话中,虽然科迪莉娅坐得离我很远,但是她必然会听见它,并且误解它。那封信是为此计算好的。如果我没有成功地让餐桌谈话朝那个方向发展,我会亲自在那个指定的时间出现,为的是没收那封信。她又走了进来,不得不撒点小谎。这样的事情巩固了情欲的神秘性,如果没有这种神秘性,她无法走上我为她指示的那条道路。

我的科迪莉娅！

你是否相信，那个在梦中将自己的头靠在精灵山上的人会看到精灵女孩的形象？我不知道；但是我知道的是，当我将头安息在你的胸脯上时，我没有闭上眼睛，而是凝视着胸脯的上方，我看到了一幅天使的面容。你是否认为，将头斜倚在精灵山上的人无法镇定地入睡？我不相信这一点，但我知道的是，当我将头低垂在你的胸脯上时，它太强烈地感动着，以至于睡眠无法降临我的眼睛。

你的约翰尼斯。

骰子已经抛出。现在必须发生那种转折。我今天去拜访她时，被一个理念完全吸引住了，它完全占据了我的注意力。难怪我对她视而不见、充耳不闻。那个理念本身很有趣，也将她囚禁了起来。如果在开展这个新行动时，我在她面前表现得很冷漠，那也是不正确的。现在，当我离开以后，当那个想法不再占据她的注意力时，她会轻易地发现我和往常不一样了。她在自己的孤寂中发现了那个变化，这种发现让她远为更痛苦，产生的影响更缓慢，却更深入。她无法立即爆发出来，当爆发的机会来临时，她已经构思了如此之多，以至于无法一次全说出来，但是她总是保留着怀疑的一点残余。不安在攀升，信件停止了，情欲的滋养削减了，爱被嘲笑为一种可笑的东西。她也许会忍受一个瞬间，但是从长期来看，她无法忍受下去。她现在要使用我对她使用过的同样手段将我囚禁起来,那就是情欲的东西。

在解除订婚这一点上,每一个小女孩都是一位伟大的案例法专家;虽然学校不会专门开设课程来教导这些,但是每一个小女孩都对这个问题轻车熟路,即应该在哪种情况下解除订婚。这真的应该成为学校最后一年考试的常设任务;虽然我知道从女子学校得到的作文题目往往很单调,但是我相信在这个问题上不会缺乏交替变化,因为这个问题本身可以为女孩的聪明才智打开一片广阔的天地。为什么不以最闪耀的方式给一个年轻女孩展示她聪明才智的机会呢?或者,她在这里不正好有机会显示自己已经成熟——以至于可以去订婚了吗?我曾经经历过一个让我非常感兴趣的场景。我有时会拜访一个家庭,有一天家里的年长者们都出门了,与此同时,家里两个年轻的女儿邀请了一群朋友来喝早咖啡。她们一共有八个人,都在十六岁到二十岁之间。她们大概并没有预料到会有客人拜访,甚至肯定吩咐过女仆,拒绝让任何客人进来。然而,我还是进去了,并且清晰地察觉到她们变得有点吃惊。天知道这八个年轻女孩在一个如此庄重的主教会议上其实在讨论什么。已婚的女人们有时也聚在一起举行类似的会议。她们会在那时讨论教牧神学问题;尤其是处理那些最重要的问题:在什么情况下让一个女孩单独去市场是最合适的;在屠夫那里挂账正确,还是直接付款更正确;厨娘是否可能有一个恋人,如何让她清算掉妨碍烹饪的恋爱关系;等等。—————我在这团美丽的花簇中找到了自己的一席之地。那是在春天很早的时候。太阳派来一些零散的光线,就像预示着自己即将来临。房间本身完全保持着冬日的阴冷,正因如此,一些光线显得如此意味深长。那张桌子上散发着咖啡的香气——当时还散发着这些年轻女孩们自身的香气,她们是快乐的、健康的、盛放的;她们自由自在,因为焦虑已经让自己安定了下来,况且她们在那里又有什么好恐惧的呢?她们在某种程度上人多势众。——我成功地引起了她们的关注,我们谈论起在哪些情况下应该解除订婚。当我的目光在这些女孩们构成的花环中从一朵花飘向另一朵花时,它是这样去享受的,时而安息在一种美上,时而安息在另一种美上;外部的耳朵吞噬着由说话声构成的音乐带来的享受,内部的耳朵也从聆听她们说的话语中获得了愉悦。对我来说,仅凭一个词语,就经常足以让我对这样一个女孩的内心和她的故事有深刻的洞察。爱的道路是多么诱人啊,而研究一些女孩在这条道路上走了多远又是多么有趣啊……我持久地激发她们,向她们吹气,我的精神性和机智、在审美方面的客观都有助于让那种关系更自由,但是一切都保持在最严格的、得体的边界内。而当我们这样在对话的各种轻松区域开玩笑时,有一种可能性在那里沉睡着,仅凭一个词语,我就可以让那些善良的小女孩们陷入一种致命的窘迫。那个可能性在我的能力掌控中。女孩们没有领会到这一点,几乎没有预感到。在轻松的对话游戏中,我在每一个瞬间压制着那个可能性,正如舍赫拉莎德通过讲故事拖延死刑一样。——我时而将对话引导到忧伤的边界;时而让热情释放自己;有时诱惑她们参与一场辩证的游戏。而这个主题本身也包含着一种更大的多样性,这完全取决于她们如何去看待。我持久地带入各种新的主题。——我讲述了一个女孩的故事,她的父母用残酷的手段迫使她解除了一桩婚约。这个不幸的冲突几乎让她们眼中满含泪水。我讲述了一个男人的故事,他解除了一桩婚约,并且提出了两个理由：那个女孩块头太大了，而且当他坦白自己的爱意时，他做不到在她面前跪下。当我向他提出反对意见，认为它们显然不可能被视为充分的理由时，他回答说，它们正好足以达成我想要的目的；因为没有人能对此给出一句合理的回答——我提出了一个非常棘手的情况供大家考虑。一个年轻女孩提出了分手，因为她坚信自己和男朋友不合适在一起。那个恋人想通过确保自己有多么爱她来让她变得理性，但是她回答说：要么我们彼此适合，而且有实际上的共鸣，那么你会意识到我们彼此不合适；要么我们不合适，那么你也会意识到我们彼此不合适。看着这些年轻女孩们为领会充满谜团的这段讲话而冥思苦想，这是一种满足。然而，我清晰地察觉到，她们中间有几个人可以极好地理解这段讲话；因为在解除订婚的问题上，每一个年轻女孩都是一位案例法专家。——是呀，我实际上相信，针对在哪些情况下应该解除婚约这个问题，和魔鬼辩论会比和一个年轻女孩辩论更容易。——

今天我去拜访了她。在思绪飞速转动的同时，我立刻将对话转移到昨天我曾经和她一起讨论过的、占据过她注意力的同一个话题上，试图再次将她带入狂喜的状态。"有一个评论，我昨天就想提出来；当我离开以后，它才浮现在我的脑海中！"我成功了。当我和她在一起的时候，她会享受听我说话；当我离开以后，她可能会察觉到自己被欺骗了，察觉到我改变了。通过这种方式，我套现了自己的股份。这种方式尽管是狡狯的，却非常适合达成意图，就像所有间接的方法一样。她可以很好地向自己解释，我谈论的某件事情可以占据我的注意力，甚至在这个瞬间她自己也会感兴趣，然而，我从她那里将真正情欲的东西骗到了手。

让她们痛恨我吧，只要她们恐惧我就行，就像只有痛恨和恐惧是互相关联的，而害怕和爱彼此根本无关，难道不是恐惧让爱变得有趣吗？当我们拥抱大自然时，用的是一种什么样的爱啊，难道其中没有一种神秘的焦虑和畏惧吗？因为它美丽的和谐让自己从无序和混乱中诞生，它的安心由不忠组成。然而，正是这种焦虑最能囚禁一个人的心。当爱变得有趣时也是如此。在它的背后，应该孕育着深沉的、充满焦虑的黑夜，爱之花就是从黑夜中绽放出来的。白睡莲就是如此，它的花朵在水面上安息，思绪却焦虑地让自己突然沉入深沉的黑暗，它的根就在那里。——我已经察觉到，她在给我写信时，总是称我为"我的"，却没有勇气当面对我说。今天我恳求她这样称呼我，尽可能含蓄却又带着情欲的温暖。她开始这样称呼我，带着一种讽刺的眼神，比让她自己正常地说出更简短、更迅速，足以让她做不到这样称呼我，尽管我的嘴唇使用所有能力去鼓励她。不过那种情绪是正常的。

她是我的。我没有像习俗和常规规定的那样向众星倾诉这一点……我真的不明白这个消息怎么会占据那些遥远行星的注意力。我也不会向任何人倾诉这一点，甚至不会向科迪莉娅倾诉。我只为自己独自保留着这个秘密，我对自己的内心低声耳语，正如它深深地藏在我和自己进行的那些最神秘的对话里。来自她那边的抵抗并不是特别强烈，相反，她展现出的情欲能力是值得赞叹的。当她陷入这深沉的激情时是多么有趣、多么伟大啊，几乎是超自然的！当她要逃避的时候，她是多么柔韧又多么灵活地让自己无处不在地潜入啊，只要她发现一个不设防的点！一切都在运动中；但是，在很多元素的嘶嘶声中，我正好找到了自己的元素。然而，她本人在这种动荡中仍然显得很美,各种情绪没有被撕裂,也没有在各个时刻分崩离析。她始终是一位从水中升起的阿芙洛狄忒,只是她并不是在天真的优雅中或无忧无虑的安宁中升起,而是被爱的强烈脉搏感动着,同时她仍然是统一的、平衡的。她完全武装好了,准备投入情欲的战斗,她用眼睛的箭矢、眉毛的命令、额头的神秘、胸部的雄辩、拥抱的危险诱惑、嘴唇的祈祷、脸颊的微笑、整个身姿甜蜜的渴望去战斗。她内心有一股力量、一种能量,就像她是一位女武神一样,但是这种情欲的强大力量又被渴求导致的某种特定的虚弱缓和了,后者从她身上散发出来。——她不能太长久地停留在这种尖锐的状态里,只有焦虑和不安才能让她在那里站稳,并阻止她倒下。面对内心这样的由盛而衰的各种运动,她很快会觉得订婚太狭窄、太束缚了。她自己成为那个引诱我超越常规边界的诱惑者,这样,她会让自己意识到这一点,而这对我来说是头等大事。

现在,她那边出现了不少言论,表明她对这桩订婚感到厌倦。它们并没有不被注意地从我的耳边溜走,耳朵是我行动中的侦察兵,在她的灵魂中为我传递启示性的暗示,而那些暗示是我用来将她编织进我的计划的线头。

我的科迪莉娅!

你抱怨订婚,你觉得我们的爱不需要外在的束缚,而订婚只会成为阻碍。由此我立刻认出了我出色的科迪莉娅!说实话,你让我很赞叹。我们的外在结合不过是一种分离而已。现在还有一道墙将我们分开,就像将皮拉姆斯和提丝贝分开一样。*人类的知情仍然会干扰我们。只有在对立中才有自由。当没有任何陌生人预感到我们的爱时,那时爱才第一次有了它的意义;当任何不相关的人都认为一对恋人在彼此憎恨时,那种爱才是幸福的。

你的约翰尼斯。

———◆———

订婚的束缚将很快被打破。她自己就是那个松开束缚的人,如果可能的话,她通过给我松绑将我更紧地囚禁起来,就像那些飘扬的发丝和束起来的发丝相比,更能囚禁一个人的心。如果我解除订婚,那么我就会错过那种情欲的致命跳跃,它看起来如此诱人,也是一个如此确信地显示她灵魂之大胆的标志。那是我的头等大事。此外,整件事情还会给我带来一部分和别人相关的、让我不舒适的结果。我会变得不受欢迎,被人憎恨、厌恶,尽管这不公平;因为对很多人来说,这样做会有多大的好处呢?有很多娇小的处女虽然缺乏订婚的经历,却总是会对自己曾经和订婚这件事情接近感到完全满意。然而,这总归是些什么吧,尽管我要真诚地说,它如此之少,因为当你这样推动自己以期望自己榜上有名时,你正好名落孙山,你越是往上爬,越是走得远,就越没有期待。在爱的世界里,资历原则对晋升和提拔并不适用。此外,这样一个娇小的处女厌倦了坐在单调的人生中,她渴望发生一件能够触动自己人生的事情。

---

* 出自古罗马诗人奥维德的《变形记》。皮拉姆斯与提丝贝的父母反对两人的婚事,于是他们借着隔开两家人的墙上的缝隙倾诉衷肠。

但是，有什么事情能比得上一个不幸的爱情故事呢，尤其是当她可以如此轻松地对待整件事情时。所以，她让自己和旁人自欺欺人地认为，她也在那些受骗者之列，而由于她没有资格进入抹大拉修道院，所以她泪水婆娑地在旁边安顿了下来。所以，她完全尽着最大的责任感憎恨我。此外，还有一部分人被另一个人完全地、一半地或三分之二地欺骗了。在这个阶层中，有很多不同程度的人，从那些有一枚戒指作为依恋的人，到那些在队列舞中通过一次随意的握手就谈婚论嫁的人。他们的伤口因为新的痛苦撕裂了。我将她们对我的憎恨当作一种额外的赠品。不过所有这些憎恨者，自然也是很多暗恋我的这颗可怜之心的人。一个没有土地的国王是一个可笑的人物；而在一个没有土地的王国中，一群继承者在打继任战争，这甚至超过了最可笑的事情。因此，我其实应该被美女爱慕和照料，我应该像一个救助之家一样接收她们。一个现实中的订婚对象，他毕竟只能看护一个人，但是他可以供养一种这样冗长的可能性，也就是说，差不多可以量力而为地供养那么多人。我将免除所有这些无限的废话，而且我同时有这样的好处，我以后可以扮演一个全新的角色。那些年轻女孩们为我哀悼、为我怜悯、为我叹息，我会以完全同样的音调回应她们，通过这种方式，我也可以捕捉到一些猎物。

够奇怪的，这段时间我痛苦地注意到，我获得了贺拉斯期望每一个不忠实的女孩都有的那个标志——一颗黑牙，而且是一颗黑的门牙。我是多么迷信啊！那颗牙齿对我来说真的是一种干扰，我不喜欢关于它的任何暗示，它是我的一个软肋。当我在其他地方全副武装时，连这里最大的蠢货也能给我致命的一击，只要他碰到那颗牙齿，伤害就比他想象得更深。我竭尽全力想让它变白，却徒劳无功；我像帕尔纳托克一样说：

> 我不分昼夜地擦拭它。
> 却无法消除那黑色的阴影。

毕竟人生包含着极其多的充满谜团的事情。这样一个小小的情形比最危险的攻击、最难堪的场景更能干扰我。我要将它拔出来，但是这会干扰我的器官和我的发声能力。然而，我要将它拔出来，我要让人给我装上一颗假牙；也就是说，它对世界来说是假的，黑色的东西对我来说都是假的。

科迪莉娅反对那桩订婚，而这是一件我求之不得的事情。婚姻是且继续是一项值得尊敬的制度，尽管它有一些无聊的东西，它在自己的青春期就享受到了在老年才能获得的一部分尊重。相反，订婚是一种真正的人类发明，这样的发明如此有意义却又如此可笑，一方面，一个年轻女孩在激情的旋涡中对订婚饶有兴致是完全合理的，但是另一方面，她也能感觉到订婚的意义，感觉到自己灵魂的能量就像一种更高级的血液系统，它在当下无处不在地遍布于自己的身体中。现在的关键是要这样去引导她，让她在大胆的飞翔中失去婚姻，并且绝对地失去对现实大陆的视野，让她的灵魂因为骄傲和同样程度的焦虑失去我，摧毁一种不完美的人类形式，匆忙地追求高过普通人的东西。然而，在这方面，我不需要去恐惧，因为她在人生道路上的步伐已经如此飘忽和轻盈，以至于她已经在很大程度上失去了对现实的视野。此外，我持久地在船上，总是可以扬起船帆。

对我来说，女人是且继续是一种无限的思考素材，是永远过剩的观察对象。在我看来，那个没有感觉到需要这种研究的人，他可以在这个世界上做任何人，但是有一种人他做不了，即他成为不了审美者。那正好是通过审美才能去研究的荣耀的东西、神圣的东西，而审美只和美的东西有关系；审美在本质上只跟美文和美女有关系。想到女性的阳光以一种无限的多样性辐射出去，将自己散布在一片语言的混乱中，每一个单独的女人都拥有女性的全部丰富性的一小部分，然而她身上其余的一切都围绕这一点和谐地组成她自己，这让我和我的心感到欣喜。从这个意义上，女性之美可以无限地细分下去。只是一定要和谐地控制美的某些部分，否则就会产生干扰，人们会想起，大自然在这个女孩身上想到了一些东西，却没有实现。我的目光永远不会厌倦于匆匆掠过这种边缘的多样性，匆匆掠过这些女性之美传播的气息。每一个点都有它小小的一部分，但是自身是完整的、幸福的、快乐的、美丽的。每个女性都有自己的特点：愉快的微笑；顽皮的眼神；有吸引力的眼睛；低垂的头；自由自在的心灵；静默的忧伤；深沉的预感；预示的忧郁；尘世的乡愁；那些难以言表的触动；那对招手的眉毛；爱提问的双唇；神秘的额头；诱人的鬈发；遮住眼眸的睫毛；天堂的骄傲；尘世的害羞；天使般的纯洁；神秘的脸红；轻盈的步伐；可爱的飘浮；渴求的姿态；充满渴望的梦；无法解释的叹息；苗条的体态；柔软的身材；丰满的胸脯；圆润的臀部；小小的脚；精致的手。——每个女性都有属于她的特点，一个女孩没有的特点，另一个女孩却有。当我反复地看、反复地观察这个世界的多样性，当我微笑、叹息、奉承、威胁、渴望、诱惑、嬉笑、哭泣、希望、恐惧、赢得、失去以后——那时我合上折扇,将分散的东西合而为一,将很多部分组合成那个整体。当我的灵魂欢喜时,我的心儿在跳动,我的激情燃烧了起来。这个唯一的女孩,这个在全世界独一无二的女孩,她必须属于我,她必须是我的。让上帝保留天堂吧,只要我一定能保留她。我清楚地知道自己选择了什么,这个选择是如此伟大,以至于连天堂本身也不会甘心这样分割,因为如果我保留她,天堂还剩下什么呢?那些虔诚的穆斯林会在他们的希望里感到失望,那时他们在乐园里拥抱的是苍白的、无力的阴影;因为他们找不到温暖的心,因为所有心的温暖被聚集在她的胸脯里;他们会感到绝望,那时他们发现的是苍白的嘴唇、暗淡的眼睛、死气沉沉的胸脯、一次贫乏的握手;因为所有嘴唇的红晕、眼睛的火焰、胸脯的不安、握手的承诺、叹息的隐约感觉、亲吻的封印、触摸的颤抖、拥抱的激情——一切——一切都在她身上统一起来,她在我身上挥霍了够一个世界享受的东西,既在此世,又在来生。因此,我经常思考这个问题;而每次当我这样思考的时候,我总是感到温暖,因为我想象她是温暖的。虽然人们通常设想温暖是一个好的标志,但是这并不意味着人们会承认我的思维方式配用这个光荣的谓语:坚实。因此,现在为了交替变化,我冷漠地思考她的冷漠。我将尝试以范畴化的方式去思考这个女人。我应该在什么范畴下领会她呢?必须将她领会为"为了别人的存在"。然而,不应该从负面的意义来理解这一点,就好像它是指她为我存在,此外,她也为另一个人存在。在这里,就像总是在抽象思考中一样,我要让自己摒弃对经验的每一个考虑;否则在当前的情况下,我得到的经验会以一种奇怪的方式既对我有利,又对我不利。

经验在这里就像在其他所有地方一样是一个奇怪的角色，因为它的本质总是既有利又不利。从另一方面来看，我们不应该让自己被经验干扰，经验告诉我们，真正为别人存在的女性是罕见的，因为大多数女性对自己或别人来说毫无意义。她和整个大自然、和整个女性世界绝对地共享这个范畴。因此，整个大自然就是为了别人的存在，不是在目的论的意义上意味着大自然的某些部分是为了另一部分而存在，而是整个大自然都是为了别人的存在——都是为了精神的存在。因此这一点又适用于个体。例如，植物的一生以其天真的方式展示着隐藏的优雅，并且只是为了别人的存在。同样，一个谜语、一个填字游戏、一个秘密、一个人声等，也只是为了别人的存在。由此也可以让我们解释，为什么上帝在创造夏娃时让亚当陷入了沉睡中；因为女人是男人的梦。从那个故事中，我们也以另一种方式学习到，女人是为了别人的存在。据说，耶和华取了亚当的一根肋骨。如果举一个例子，他取的是亚当的大脑，女人可能还继续是为了别人的存在，但是她的命运并不是要成为男人大脑的一个幻影，而是成为完全不同的另一种东西。她成了血肉之躯，正因如此，她正好完全符合大自然的命运，而大自然在本质上是为了别人的存在。只有在爱的触摸下，她才醒了过来，在那之前她只是梦。但是在这个梦的存在中，我们可以区分两个阶段：在第一个阶段，爱梦见了她，在第二个阶段，她梦见了爱。

作为为了别人的存在，女人以纯洁的贞操为标志。贞操即一种存在，因为就其为了自身而存在来说，它其实是一个抽象概念，只是为了别人才让自己显现。同样的道理也适用于那种女性的无邪。由此，我们可以说，在这种状态下，女人是隐形的。众所周知，并不存在关于维斯塔女神的任何画面，这位女神最接近于标志着真正的贞操。也就是说，因为这种存在很嫉妒自己在审美上的存在，就像耶和华在伦理上一定不允许关于自己的任何画面甚至对画面的想象存在。这就是那种矛盾，为了别的东西存在的东西并不存在，正如只有通过别的东西，它才能第一次变得可见。从逻辑上看，这种矛盾是完全合理的，懂得逻辑思考的人不会被它干扰，却会为它感到快乐。相反，那些不懂逻辑思考的人会让自己幻想，他们认为，为了别人的存在在其最终的意义上对我来说是举足轻重的，就像人们说起的一个简单的事物一样。

这个女性的存在（"存在"这个词语已经说得太多了，因为她并非自我独立存在的）被正确地描述为优雅，这个表达方式会让人记起植物的生命；她就像一朵花，就像诗人喜欢说的那样，甚至她内心的精神也以一种植物的方式存在。她完全受制于自然定律，因此她只在审美上是自由的。在更深的层面上，只有通过男人，她才第一次变得自由，因此有所谓的求婚，因此，男人向女人求婚。当他正确地向她求婚时，就不会有任何选择的问题。女人可以很好地选择，但是如果这种选择被看作是一种长期思考的结果，那么这种选择就不是一个如此女性化的选择。因此，被一个男人拒绝是可耻的，因为相关的个体将自己放得太高了，他想要让另一个人自由，却没有成功。——这种关系蕴含着一种深刻的反讽。为别人存在的东西，看起来是占主导地位的一方：男人求婚，然后女人选择。按照女人自身的概念，她是被征服者；按照男人自身的观念，他是胜利者，然而，胜利者向被征服者低头，这是完全自然的，只有愚蠢的、愚昧的、缺乏情欲感知力的人才会让自己超越这幅直接呈现出来的画面。那也有一个更深层次的原因。也就是说，女人是实质，而男人是反思。因此，她不会毫不犹豫地选择，而是在男人求婚以后，女人才做出选择。然而，男人的求婚是一个提问，她的选择其实只是对这个提问的回答。从某种特定的意义上说，男人所做的比女人更多，从另一种意义上说，又比女人所做的无限地更少。

这种为了别人的存在，就是纯洁的贞操。如果她试图在自己为另一个存在而存在的关系中孑然一身，这种矛盾就将自己显示为绝对的独身，但是这种对比同时也显示了女性真正的存在就是为了别人的存在。与绝对的献身完全矛盾的是绝对的独身，反过来说，后者是一种隐形的抽象，它让自己打破一切，那种抽象却并未因此获得生命。女性气质现在呈现为一种抽象而残忍的特征，那种真正的贞操的脆弱性呈现为夸张的尖锐。一个男人永远不可能像一个女人那样残忍。如果我们请教神话、传说、民间故事的话，就会发现这一点得到了证实。如果要描述一个在自身的无情之中无视任何边界的自然原则，那就是某种贞操的存在。或者当我们读到一个并未受到伤害的女孩让自己的追求者们丢了生命，就像我们在所有民族的童话故事中经常读到的那样，你会感到惊骇。有一个人叫蓝胡子，他在新婚之夜杀死了自己爱过的所有女孩，但是他并没有在杀戮她们时找到快乐；相反，他的快乐在杀戮之前就已经消失了，其中蕴含着凝聚，那不是一种为了残忍本身而出现的残忍。有一个叫唐璜的人，他诱骗了她们，并且离开了她们，但是他并没有因为离开她们而感到快乐，而是因为诱骗她们而感到快乐；因此，这绝非那种抽象的残忍。

因此，当我越发思考这件事情时，我看到我的实践和我的理论是完全和谐的。即我的实践一直被那个信念浸润着,即女性在本质上是为了别人存在的存在。因此,那个瞬间具有无限的意义;因为为了别人的存在总是取决于那个瞬间。在那个瞬间到来之前,可能会经过或长或短的时间,而它一旦到来,可以这样设想,本来为了别人的存在就成为一种相对的存在,由此一切都结束了。我清楚地知道,丈夫们会说女人在另一种意义上也是为了别人的存在,对他们来说,她们是整个人生中的一切。现在我们必须让丈夫们留有余地。我其实相信,这是他们让彼此信以为真的某种东西。每一个阶层在人生中通常都会遵循某些传统的习俗,尤其是信服某些传统的谎言。上述无稽之谈一定是其中之一。让自己理解那个瞬间并不容易,那个误解它的人,自然在整个人生中获得了这样一种无聊。那个瞬间就是一切,在那个瞬间女性就是一切,我不理解它们带来的各种后果。其中也包括生孩子这个后果。现在我自欺欺人地认为自己是一个相当有逻辑的思考者,但是即使我疯了,我也成为不了思考出那个后果的男人,我根本不理解这一点,必须由一个丈夫来交代这样的后果。

昨天,科迪莉娅和我去拜访了一个家庭的夏季别墅。大部分时间,大家都待在花园里,通过各种运动打发时间。其中也包括扔圈游戏。在科迪莉娅和另一位先生玩过游戏之后,我利用那个机会接替了他,和她玩了起来。她通过游戏美化自己的尝试呈现出多么丰富的优雅啊,她还变得更诱人了!她各种动作中的自相矛盾有着何等可爱的和谐!她是多么轻盈啊——就像在草地上舞蹈!她又是多么有力量啊,让人无从抵抗,直到平衡解释了一切,她的表现是多么狂热啊,她的眼神是多么挑衅啊!对我来说,游戏本身自然是特别有趣的。科迪莉娅似乎没有注意到这一点。我对在场者们中的一个人间接地提到交换戒指这个美丽的习俗,这就像一道闪电击中了她的灵魂。从那个瞬间开始,一种更亮的光辉在整个场景之上安息,一种更深沉的意义渗透其中,一种更高的能量贯穿了她的全身。在用棍子接住了两个圈以后,我停顿了一瞬间,和周围的人交流了几句。她理解这个停顿。我又将这两个圈扔给她。不久以后,她用棍子接住了它们。她不经意地同时竖直向上扔出两个圈,这样我不可能接住它们。在这个扔圈的动作中,她使了一个眼神,它充满了没有限制的无畏。有人讲述了一个法国士兵的故事,他参加过俄国战役,他的腿由于冻伤被截肢了。就在痛苦的截肢手术结束的那一刻,他抓起断腿上的脚掌,将它扔向天空,喊道:"皇帝万岁!"她也用一个这样的眼神,比之前任何时候都更美的眼神,将两个圈扔向天空,自言自语地说:"爱情万岁!"然而,我发现让她在这种情绪下放纵,或者让她独自面对这种情绪是不明智的,因为我唯恐她出现经常随之而来的那种麻痹。因此,我让自己保持完全的镇定,通过周围在场者们的存在迫使她继续玩游戏,就像我没有注意到任何事情一样。这样一种行为只会给她更多的弹性。

如果在我们这个时代,能够期待诗人们对这样的调查有一点同情,那么我将提出这个问题:从审美的角度来思考,是一个年轻女孩更害羞?还是一个年轻女人更害羞?人们敢于承认谁拥有更多的自由?是没有知识的人?还是有知识的人?然而,我们这个严肃的时代不会被这样的问题占据注意力。在希腊,这样的调查将引起普遍的关注,整个国家都会被唤起,尤其是那些年轻女孩和那些年轻女人。在我们这个时代,人们不愿意相信这一点,在我们这个时代,人们同样不会相信的是，如果有人讲述两个希腊女孩之间众所周知的争执，以及由争执引发的极其细致的调查；因为在希腊，这样的问题不会被轻率地对待；然而，每个人都知道维纳斯因为这场争执的契机有了一个别名，而且每个人都会赞叹关于维纳斯的那幅画，它将她的形象永久地保存了下来。在已婚女人的人生中，有两个阶段是有趣的，第一个阶段是最初的青春期，第二个阶段是很久很久之后，当她垂垂老矣的时候。但是，我们无法否认，她还有一个瞬间比一个年轻女孩更可爱，更让人心生崇敬；但是这个瞬间在人生中出现时犹如昙花一现，它是想象力创作的一幅画，不需要在人生中看到，也许我们永远也看不到。我想象她那时是健康的、盛放的、丰饶的、成熟的，怀里抱着一个孩子，她的整个关注都在孩子身上，她沉迷于对孩子的观赏。这可以称为人生中最可爱的一幅画，是一个大自然的神话，因此只能在艺术中看到，而非在现实中看到。画面里也不应该有更多的人物，没有任何环境，那只会起干扰的作用。如果你来到教堂里，你可能经常会看到一个母亲用手臂抱着孩子走上前来。将搅扰的婴儿哭声抛诸脑后，将因为婴儿的哭声而对孩子的未来产生焦虑的想法抛诸脑后，那个环境已经如此干扰，以至于即使其他所有条件都是完美无缺的，效果也丧失了。如果我们看到孩子父亲的话，那将是一个巨大的错误，因为它消除了神秘的东西和施了魔法的东西，我们看到——我讲述一个恐怖的事情——父亲们严肃的合唱，我们看到——根本看不到任何东西。想象有这样一幅由想象力创作的画，它是一切画里最可爱的那一幅。我不缺乏俊俏和敏捷，也不缺乏足够的鲁莽去冒险发动一次攻击——但是，如果我在现实中看到这样一幅画的话，我会丢盔弃甲。

科迪莉娅是多么占据我的注意力啊！然而，时间很快就会过去，我的灵魂总是需要重生。我已经隐约地听见公鸡在远处打鸣。她也许也听到了，但是她相信它在宣告早晨的到来。——为什么一个年轻女孩是如此美，为什么这种美是如此短暂？想到这一点，我可能会变得完全忧郁，即这种美和我无关。享受吧，别闲聊。那些以这类思考为业的人通常根本不会享受人生。然而，这种思考的出现并不是有害的；因为这种为别人而非为自己忧伤的情绪，通常会让一个人变得稍微英俊些。有一种忧伤就像一层薄雾，它让人失望地笼罩在男人的力量之上，是属于男性情欲的一部分。与之相应，在女性那里有某种特定的沉郁。——一旦女孩让自己第一次完全沉浸其中，那么一切都结束了。我仍然带着某种特定的焦虑持续地接近一个年轻女孩，我的心跳会加速，因为我感受到她的本质中蕴藏着永恒的能力。如果面对的是一个女人，我就从来不会有这样的感觉。一个人借助艺术寻求到的一点点抵抗算不了什么。这就像在说，已婚女人的斗篷和年轻女孩不戴任何东西的头相比，会给人留下更深的印象。因此狄安娜女神一直是我的理想。这种纯洁的贞操、这种绝对的独身，总是非常占据我的注意力。然而，尽管她总是占据着我的注意力，我却总是同时对她怀有恶意的目光。也就是说，我设想她其实根本不配得到对她贞操的所有赞扬。也就是说，她知道，她在人生中的游戏依赖于自己的贞操，所以她保持着贞操。此外，我在世界的一个语言学角落里听到传言，说她对母亲将经历的可怕分娩的痛苦有一种构想。这吓退了她，对此我不能责怪狄安娜，因为根据欧里庇得斯所说的：我宁愿上三次战场，也不愿意生一次孩子。我其实不会爱上狄安娜，但是我不否认，我很想和她有一次对话,进行一次我所谓的正直的沟通。正好她一定可以让自己适应各种讥讽。在某种程度上,我亲爱的狄安娜显然在内心拥有一种知识,这让她自己比维纳斯女神远为更天真。我可不喜欢窥视浴室里的她,一点也不,但是我想通过自己的提问去窥视她。如果我偷偷去赴一个二人约会,我唯恐自己无法取胜,我会让自己准备好并武装自己,通过和她对话来激发所有的情欲精神。——

哪种场景、哪个瞬间被认为是最诱人的,这成为我经常观察的对象。回答自然取决于一个人欲求的是什么,他如何欲求以及他是怎样被培养的。我认为婚礼那天最诱人,尤其是那天的某个特定的瞬间。当她作为新娘穿金戴银,她披戴的所有华丽在自己的美丽面前都变得苍白,当血液停止流动,她自己也变得苍白,当胸脯安息,当目光迷茫,当步履蹒跚,当少女颤抖,当果实成熟;当天堂高举她,当庄严让她强大,当承诺托住她,当祈祷赐福她,当桃金娘环绕着她,当心儿颤动,当眼睛注视大地,当她隐藏在自己内心,当她不属于世界,从而完全属于世界;当她的胸脯起伏,当这个受造物叹息,当她无法发出声音,当眼泪战栗,在谜题被解释之前,当火炬被点燃,当新郎在等待——最诱人的那个瞬间,就在此时此地。很快就会太迟了。只剩下最后一步,但是这一步正好足以成为一个错误的步骤。这个瞬间使一个无足轻重的女孩也有了意义,娇小的泽林娜也成为一个对象。*一切都必须被聚集在一起,最大的矛盾在这个瞬间统一在一起,如果有什么东西缺失,尤其是缺少矛

---

* 出自莫扎特创作的歌剧《唐璜》。泽林娜本是农家女且已订婚,可唐璜看上了她,几次三番勾引,最终泽林娜当着舞会上众人的面揭露了唐璜轻薄她的恶行。

或盾之一的话，那么这种场景就会立刻失去一部分诱惑的东西。有一幅众所周知的铜版画。它介绍的是一个正在做告解的孩子。她看起来如此年轻、如此无邪，以至于人们几乎为她和告解神父感到尴尬，真的，她有什么要告解的东西呢？她揭开了一丁点面纱，看着外面的世界，好像在寻找某些东西，也许通过以后的某个契机，她能够找到机会去告解，那会让她自己理解，那也不过是出于关怀的义务——关怀一下那个告解神父。这种场景真的很诱人，而且她是这个戏剧中唯一的角色，所以没有任何障碍可以阻止我们去想象这个告解发生的教堂是如此宽敞，以至于可以一次性容纳很多截然不同的传道人同时在那里讲道。这种境况真的很诱人，我对自己被置于这个背景中并没有任何意见，尤其是在小女孩没有任何反对的情况下。然而，这毕竟仍是一个极其次要的场景，因为从两个方向来看，这个女孩都只是个孩子，所以在那个瞬间到来之前还需要时间。

在我和科迪莉娅的关系中，我是否持久地忠于我的誓约？也就是说，是否忠于我对审美的誓约？因为这是让我强大的原因，我持久地让审美的理念站在我这边。这是一个像参孙的头发一样的秘密，任何大利拉都无法从我这里夺走它。彻头彻尾地欺骗一个女孩，肯定是我没有耐心去做的事情；但是，审美的理念参与了这个行动，我行动是为了服侍审美的理念，我奉献自己也是为了服侍审美的理念，这给了我用来对抗自己的严苛，让我远离每一种被禁止的享乐。有趣的东西是否总是被保留了下来？是的，我敢于在这次秘密的对话中自由而公开地说出这一点。订婚本身之所以有趣，正是因为它没有给出人们通常理解的有趣的东西。它之所以保留了有趣的东西，正是因为外在的表象和内在的生命之间有矛盾。如果我曾经和她有秘密的联系，那么这只是一次方意义上的有趣的东西。相反，将之提升至二次方，到那时对她来说才是一次方的有趣的东西。订婚破裂了，但是是通过她亲自解除了它，为的是让她自己升入更高的领域。事情就应该是这样；也就是说，那将是最占据她注意力的有趣的东西的形式。

9月16日

束缚断裂了，她充满了渴望、强大、大胆、神圣，她就像一只鸟儿一样飞翔，现在她才第一次获得展开翅膀的许可。飞吧，鸟儿，飞吧！说实话，这种带着国王之风的飞翔是一种对我的摒弃，那将会给我带来无限的、深沉的痛苦。就像皮格马利翁的恋人再次变成了石头一样，对我来说也是如此。我让她变得轻盈，就像一个思绪一样轻盈，现在我的思绪却不再属于我！这将让我感到绝望。在一瞬间之前，这并没有占据我的注意力，在一瞬间之后，这也不会让我忧虑；但是此刻——此刻——这个此刻对我来说是一种永恒。但是她并没有从我这里飞走。那么飞吧，鸟儿，飞吧，骄傲地振翅高飞，滑翔着穿过柔软的空气王国，很快我就会和你在一起，很快我会和你一起隐藏在深沉的孤寂中！

姑妈对这个消息有些震惊。然而，姑妈的思想太过自由，以至于不会强迫科迪莉娅，尽管我一方面为了进一步哄科迪莉娅入睡，另一方面为了戏弄科迪莉娅，我曾经试图让姑妈对我感兴趣。此外，虽然她对我显示出高度的同情，但是她并没有预感到我有多么充分的理由拒绝她的所有同情。

她得到姑妈的允许去乡下躲一段时间，她将拜访一个家庭。确实非常幸运，她无法立即沉浸在情绪的极端状态中。在外界的各种阻力下，她还会保持一段时间的紧张状态。我通过信件和她保持着一种微弱的沟通，这样我们的关系重新恢复了生机。现在她必须以任何方式变得强大，尤其是最好让她在偏激地蔑视人们和普通事物时经历几次摇摆。当她启程的那一天到来时，她会遇到一个可靠的小伙子，他就是马车夫。我信赖有加的仆人会在城门外和他们会合。他会跟随她到目的地，待在她那里，为她献殷勤，在必要的时候帮助她。除了我自己以外，我认识的人里面没有任何人比约翰更适合这个任务。我已经尽可能如此有品位地在那里安排了一切。那里一应俱全，任何能够用于迷惑她灵魂的方式，以及让她在一种丰饶的安乐中安抚灵魂的方式，都不会缺乏。

我的科迪莉娅！

到目前为止，某些家庭的火警声还没有在卡比托利欧城市战争的一场通常的混乱中统一起来。* 你可能已经不得不忍受一些单个的独奏。想象一下所有的添茶小弟和倒咖啡的女士齐聚一堂；想象一下有一个女士是一把手，她想和克劳狄笔下的那位不朽的总统拉斯

---

* 指当高卢人即将占领罗马卡比托利欧山时，鹅叫声吵醒了山上的驻军。

平起平坐，你就有了一幅画面、一个构想和一个尺度，即你失去了什么，还有你在谁那里失去了好人的声誉。

　　随信附上描绘拉斯总统的那幅著名的铜版画。我无法单独买到它，因此我买下了克劳狄的整本书，我撕下这一页，然后扔掉其余的部分；因为我怎么敢在此刻用对你没有任何意义的礼物打扰你呢？我怎能不竭尽全力地提供哪怕只能在此刻让你舒适的东西呢？我怎么会允许更多的东西掺杂进一个场景，而这些东西并不属于它呢？大自然以及在人生中被无限的关系束缚的人，会有这样一种烦琐，但是你，我的科迪莉娅，你将在自己的自由中憎恨这种烦琐。

你的约翰尼斯。

　　然而春天毕竟是让自己坠入爱河的最美的时候，夏末是实现自己的希望的最美的时候。夏末有一种忧伤，它和实现一个期望的想法流过心头时的那种感动是完全对应的。今天我亲自去了那个乡间别墅，几天后科迪莉娅会在那里发现一个和她的灵魂很和谐的环境。我本人并不期望参与这给她带来的吃惊和快乐，这样的情欲指示物只会削弱她的灵魂。然而，当她独自一人时，她会沉浸其中，无处不在地看到各种暗示和提示，看到一个施了魔法的世界，但是如果我站在她的身边，这一切都会失去意义，因为它会让她忘记，对我们来说，一起享受某种有意义的东西的时刻已经过去了。那个环境一定不能让她的灵魂麻醉，而应该让她的灵魂从中持久地振作，因为和将来有意义的事情相比的话，她会忽略那个环境，将它视为一

个游戏。我本人打算在剩下的日子里更频繁地拜访这个地方，从而让自己保持在那种情绪里。

我的科迪莉娅！

现在我真正称你为我的，尽管没有任何外在的标志让我记得拥有你。——很快我将真的将你称为我的。当我用双臂紧紧地拥抱着你，当你将我编织进你的拥抱里时，我们不需要任何戒指来提醒我们属于彼此，因为这种拥抱难道不是一枚戒指吗？这种拥抱比一个标志更多。这枚戒指越是紧紧地环绕着我们，就越是让我们结合在一起后不可分开，我们就越是自由，因为你的自由在于你是我的，就像我的自由在于我是你的。

你的约翰尼斯。

我的科迪莉娅！

阿尔菲俄斯在狩猎时爱上了仙女阿瑞斯托萨。她不愿倾听他的求爱，而是持久地逃离他，直到在奥提伽岛被变成了一眼泉水。阿尔菲俄斯为此伤心欲绝，自己也变成了伯罗奔尼撒的埃利斯的一条河流。然而，他并没有忘记自己的爱，而是让自己在海底和那眼泉水汇合在一起。变形的时代已经过去了吗？回答：爱的时代已经过去了吗？我应该用什么来比喻你纯洁的、深沉的灵魂呢，它和世界没有任何联系,它的外表就像那一眼泉水吧?难道我没有告诉过你,我不就像一条爱上你的河流吗?我和你分离了,现在,难道我不能冲入海底和你汇合吗?我们会在海底再次相遇,因为只有在那样深的地方,我们才第一次真正地属于彼此。

你的约翰尼斯。

我的科迪莉娅!

很快,很快你就是我的了。当太阳闭上它探寻的眼睛,当历史过去而神话开始时,我不仅将斗篷披在身上,而且将黑夜像一件斗篷般披在自己身上,我匆忙地奔向你,并且通过聆听找到你,我聆听的不是你的脚步声,而是你的心跳声。

你的约翰尼斯。

在这些日子里,当我无法亲自如愿地在场、在她那里时,有一个想法搅扰着我,那就是她会在一些瞬间突然想到未来。到目前为止,她从未想过这一点,因为我太清楚地知道,如何用审美的手段让她陶醉。没有什么比关于未来的闲聊更缺乏情欲的了,本质上的原因在于,我们没有任何东西可以填满当下的时间。只要我在场,我也就不会恐惧这样的事情,我一定会让她同时忘记时间和永恒。如果一个人无法在这个程度上和女孩的灵魂产生联络,那么他永远

不要让自己参与迷惑她的行为，因为这样做不可能避免两块礁石，关于未来的问题以及洗礼前的信仰盘问。由此，完全合理的是，玛格丽特在《浮士德》中对浮士德进行了这样一次小小的考验，他粗心地暴露了自己的骑士精神，而面对这样的攻击，一个女孩总是全副武装的。

现在我相信一切已经为迎接她而准备妥当；她不会缺乏机会去赞叹我的记忆力，或者更确切地说，她不会有时间去赞叹。我没有忘记对她有意义的任何东西，相反，我没有放置那些会让她记起我的东西；我无处不在地、隐形地在场。然而，其效果在很大程度上取决于她第一次看到它时有怎样的感觉。在这方面，我的仆人已经收到了最精确的指示，他在接受指示方面是一个完美的行家。当他被下达指令时，他知道如何偶然地、漫不经心地抛出一个评论；他知道如何装作无知，总之，他对我来说是无价的。——房子的地理位置正好是她期望的那种。如果她坐在房间的正中间，她可以看向两边，跨越任何前景，她在两边都有无限的视野，她独自处于广阔天空的海洋中。当她走近一排窗户时，远处的地平线上有一片森林，它就像一个花环，限制和封闭了视野。事情就应该如此。爱所爱的是什么？——一个封闭的地方；难道伊甸园本身不是一个由东方的小山封闭起来的地方吗？——但是那个圆圈太过紧密地让自己环绕着亚当——她可以看到一个水面静止的内陆湖谦卑地隐藏在那个更高的环境之间——湖边停着一只船。她心儿的充盈发出了一声叹息，她思绪的不安吐出了一口气——它从固定的地方松开自己，向前滑过湖面，轻轻地被难以言喻的渴望的微风吹动着；她消失在森林神秘的孤寂中，被湖面摇曳着，而湖面梦见了森林深沉的黑暗。——如果她转向另一边的话,海洋会在眼前展开,任何东西都阻挡不了目光,而目光被思绪追逐着,没有任何东西留在这里。——爱所爱的是什么?无限。——爱恐惧的是什么?——边界。——在大厅里有一个较小的房间,或者更确切地说,那是一个隔间,因为在瓦尔家的那个房间正处于变成这个房间的过渡阶段。两个隔间让人失望地相似。一张柳条编织的地毯覆盖着地板,沙发前站着一个小茶几,上面放着一盏和瓦尔家里一样的灯。一切都一样,只是更华丽。我敢于允许自己对这个房间做出这样的改变。在大厅里有一架古钢琴,非常简约的一款,但是它可以提醒她想起詹森家的那架古钢琴。钢琴盖打开着。谱架上放着那首小小的瑞典咏叹调的乐谱,它也打开着。通往门厅的门半开着。她从背景中的那扇门走了进来,约翰已经得到了那个指示。她的目光落在隔间和古钢琴上,回忆在她的灵魂中醒了过来,就在同一个瞬间,约翰打开了门。——幻觉是完美无缺的。她走进那个隔间。她很满意,我坚信这一点。当她的目光落在桌子上时,她看见了一本书;约翰立即拿起那本书,似乎要将它搁到一边,顺便不经意地加了一句:"这本书肯定是先生今天早上来这里时忘记带走的。"因此,首先她知道我今天早上已经来过这里,其次她会想看看这本书。它是阿普列尤斯的那本众所周知的《爱与灵魂》的德语译本。那不是什么诗歌作品,它也不需要是;因为如果向一个年轻女孩提供一部真正的诗歌作品的话,就好像在这样的瞬间她自己还不够诗意,无法直接从现实中吸收隐藏的诗意,而那种诗意并没有首先被别人的思绪消耗掉。人们通常不会想到这一点,不过事实确实如此。——如果她想要读那本书的话,那么放置它的意图就达到了。——当她打开那本书,翻到我上一次读到的地方，会发现一小枝桃金娘，她同时会发现那不仅仅是一枚书签，它还稍微地意味着更多的东西。

我的科迪莉娅！

　　你在恐惧什么呢？！当我们合为一体时，我们就是强大的，比世界更强大，比诸神本身更强大。你知道的，曾经有一个种族生活在地球上，他们虽然是人类，但是每个人都足够自足，而且没有认识到爱的深切结合。然而他们是有力的，如此有力，以至于他们要攻击天界。朱庇特恐惧他们，于是将他们一分为二，变成一个男人和一个女人。有时会发生这样的事情，曾经合为一体的东西在爱中又再次结合了，那么这样的一种结合会比朱庇特更强大；他们不仅像从前作为个体时一样强大，而且会变得更强大，因为爱的结合是一种更高层次的结合。

你的约翰尼斯。

9月 24日

　　夜是静默的——时钟指向零点差一刻——城门口的猎人朝乡下吹响了自己的号角，它在漂白场产生了回响——他走进大门——他再次吹响了号角,它在更远处产生了回响。——一切都平安地入睡了,只有爱没有睡着。那么,爱的各种秘密的能力啊,请你们启程吧,请你们在这个胸脯里聚集吧!夜是沉默的——一只孤独的鸟儿用它的尖叫和翅膀的拍打打断了这种沉默,它顺着布满露水的草地滑下冰川的斜坡;它也在赶赴一场二人约会——我接受预兆!——整个大自然是多么有预兆性啊!我从鸟儿的飞翔和它们的尖叫声、从鱼儿自由自在地拍打水面又消失在水深处、从远处的一声狗叫、从远处一辆马车行驶时的声音、从远处回响的脚步声得到了这个预兆。在这夜晚时分,我看不见幽灵,看不见已经存在过的事物,但是我看见了将要到来的事物,它们在湖水的怀抱中、在露水的亲吻中、在弥漫大地的雾气中,而这雾气将自己丰富的怀中物都隐藏了起来。一切皆是画面,我自己就是关于自己的一个神话,因为我匆匆赶赴这场约会难道不像一个神话吗?我是谁对这件事情无关痛痒;一切有限的、暂时的东西都被我遗忘了,只有永恒的东西存留于心,即爱的能力、爱的渴望、爱的极乐。——我的灵魂就像一张紧绷着的弓,各种思绪像箭矢一样在我的箭袋里准备就绪,它们没有毒,却真的有能力让自己成功地融入她的血液。我的灵魂是多么有力、健康、快乐啊,就像神明一样存在。——大自然将美丽赐给了她。我感谢你,神奇的大自然!您像一位母亲一样照看她。感谢您的关怀!她纯洁无瑕。我感谢你们,感谢你们这些人,她欠你们的。她的发展是我的作品——我很快就能享受自己的报酬了。——为了那个唯一的瞬间,我收集了多么繁杂的东西啊,而它现在将要到来。如果我和它擦肩而过,那么我就会死亡,并且下地狱!——

我还没看见自己的马车。——我听见了一声鞭响,那是我的马车夫甩出的。——我们不顾死活地驾着马车赶到那个地点吧,就算马儿倒下也无妨,只要它没有在我们赶到的前一秒倒下。

9月25日

为什么这样的夜晚不能更长一些呢?如果阿勒克特里翁可以让自己无意地忘记,* 为什么太阳不能足够同情地做到这一点呢?然而,现在那件事已经过去了,我期望永远不再见到她。当一个女孩将一切都交出去时,那时她是脆弱的,她已经失去了一切;因为对男人来说,无邪是一个否定的元素,而对于女人来说,无邪是她的本质的核心。现在一切抵抗都是不可能的,只有当抵抗存在时,去爱才是美丽的东西,当抵抗停止时,爱就变成了脆弱的、习惯的东西。我不期望回忆起我和她的关系;她已经失去了芳香,那些时光已经过去了,那时,因为不忠的爱人对一个女孩造成痛苦,她变成了一棵向日葵。我不愿与她告别;没有什么比女人的哭泣和祈求更让我憎恶的了,它们可以改变一切,却其实毫无意义。我曾经爱过她;但是从现在开始,她再也无法占据我的灵魂的注意力。如果我是一个神明,我会对她做涅普顿对一位仙女做过的事情,即将她变成一个男人。

然而实际上值得去知道的是,我是否有能力以这种方式成功地

---

* 在古希腊神话中,阿勒克特里翁是战神阿瑞斯的仆从。阿瑞斯和美神阿芙洛狄忒偷情时让阿勒克特里翁放哨,但他睡着了,致使偷情的二人被阿芙洛狄忒的丈夫发现。

写出一个女孩，让她变得如此骄傲，以至于她自欺欺人地认为是自己厌倦了那段关系。这可以成为一个相当有趣的续篇，它在本质上可以拥有心理学方面的兴趣，而且我可以借助很多的情欲上的观察，将这个角色鲜活地塑造出来。

译后记

我们在重庆解放碑打望

田王晋健 / 文

我的目光永远不会厌倦于匆匆掠过这种边缘的多样性，匆匆掠过这些女性之美传播的气息。每一个点都有它小小的一部分，但是自身是完整的、幸福的、快乐的、美丽的。每个女性都有自己的特点：愉快的微笑；顽皮的眼神；有吸引力的眼睛；低垂的头；自由自在的心灵；静默的忧伤；深沉的预感；预示的忧郁；尘世的乡愁；那些难以言表的触动；那对招手的眉毛；爱提问的双唇；神秘的额头；诱人的鬈发；遮住眼眸的睫毛；天堂的骄傲；尘世的害羞；天使般的纯洁；神秘的脸红；轻盈的步伐；可爱的飘浮；渴求的姿态；充满渴望的梦；无法解释的叹息；苗条的体态；柔软的身材；丰满的胸脯；圆润的臀部；小小的脚；精致的手。——每个女性都有属于她的特点，一个女孩没有的特点，另一个女孩却有。

——诱惑者约翰尼斯

2023年12月中旬，应重庆侨联的邀请，我参加了为期三天的"创业中华——世界名校'侨'重庆"活动。白天我和嘉宾们参观了重庆的许多新兴园区和开发区，切身地感受到这是一座正在腾飞的城市；晚上我在酒店里处理译稿——早在两年前，我就考虑采用重庆方言中的"打望"一词，给《诱惑者日记》起一个全新的书名——巧合的是，这部小说的初译稿诞生于短暂的重庆参访期间。之后我又用了两个月的时间耐心地将其校对了一遍，在除夕这一天终于交出了终稿。

一、作为"远距离行动"的"打望"，其本质是"留一手"

诱惑者约翰尼斯是一个不折不扣的打望者，他游走于19世纪上半叶哥本哈根的大街小巷，不少人会为城市中的各种奇观流连忘返，而他喜欢津津有味地在街头打望美女或者波德莱尔所称的陌生女郎——尽管波德莱尔为现代性下了一半是永恒、一半是瞬间的定义，但是诱惑者约翰尼斯比波德莱尔提前几十年就体会到了都市中的现代性。在诱惑者约翰尼斯看来，"打望"是一件"有趣"的事情，将所有女人的优点都集合起来，才最接近"美"的理念。我认为重庆的这段关于"打望"的顺口溜用在他身上，真是恰如其分："打望打望，至高无上！一天不打望，心头憋到慌。两天不打望，视力要下降。三天不打望，要得白内障。四天不打望，睡觉都搞忘。五天不打望，走路没方向。六天不打望，血压要上涨。七天不打望，智力也下降。八天不打望，生活都绝望。九天不打望，不是好儿郎。十天不打望，青龙山安详。"

事实上，诱惑者约翰尼斯除了在日记中记录追求科迪莉娅的过程（他第一次见到她也是源自一次打望），还展现了好几段打望的场景，比如说在门口躲雨的女孩、在展览会上焦急地等待恋人出现的女孩、在教堂聚会时手帕透露了姓名的女孩等等（如果读者们仔细阅读，会发现这样的支线有十条左右，而诱惑者约翰尼斯写给科迪莉娅的信始于小说中段之后，大概只占百分之三十的篇幅），尤其是当镜头转移到腓特烈公园中时，无数来此散步消遣的女孩就像是在进行一场大型走秀。审美者 A 在评价日记时谈到了这样的主线、支线关系，"除了关于他和科迪莉娅关系的完整信息外，日记还包含一些夹杂其中的一个又一个简短的描述。在这样的描述出现的每一处地方，书页边缘都有一个'NB'这样的标记。这些描述和科迪莉娅的故事没有任何关系，但是它们让我对他经常使用的一个表达的含义有了一种生动的想象，尽管我以前用另一种方式来理解这个表达：'一个人应该总是将一小段绳子露在外面。'如果这本日记更早的一卷落在我的手里，我大概会遇到更多这样的事情，他本人在书页边缘的某处将其称为：远距离行动；因为他让自己透露过，科迪莉娅太多地占据了他的注意力，以至于他没有时间去看自己周围的美女。""NB"是"nota bene"的简写，意思是注意、留心。而"一个人应该总是将一小段绳子露在外面。"可以等同于人们经常说的"不要在一棵树上吊死。"，而我们的主角最终没有为一棵树放弃整片森林。

诱惑者约翰尼斯与唐璜的不同之处在于，前者以"打望""饱眼福""秀色可餐"为目的，后者以"直接与女性发生性关系"为目的，可以说，前者与柏拉图的"精神恋爱"和贾宝玉的"意淫"有类似之处。诱惑者约翰尼斯说："尽管我设法让她必然陷入我的怀抱中,就像她遵循大自然的必要那样,我努力使它达到那个地步,即是她在吸引我,同时和这一点相关的是,她不会像一副沉重的身体那样倒在我的怀抱中,而是像精神对精神产生引力那样倒在我的怀抱中。"他在精神而非肉体的意义上进行诱惑,他自比为尤利西斯:"尤利西斯并不英俊,却是个口才出众的人,这让海洋中的女神们神魂颠倒。"他还说:"有一种精神的情欲,也有一种尘世的情欲,它们是有区别的。到目前为止,我最主要地在科迪莉娅那里培养那种精神的情欲。"审美者A也清楚地看到了这一点,他写道:"我不知道他是否诱惑过更多的女孩;然而,根据他的文稿显露的东西,看来是如此。看来,他同时非常熟练地进行着另一种实践行为,那完全符合他的性格;因为他过分地精神化,以至于注定不是一个通常意义上的诱惑者。"所以,从精神的角度上说,且结合"打望"这个词的含义,将"诱惑者约翰尼斯"称为"打望者约翰尼斯"其实是极为贴切的。

二、打望与婚姻之间的冲突,以及二者的中间状态——订婚

"问世间情为何物?直教人以生死相许。"对世界上的很多人而言,爱情胜过一切;他们既不记得谁谁谁又当选了新总统,又不在意菜市场的牛肉是贵了还是便宜了;他们只熟知自己的爱情史——爱过谁,以及是怎样爱的。他们的一生围绕着爱情在打转,他们有着共同的信仰和口号:相信爱情。"总是复制这爱情/用如出一辙的模式/演相同的事无休又无止",这是王菲的情歌《影子》里的一句歌词,我想它也可以作为对《诱惑者日记》的一个恰切总结。诱惑者约翰尼斯陷入的一个泥潭或者迷宫是:他似乎爱的并不是某

个具体的异性对象,而是爱上了爱情本身,为了爱而爱。审美者 A 说:"而那些在自己的内心迷路的人,没有如此大的、可以让自己活动的一片领土;他很快就察觉到那是一个无法逃出的循环。这样,我认为结果是他将亲自按照一个可怕得多的尺度迷路。我无法想到任何比一个诡计多端的头脑在那里失去线索更糟糕的事,当时他让自己整个的聪明才智对抗自己,当良心觉醒时,涉及的是如何让自己从那种迷路中摆脱出来。尽管他有很多出口通向自己的狐狸洞,却徒劳无功,他焦虑的灵魂在那个瞬间已经相信自己看见日光照了进来,然而向他显现的是一个新的入口,这样他就像一头受惊的野兽一样寻找出口,被绝望追逐着,出口持续地出现,他却持续地发现那是入口,通过那个入口,他又回到自己的内心。"

诱惑者约翰尼斯喜欢在街头肆意地打望,与这种打望形成一种张力的是走进婚姻这件事情——因为打望面对的是多个流转的、偶然出现的对象,像猴子摘苞谷一样,摘一个苞谷,丢一个苞谷,继而又去摘新的苞谷;而婚姻要求忠于一个对象,诱惑者约翰尼斯在将精力放到"绿色斗篷"科迪莉娅身上时,他打望美女或者说远距离行动的概率明显减少。这时他面临着克尔凯郭尔所说的"非此即彼",需要在审美和伦理之间做一个抉择。在小说中,诱惑者约翰尼斯与科迪莉娅订婚了,这是他一生中离婚姻最近的一次,而订婚为何最终取消,成为一个让人困惑的问题。我们可以试着根据小说的内容进行一番揣测。"情欲"是《诱惑者日记》中一个频繁出现的词语,可以视为与"爱情"相对的一个词。无疑,"情欲"涉及两性之间的肉体关系,而"爱情"和"打望"一样,是精神性的。而订婚是处于"爱情"和"情欲"中间的一种过渡状态,也可以说,位于

"审美"和"伦理"的交叉地带,将"可能性"与"必然性"强行地捆绑到了一起,这种模棱两可、既要又要的本质恰恰是反讽(我们都记得克尔凯郭尔的博士论文为《论反讽概念》)——既然已经订了婚,情侣二人是否可以婚前同居或婚前发生性行为,提前体验婚姻?既然只是订婚而已,又没有真正结婚,那么当事人是否还可以继续"打望",有更好的选择出现时是否可以见异思迁?简言之,订婚既是"审美—打望—可能性—爱情"与"伦理—婚姻—必然性—情欲"的中间状态,又同时消解了两大阵营。

读者们可能忽略的一个关键情节是诱惑者约翰尼斯提到的"叔叔的房子","幸好我还有叔叔的房子。如果我想让一个年轻人对烟草感到厌恶,我会将他带到雷根森学院的某个吸烟室;如果我期望一个年轻女孩对订婚感到厌恶,只需要介绍她来这里就可以了。就像在裁缝行会的大厦里纯粹只有裁缝,在这里纯粹只有订了婚的人们。"按照基督教传统,婚前不可发生性行为,有的教派甚至规定婚前连牵手、亲吻都不允许。然而在雷根森学院的某个房间里,一群订了婚的年轻人在提前尝试婚姻生活,他们可以给自己找这样的理由,反正已经订婚了,提前尝试一下又有何妨,《红字》中弥漫的因性而带来的羞耻感在这里似乎荡然无存了:"我们整晚都听到一种声音,就像有人在拿着苍蝇拍在周围走动和拍打一样——那是恋人们的亲吻声。这栋房子里的人们拥有一种讨人喜欢的无拘无束;人们甚至不去寻找各种隐蔽的地方,不!人们围坐在一张大圆桌边。我也采取行动,以同样的方式对待科迪莉娅。"这里并没有交代他们是否有直接的性行为。如果将性行为分为若干等级和谱系,那么可以说唐璜的目的是直接的性行为,而诱惑者约翰尼斯追求的是暧昧状态，可能有牵手、可能有亲吻、可能有抚摸，等等。诱惑者约翰尼斯从来不会进行最后一步，即直接的性行为，正如审美者A所说的，"我可以让自己构想，他知道如何将一个女孩带到最高的那个点，并确信她愿意付出一切。当事情来到这个地步时，他就会在那时中断，在他这边不会再发生最小程度的接近，不会再抛下一个关于爱的词语，更不会再说一句表白或许一个承诺。"可以想象，一个保守的、在传统教育下成长起来的女孩一开始抗拒雷根森学院的那种放荡不羁，但是诱惑者约翰尼斯一次又一次地将她带到那里，即使她表示了反感，诱惑者约翰尼斯却依然故我，"我拥有叔叔家里的一幅讽刺画，我可以持久地将它放在她的旁边。没有我的帮助，她无法产生那种真挚的情欲。当我拒绝这样提供帮助，让这幅讽刺画折磨她时，她恐怕会厌倦订婚，她其实无法说是我让她厌倦订婚的。"这句话其实点出了订婚取消的实际原因：在这种耳濡目染下，科迪莉娅的思想观念已经发生了转变，甚至做好了献出贞操的准备，但是诱惑者约翰尼斯"拒绝提供帮助"，即拒绝发生直接的性行为。这时科迪莉娅会对订婚产生巨大的怀疑：既然那些订婚的人们可以享受肉体上的快乐，为什么约翰尼斯吊足了自己的胃口，最后却又欲擒故纵呢？说到底，还是因为他是一个精神上的诱惑者，精神上的满足远远超过了肉体上的满足，他终究无法走进婚姻，那种生活会大大削弱自己精神上的满足——他宁可在街上永远打望无数的美女，也不愿成为一个家庭里围着妻子转的"耙耳朵"。

三、借书与诱惑——《诱惑者日记》的延伸读物

诱惑者约翰尼斯在日记中谈到了借书给科迪莉娅的片段，"有时

我会为科迪莉娅高声朗读一些东西；通常来说，是一些非常无关紧要的东西。爱德华必须像往常一样拿着灯；也就是说，我已经让他注意到，借书给一个年轻女孩是他和一个年轻女孩建立联系的非常好的方式。他也通过这种方式赢得了相当多的东西；因为她真的对他很感激。赢面最多的人是我；因为是我决定了各种书的选择，并且持久地置身事外。在这里，我有一个广阔的空间来进行自己的观察。我可以给爱德华任何我想要的书，因为他无法让自己理解文学，我可能冒险，如我所愿地在任何极端的情况下冒险。"在此，我也推荐与《诱惑者日记》直接或间接相关的几本书，"借"给读者们。

1.《非此即彼》第二卷

尽管《诱惑者日记》的篇幅并不长，但是它却往往是读者接触到的第一本克尔凯郭尔写的书，继而诱惑读者阅读更多他写的书。与《诱惑者日记》直接相关的书自然是《非此即彼》的第二卷（读者也可以参考以此卷单独出版的《婚姻的审美效力》，阎嘉译，外语教学与研究出版社，2023 年），它由威廉法官写给诱惑者约翰尼斯的一封封情感真挚的信组成，这位法官虽非亲生父亲，所言却胜似亲生父亲。审美并不是无功利的，它甚至可以影响一个人的日常生活。更进一步地说，克尔凯郭尔并非像柏拉图那样，将歌颂情欲的诗人逐出理想国，他企图对歌颂情欲的诗人进行改造，让他们重新成为颂神的诗人。"诗意地生存"，是理解克尔凯郭尔《非此即彼》的关键。"此"，是审美；"彼"，是伦理—宗教。"此"是浪漫的以自我为中心的"诗意地生存"，"彼"是与伦理—宗教相关的"诗意地生存"。"此"道成肉身成为《非此即彼》第一卷中的诱惑者约翰尼斯，"彼"道成肉身成为《非此即彼》第二卷中的威廉法官。"此"

作为诗人,寄居在可能性和想象中,在现实生活中却是一个没有工作也无法步入婚姻的孤独游荡者(诱惑者约翰尼斯两次在日记中提到自己不过是个"无业游民"——"不久以后,人们将从更高的视角看待我这个卑微的无业游民。""我这里唯一无法让她忍受的一点是,我是一个无业游民。现在我已经养成了这样的习惯,每当谈到有一个职位空缺的时候,我就会说:'这正是为我准备的职位',然后极其严肃地和她讨论这件事情。");"彼"作为英雄,在自己的工作、才能、婚姻和友谊等伦理层面游刃有余。《非此即彼》的这两种立场形成了尖锐的对立。

2.《论诱惑》

波德里亚的《论诱惑》(张新木译,南京大学出版社,2011年)篇幅不长,正文却十一次直接提到克尔凯郭尔,从某种程度上说,这说明克尔凯郭尔对波德里亚的这本书或其他的书有直接或间接的影响,然而国内几乎没有学者讨论波德里亚与克尔凯郭尔的渊源。波德里亚的《论诱惑》是对《诱惑者日记》的解构与补充,将其带入了后现代情境。性解放与性革命使诱惑者约翰尼斯的雷根森学院"亲吻密室"不复存在,取而代之的是随处可见的与性有关的事物,包括色情。诱惑者约翰尼斯将丧失他诱惑的主动权,色情将使女性反制他;正如他所预想的,情欲将毁掉他的诱惑,所以他只勾起科迪莉娅的情欲,却不实践最后一步。面对色情的强势和泛滥,男性必须随时随地尽最大努力来对抗这种幻象。波德里亚认为,性解放和性革命已经使诱惑者约翰尼斯远距离行动、提防情欲的诱惑时代结束。

3.《瑞吉娜之谜》

该书全名为《瑞吉娜之谜:一部关于克尔凯郭尔的未婚妻和施

莱格尔的妻子的传记》(京不特译,商务印书馆,2023年),主编推荐语如下,"这本书与一场为西方文学和哲学带来震撼性影响的、令人心灵激荡的爱情故事有关。克尔凯郭尔1840年向瑞吉娜求婚并定下婚约,但一年后解除了婚约。这一解约一直像谜一样令人困惑不解。该书作者尤金姆·加尔夫在一个偶然的机会获得了瑞吉娜与家人之间一百多封以前不为人知的信件,从而更全面、更生动地讲述了克尔凯郭尔同瑞吉娜谜一般的恋爱关系,为读者提供了对瑞吉娜和克尔凯郭尔生活和著作的新的认识可能性。"我喜欢将克尔凯郭尔的恋人译为"蕾琪娜",她是促使克尔凯郭尔写《诱惑者日记》的直接原因,让当时的读者们认为克尔凯郭尔是一个用情不专的花花公子,从而将取消订婚导致的舆论引到他自己身上,减轻蕾琪娜的压力。而尤金姆·加尔夫目前是哥本哈根大学克尔凯郭尔研究中心的主任,在国内已出版的书还有《克尔凯郭尔传》(周一云译,浙江大学出版社,2019年)和《索伦·克尔凯郭尔:爱的物品,爱的作为》(田王晋健、杨杏译,上海三联书店,2023年)。

4.《忏悔录》

《诱惑者日记》是克尔凯郭尔最畅销和最经典的一部小说,然而它并非意在言情,而是他自己的"忏悔录",他要将自己的不堪和龌龊展现在读者面前,并且促使读者对爱情、对婚姻有所思考。我想,在世界上有许多人可能从来没有停下来反思自己的爱情和婚姻,他们在不断的试错中收获痛苦、迷茫和绝望。这部小说篇幅不长,但是它作为一个过来人的讲述,寄托了作者美好的希望,他希望读者看到诱惑者约翰尼斯的负面例子后,拥有幸福的爱情和婚姻。从这个意义上说,《诱惑者日记》是奥古斯丁的《忏悔录》的现代版本,因此，我也反对网上有的读者将诱惑者约翰尼斯称为所谓的"PUA 鼻祖"。诱惑者约翰尼斯的"打望"，其实可以与《圣经》中的某些经文联系起来，它们敌视与观看、图像有关的罪。"因为凡世界上的事，就像肉体的情欲，眼目的情欲，并今生的骄傲，都不是从父来的，乃是从世界来的。"（约壹 2：16）大卫人生中的污点——诱奸拔示巴并且找机会杀死了拔示巴的丈夫乌利亚——其实源于大卫一次偶然的"打望"，"一日，太阳平西，大卫从床上起来，在王宫的平顶上游行，看见一个妇人沐浴，容貌甚美。"（撒下 11：2）上帝对大卫的惩罚是让他和拔示巴所生的第一个孩子夭折。

5.《为什么真爱需要等待？》

《为什么真爱需要等待？》（江西人民出版社，2004 年）这本书谈到了精神之爱与肉体之爱的关系，它建议人们在婚前（包括订婚前）不要发生任何程度的性关系，否则男女双方会将焦点放在肉体之爱上，相应地，精神之爱，或者通俗地说，心灵交流的空间就被大大压缩。后果就是，陷入肉体之爱的情侣很可能最后没有走进婚姻，或者即使走进了婚姻，也很可能产生裂痕。因为如果肉体之爱是婚姻的支柱，那么当年华逝去、当更美的异性出现时，很可能会发生出轨，最终导致婚姻破裂。

6.《是真爱还是迷恋》

最后，继续推荐一本旧书《是真爱还是迷恋》（海南出版社 & 三环出版社，2000 年），它是国内出版的为数不多的谈论"迷恋"主题的书。之所以推荐这本书，是因为《诱惑者日记》中出现过的一位滑稽的配角——爱德华。他家境富裕，且有一份体面的工作，唯一的缺点是不会甜言蜜语，不懂得如何追求异性。诱惑者约翰尼斯这样描述爱德华,"爱德华现在不只在市民阶层的意义上是一个理想的伴侣,那在她眼里没有任何意义,一个十七岁的女孩并不看这个;而且他还拥有一些颇为个人的、讨人喜欢的品质,我试图帮助他,设定最有利的光线去展示这些品质。我就像一个爱打扮的女人,也像一个装潢设计师,我根据他家里的资源,尽可能引导他看起来如此理想,我有时甚至在他身上挂一点借来的饰品。"在恋爱导师约翰尼斯的帮助下,爱德华仍然没有获得科迪莉娅太多的好感,反而有点让科迪莉娅唯恐避之不及,实际上,爱德华对科迪莉娅的爱是一种迷恋,也就是"情人眼里出西施"。诱惑者约翰尼斯说:"我将他描述为一个迷恋者。爱德华根本不知道如何帮助自己,我必须将他拉出来。"通过《是真爱还是迷恋》这本书,一个人可以认识迷恋的特征和本质,避免在迷恋的沼泽里泥足深陷。

四、《诱惑者日记》与丹麦电影《伊伦嘉:诱惑的艺术》

克尔凯郭尔被誉为"后现代的先知",他对爱情、婚姻、女性问题的关注,延续到了现代丹麦社会,而丹麦电影中一个长盛不衰的话题就是两性关系。

丹麦导演比尔·奥古斯特在 2023 年 11 月推出了自己的新电影《伊伦嘉:诱惑的艺术》,影片改编自丹麦著名现代作家卡伦·布里克森的同名小说《伊伦嘉》。我倾向于将这部影片看成是《诱惑者日记》的衍生品。片名加上了"诱惑"二字,很可能是对克尔凯郭尔《诱惑者日记》的一种致敬。影片的开头,可以视为直接的致敬,男女击剑的场景让我们联想起诱惑者约翰尼斯提到的"目光如剑",他说:"您要留意,这样一个自下而上的眼神比一个直勾勾的眼神更危险。它就像击剑；有什么武器能像一只眼睛那样如此尖锐、如此有穿透力呢？它的动作如此闪耀，有什么武器像眼睛一样如此让对手失望呢？正如那个击剑手所说的，你做出高位的第四防守姿势，然后转入进攻姿势；是的，从防守转为进攻的速度越快越好。摆好架势的此刻是一个难以描述的瞬间。对手像是感觉到了那个砍击，他已经被击中了，是呀，他的感觉是真的，但是剑头落在另一个完全不同的地方，而非落在他相信的地方……"在剑尖击中对手的那个瞬间，打望者与被打望者四目相对，后者意识到前者在打望自己。大部分时候，诱惑者约翰尼斯会在打望时将自己隐藏起来，甚至他还去戈里布森林里打望互诉衷情的小情侣。但是有时候，他会故意让被打望者注意到自己在打望她，比如在教会聚会时，他让无意中透露了姓名的女孩夏洛特·汉恩羞愧难堪。另外值得一提的是，《诱惑者日记》有多次提到马车，比如日记一开头就针对女孩下马车是否会挂到衣服这个话题展开了长篇大论（有点类似于《墙上的斑点》通过一个小小的斑点展开意识流），在倒数第二篇日记里，诱惑者约翰尼斯乘坐马车风驰电掣般地赶往科迪莉娅藏匿的乡间别墅。而《伊伦嘉：诱惑的艺术》也多次出现马车的场景，有助于《诱惑者日记》的读者们了解马车的外观，而一小群人躲藏到乡间的行宫里，不正像科迪莉娅逃往乡间吗？我认为，《诱惑者日记》有不少篇幅的背景其实来自乡村、郊外，而非完全聚焦于哥本哈根的街巷，譬如这段关于躺在小船里仰望天空的描写，"我总是喜欢在一个月光明亮的夜晚躺在一只船上，它漂浮在我们的一个个让人舒心的内陆湖之上。我收起船帆、将船桨拉上来、将舵桨取下来，我如此长久地躺着，向上凝视天空的穹顶。"

影片中的几位核心人物，可以在《诱惑者日记》中找到对应的人物。第一次观赏《伊伦嘉：诱惑的艺术》时，我觉得穷困潦倒却天赋异禀的画家卡佐特简直就像诱惑者约翰尼斯本人，或者说导演请诱惑者约翰尼斯到电影中当了一回主角。"画面"这个字眼在小说中出现过五六十次，诱惑者约翰尼斯很喜欢回忆和反思通过"打望"得到的画面，他的眼睛就像一台照相机，寻找机会记录下最美丽的瞬间。比如，"我拥有的关于她的那幅画面，不确定地在她现实的形象和理想的形象之间飘浮着。我现在让这幅画面在自己面前呈现；但是正因为它要么是现实，要么是产生现实的契机，所以它拥有一种独特的魔法"。又比如，"当这四个人组合在一起时，确实构成了一幅独特的画面。如果我要想起那些熟悉的画面，那么我可能会找到一个类比，我可能会将自己想象成梅菲斯特，然而，困难在于爱德华并不是浮士德"。小说中出现了许多诙谐的或优美的画面，比如在哥本哈根顶着疾风艰难行走的人们（我在哥本哈根期间也体会到了冬天大风的威力，帽子、围巾、手套等物品可能被吹得满天飞舞）、"绿色斗篷"科迪莉娅站在湖边的一座码头桥的尽头（在克尔凯郭尔最喜欢的临近埃斯鲁姆湖的马车道边，我真的见到了一座类似的码头桥，它长十米左右，宽半米，与湖岸线呈90度）、诱惑者约翰尼斯坐在八个女孩中间侃侃而谈并让她们讨论解除订婚的话题。

伊伦嘉家教严格，父亲是一位将军，这与科迪莉娅的背景类似，"她叫科迪莉娅·瓦尔，是一个海军上尉的女儿。"卡佐特从军事的角度赞美伊伦嘉："我看见……这里有一位……年轻的女武神，在最严格的军事伦理教育下成长。"卡佐特有一次偶然偷窥到伊伦嘉在湖中洗澡，并且用画笔记录下了这个瞬间，这成为他们最终走到一起的契机。

大公夫人有点类似于小说中科迪莉娅的姑妈,她们是使诱惑发生的工具人。卡佐特利用大公夫人的权力,让伊伦嘉成为有身孕的公主的贴身玩伴;诱惑者约翰尼斯利用姑妈对农业经济的热爱,和姑妈聊得火热,甚至一度让外人觉得他俩成了一对,"我对姑妈的倾诉没有任何秘密,市场价格、通过制作奶油和黄油的辩证法计算出制作一磅黄油需要多少牛奶,那是现实中的事情,所以每一个年轻女孩听了都不会受到损害,但是,更难得的是,那是一种可信的、详尽的、有建造性的谈话,使头脑和心都得到陶冶。我通常背对着茶几,背对着爱德华对科迪莉娅的迷恋,而我对姑妈迷恋。"尽管诱惑者约翰尼斯是个无业游民,但是他成功地获取了姑妈的充分信任,她作为科迪莉娅的监护人很支持他们订婚。

王子和伊伦嘉的未婚夫身上都有爱德华的影子。卡佐特用自己的诱惑才能成功地让王子与公主坠入爱河,他倾囊相授;而诱惑者约翰尼斯虽然也自称是爱德华的爱情导师,却始终将爱德华当成一个提线木偶,不过诱惑者约翰尼斯也担心这个徒弟乱拳打死老师傅,万一爱德华向科迪莉娅表白了呢?万一科迪莉娅出人意料地接受了呢?"爱德华必须离开。他在钻牛角尖;在每一个瞬间,我都在等他走上前对她表白。没有人比我更清楚这一点,作为他的知己,我有意让他保持在这种兴奋的状态中,以便他对科迪莉娅产生更大的影响。让他承认自己的爱毕竟太冒险了。"伊伦嘉的未婚夫之所以像爱德华,也正是因为他们俩的好事被卡佐特搅黄了,正如诱惑者约翰尼斯插足了爱德华对科迪莉娅的爱恋。

总之,《诱惑者日记》和丹麦电影《伊伦嘉:诱惑的艺术》在情节和人物方面都有一定的相似性和可比性。顺便说一句，克尔凯郭尔的哲学思想其实深刻地影响了托马斯·温特伯格在 2020 年推出的电影《酒精计划》，我认为它的直接灵感来自克尔凯郭尔《人生道路诸阶段》中的《酒宴记》。

五、致谢

第一，我要感谢之前各中译版本的所有译者，尤其是徐信华和余灵灵，他们合译的《一个诱惑者的日记——克尔凯郭尔文选》是我接触、阅读到的第一本与克尔凯郭尔有关的书。据我不完全的统计，截至 2025 年 6 月，克尔凯郭尔《诱惑者日记》的中文译本已达 20 种（包括同一译者在不同年份、不同出版社出版的版本，也包括《非此即彼》，因为它的最后一部分就是《诱惑者日记》）：

1.《诱惑者日记》，田王晋健、刘邦春等译，上海：上海社会科学院出版社，2025 年。

2.《非此即彼》，张进、张巧译，上海：上海译文出版社，2023 年。

3.《诱惑者日记》，陈岳辰译，上海：外语教学与研究出版社，2020 年。

4.《诱惑者日记》，京不特译，南京：译林出版社，2016 年。

5.《诱惑者的日记》，陈岳辰译，台北：商周出版，2015 年。

6.《非此即彼——一个生命的残片　上卷》，京不特译，北京：中国社会科学出版社，2009 年。

7.《或此或彼　上部》，阎嘉译，北京：华夏出版社，2007 年。

8.《非此即彼》，陈俊松、黄德先译，北京：光明日报出版社，2007 年。

9.《勾引者手记》，段婉露译，北京：中国戏剧出版社，2003年。

10.《爱之诱惑》，王才勇译，上海：上海社会科学院出版社，2002年。

11.《诱惑者日记》，张远鑫译，乌鲁木齐：新疆人民出版社，2002年。

12.《诱惑者日记》，余灵灵译，台北：究竟出版社股份有限公司，2000年。

13.《恐惧与颤栗》，一谌等译，北京：华夏出版社，1999年（注：此书的后半部分为王才勇译的《一个诱引者的手记》）。

14.《勾引者手记》，余灵灵等译，北京：九州图书出版社，1998年。

15.《或此或彼　上部》，阎嘉等译，成都：四川人民出版社，1998年。

16.《非此即彼》，封宗信等译，北京：中国工人出版社，1997年初版，2006年再版。

17.《一个诱惑者的日记——克尔凯郭尔文选》，徐信华、余灵灵译，上海：三联书店上海分店，1992年。

18.《一个诱引者的手记》，王才勇译，北京：华夏出版社，1992年。

19.《勾引家日记》，江辛夷译，北京：作家出版社，1992年。

20.《诱惑者的日记》，孟祥森译，台北：志文出版社，1984年初版，1988年再版。

第二，我要感谢本书的合译者、中国人民解放军战略支援部队航天工程大学的刘邦春教授，我们在翻译过程中就译文风格、质量、术语统一等问题展开了多次细致和深入的交流。刘邦春教授相关的成果有译著《克尔凯郭尔与现代心理学》（知识产权出版社，2015年）、《哥本哈根的守夜人——克尔凯郭尔短暂的一生》（上海社会科学院出版社，2023年）。

第三，我要感谢在我的学术成长道路上给予我热情帮助的师长们，他们是四川大学文学与新闻学院的阎嘉教授、斯洛伐克科学院哲学研究所的江思图（Jon Stewart）教授、浙江大学哲学学院的王杰教授和曾劭恺教授、丹麦哥本哈根大学克尔凯郭尔研究中心的尤金姆·加尔夫（Joakim Garff）教授、美国圣奥拉夫学院洪夫妇克尔凯郭尔图书馆的安娜·索迪奎斯特（Anna L. Söderquist）教授和布莱恩·索迪奎斯特（Brian Söderquist）教授、北京第二外国语学院丹麦研究中心的张喜华教授、天津师范大学文学院的曾思艺教授、湘潭大学公共管理学院的梁丽芝教授和唐检云教授、湘潭大学文学与新闻学院的王洁群教授，等等。我也感谢和无限地缅怀两位已经辞世的师爷，湘潭大学文学与新闻学院的普希金研究专家张铁夫先生和四川大学文学与新闻学院的美学家、著名文艺评论家王世德先生。

第四，我要感谢自己的父母田广华和王玉琴。从一个寒门学子成长为一名学者，这是一个艰苦和漫长的过程，其中会面对各种困难、挑战以及一些意外，在这个过程中我的父母多年来一直在默默地付出。当年在丹麦留学时，由于丹麦是世界上消费最高的国家之一，我的资金经常捉襟见肘，每每这时父母就会将省吃俭用的钱打给我，让我渡过难关。最让我过意不去的是在我留学期间，母亲突发脑梗，在医院抢救后保住了生命，之后住了好一阵的院，她为了不耽误我的学业，硬是让所有的亲朋好友隐瞒了这件事情，直到我回国以后，她才亲口告诉我这件事情。

最后，我要感谢我的学生欧心悦。她在这个翻译项目中承担了助理的角色，在整理稿件方面付出了不少心血，此外，我们合译了美国杨百翰大学纳撒尼尔·克莱默（Nathaniel Kramer）教授的文章《诱惑者约翰尼斯：他是最典型的审美者，还是引人走向伦理的审美者？》，并将其作为这个新译本的序言，在此一并感谢克莱默教授慷慨地提供该文的版权证明。

六、结语

在这篇译后记即将完成之际，媒体陆续报道了几件与婚恋相关的社会新闻，引发广泛关注。这在某种程度上可以反映出人们对两性关系、婚姻恋爱等问题的现实考虑与个人担忧，无数人在爱情和情欲的或甜或苦的海洋中迷失了自我、无数人可能也像克尔凯郭尔一样最终没有走进婚姻。其实克尔凯郭尔在《诱惑者日记》这部小说里谈了很多很多话题，如果说《霍乱时期的爱情》被公认为"爱情百科全书"，那么我认为可以将《诱惑者日记》比作"爱情小百科全书"。譬如近些年备受关注的彩礼返还与否问题，和克尔凯郭尔探讨的"订婚""取消订婚"问题并无二致，有人统计称在国内近80%的离婚是由女方而非男方提出的，正好符合克尔凯郭尔在这里做出的判断："在解除订婚这一点上，每一个小女孩都是一位伟大的案例法专家；虽然学校不会专门开设课程来教导这些，但是每一个小女孩都对这个问题轻车熟路，即应该在哪种情况下解除订婚。"又譬如教师与学生"谈恋爱"问题，不正是可以让我们联想到克尔凯郭尔提到的那位司法顾问吗？"我记得在一个省份的女子学校，最高的年级有一个独特的术语：亲吻司法顾问，她们将这个表达方式和一个让人一点也不舒适的构想联系起来。这个术语的起源如下：女教师有一个住在她家里的姐夫，他曾经是一位司法顾问，现在已经是一个老男人了，由此他当时自认为有自由地亲吻那些年轻女孩们的权利。"另外，它与瑞典电影《教室别恋》的情节何等地相似，我们刚刚面对的、让人震惊不已的"性骚扰"问题，原来北欧人或者西方人同样面对并进行了深刻反思。克尔凯郭尔甚至在谈"亲吻"这个话题时表明自己的立场是反对同性恋，"一次完整的亲吻需要一个女孩和一个男人作为参与者。男人之间的一个吻是没有品位的，或者更糟糕的是，让人厌恶"。

尽管两性关系、婚姻恋爱现状有其现实残酷的一面，无数人也因此痛苦、沉沦、迷茫、"躺平"……但是人生得继续向前，每个人都要寻找出路和解决方案，就像小说中提到有一对夫妇的人生观是："人生是一条路。"（我译为"车到山前必有路。"）在最后的最后，让我以诱惑者约翰尼斯眼中的那个最美丽的瞬间作为结束、作为一道希望的光芒，它发生在神圣的婚礼之上，通过这个仪式，一个男孩和一个女孩从审美阶段共同地、正式地进入了伦理阶段：

> 哪种场景、哪个瞬间被认为是最诱人的，这成为我经常观察的对象。回答自然取决于一个人欲求的是什么，他如何欲求以及他是怎样被培养的。我认为婚礼那天最诱人，尤其是那天的某个特定的瞬间。当她作为新娘穿金戴银，她披戴的所有华丽在自己的美丽面前都变得苍白，当血液停止流动，她自己也变得苍白，当胸脯安息，当目光迷茫，

当步履蹒跚,当少女颤抖,当果实成熟;当天堂高举她,当庄严让她强大,当承诺托住她,当祈祷赐福她,当桃金娘环绕着她,当心儿颤动,当眼睛注视大地,当她隐藏在自己内心,当她不属于世界,从而完全属于世界;当她的胸脯起伏,当这个受造物叹息,当她无法发出声音,当眼泪战栗,在谜题被解释之前,当火炬被点燃,当新郎在等待——最诱人的那个瞬间,就在此时此地。

——诱惑者约翰尼斯

2024 年 12 月 22 日
于美国圣奥拉夫学院洪夫妇克尔凯郭尔图书馆修订